Mrs. Dalloway

COSACNAIFY

V. Woolf

Mrs. Dalloway

tradução Claudio Alves Marcondes

Virginia Woolf

Mrs. Dalloway disse que ela mesma iria comprar as flores.

Afinal, Lucy tinha muito o que fazer. As portas seriam tiradas das dobradiças; logo mais chegaria o pessoal da Rumpelmayer. Além disso, pensou Clarissa Dalloway, que manhã maravilhosa – tão fresca como se feita de propósito para crianças na praia.

Que farra! Que mergulho! Sempre se sentira assim quando, com um leve rangido das dobradiças, que ainda podia ouvir, escancarava as portas envidraçadas e mergulhava ao ar livre em Bourton. Um frescor, uma tranquilidade, o ar mais parado do que agora, claro, mas era assim no início da manhã; como o quebrar de uma onda; o beijo de uma onda; frio e cortante e, contudo (para a jovem de dezoito anos que era então), solene, sentindo, em seu caso, parada na soleira, que algo horrível estava prestes a acontecer; contemplando as flores, as árvores das quais se desprendia sinuoso o vapor, e as gralhas que remontavam, que se precipitavam; imóvel ali de pé a contemplar até ouvir a voz de Peter Walsh, "Meditando entre as verduras?" – terá sido isso? –, "Eu prefiro as pessoas às couves" – foi isso mesmo? Ele deve ter dito isso no café da manhã, numa ocasião em que ela saíra para o terraço – Peter Walsh. Estava para chegar da Índia um dia desses, em junho ou julho, nem se lembrava mais; as cartas dele eram terrivelmente maçantes; só se salvavam suas tiradas; seus olhos, seu canivete, seu sorriso, sua rabugice e, enquanto milhões de coisas haviam desaparecido para sempre — que curioso isso! —, algumas tiradas, como aquela a respeito de repolhos.

Ela se crispou ligeiramente no meio-fio, enquanto passava o furgão da Durtnall. Que encantadora essa mulher, pensou Scrope Purvis (que a conhecia como se conhece alguém que mora ao lado em Westminster); com um quê de pássaro, de gaio, verde-azulado, ligeiro, vivaz, embora tivesse mais de cinquenta e ficado grisalha depois da doença. Ali estava ela empoleirada, sem jamais notá-lo, esperando para atravessar, muito aprumada.

Pois, quando se mora em Westminster — Quantos anos já? Mais de vinte —, dava para sentir, Clarissa estava convencida, mesmo no meio do tráfego, ou caminhando à noite, uma quietude, ou solenidade, peculiar; uma pausa indefinível; uma expectativa (mas também podia ser o coração, afetado pela gripe, como diziam) antes das batidas do Big Ben. Lá vêm elas! E então ressoaram. Primeiro uma advertência, musical; depois a hora, irrevogável. Os círculos plúmbeos dissolvendo-se no ar. Que tolos somos, ocorreu-lhe ao atravessar a Victoria Street. Só Deus sabe por que a gente gosta tanto disso, por que vê isso dessa maneira, cria tudo isso, constrói isso ao nosso redor, desfazendo e refazendo tudo a cada instante; porém, mesmo as mulheres mais enxovalhadas, as indigentes mais miseráveis, sentadas nos degraus de entrada (arruinadas pela bebida), também faziam o mesmo; não era algo que se podia resolver, disso tinha certeza, com leis do Parlamento, e exatamente por esse motivo: elas amam a vida. Nos olhos das pessoas, em seus passos gingados, cadenciados, arrastados; no alarido e no tumulto; nas carruagens, nos automóveis, nos ônibus, nos furgões, nos homens-sanduíche que avançavam oscilantes; nas bandas de música; nos realejos; no triunfo e no repique, e no estranho zumbido de um aeroplano no alto, era bem isso o que ela amava; a vida; Londres; esse momento de junho.

Pois era meados de junho. A guerra havia acabado, exceto para alguém como Mrs. Foxcroft, na embaixada, a noite passada, aflita porque aquele belo rapaz havia sido morto e agora o antigo solar acabaria nas mãos de um primo; ou Lady Bexborough, que inaugurou um bazar beneficente, disseram, com o telegrama na mão: John, seu predileto, morto; mas havia terminado; graças a Deus — acabado. Estávamos em junho. O Rei e a Rainha estavam no Palácio. E, por toda a parte, embora ainda tão cedo, havia uma pulsação, um alvoroço de cavalos a galope, batidas de bastões de críquete; Lord's, Ascot, Ranelagh e todo o resto; envoltos na trama suave do ar matinal azul-acinzentado que, no correr do dia, ao se afrouxar, acolheria em prados e picadeiros os pôneis irrequietos, cujas patas dianteiras mal tocavam o chão e já saltavam, os jovens rodopiantes e as moças sorridentes em diáfanas musselinas que, mesmo depois de dançarem a noite toda, agora levavam para passear seus cães ridiculamente peludos; e mesmo nesta hora, idosas e discretas viúvas abastadas passavam apressadas de carro em diligências misteriosas; e os lojistas arrumavam nas vitrines bijuterias e diamantes, lindos e antigos broches verde-mar em cenários do século XVIII, para atrair os americanos (mas é preciso economizar, nada de compras impulsivas para Elizabeth), e ela, também, amando tudo aquilo com uma paixão insensata e constante, fazendo parte daquilo, pois sua família frequentara a Corte na época georgiana, ela também naquela noite iria deslumbrar e resplandecer; ela daria uma festa. Que estranho, porém, ao entrar no parque, o silêncio; a névoa; o zumbido; os patos nadando sossegadamente; as aves papudas bamboleando; e olha quem vinha ali, deixando atrás os edifícios governamentais, impecável, carregando uma caixa de despachos estampada com o brasão régio, se não era Hugh Whitbread; seu velho amigo Hugh — o admirável Hugh!

"Bom dia, Clarissa!", cumprimentou com ênfase despropositada, pois ambos se conheciam desde pequenos. "Aonde vai a essa hora?"

"Adoro passear por Londres", disse Mrs. Dalloway. "Gosto demais, é melhor do que passear no campo."

Eles haviam acabado de chegar — infelizmente, para consultas médicas. Outros vinham para ver quadros; ir à ópera; apresentar as filhas à sociedade; os Whitbread vinham para "consultas médicas". Quantas vezes Clarissa não visitara Evelyn Whitbread em uma casa de saúde. Evelyn estava doente de novo? Não andava nada bem, contou Hugh, com uma espécie de contrariedade ou irritação em seu belo corpo agasalhado, viril, impecavelmente trajado (sempre estava quase bem-vestido demais, talvez uma obrigação de seu modesto posto na Corte), insinuando que a esposa sofria de uma indisposição, nada de muito grave, algo que Clarissa Dalloway, como velha amiga, entenderia perfeitamente sem que tivesse de entrar em detalhes. Ah, claro, claro que entendia; que desagradável; e sentiu-se muito solidária e, ao mesmo tempo, estranhamente consciente de seu próprio chapéu. Não era o mais adequado para o início da manhã, era? Pois era assim que se sentia sempre diante de Hugh que, afobado, erguia o chapéu de modo extravagante e insistia que ela podia passar por uma jovem de dezoito anos, e claro que iria à festa de noite, Evelyn fazia questão, mas chegariam um pouco atrasados, depois da recepção no Palácio à qual tinha de levar um dos filhos de Jim — ela sempre ficava um pouco acanhada junto dele; como uma menina de escola; mas continuava a estimá-lo, em parte porque o conhecia desde sempre e também porque o considerava, à sua maneira, um bom sujeito, ainda que ele exasperasse Richard profundamente e, quanto a Peter Walsh, bem, este jamais a perdoara por gostar de Hugh.

Ela se recordava de tantas cenas em Bourton — Peter furioso; Hugh, claro, mal se comparava a ele, mas não chegava a ser um rematado imbecil como dizia Peter; tampouco era apenas um manequim. Quando sua mãe idosa pedia que desistisse de uma caçada ou a acompanhasse a Bath, ele fazia sua vontade sem se queixar; era muito abnegado e, quanto a dizer, como Peter, que não tinha coração nem cérebro, e nada além das boas maneiras e da formação de um cavalheiro inglês, ora, isso era apenas o querido Peter em seus piores momentos; e Peter conseguia ser insuportável; podia ser impossível, mas adorável para se caminhar ao lado em uma manhã assim.

(Junho despira toda a folhagem das árvores. As mães de Pimlico davam de mamar a seus bebês. Mensagens eram transmitidas da esquadra para o Almirantado. Arlington Street e Piccadilly pareciam agitar o próprio ar do parque e erguer as folhas de modo cálido e radiante, em ondas de uma vitalidade divina que Clarissa amava. Dançar, cavalgar, ela havia adorado tudo isso.)

Podiam ficar séculos sem se ver, ela e Peter; ela jamais lhe escrevera, e as cartas dele eram por demais áridas; mas de repente algo a arrebatava e se estivesse aqui comigo, o que ele diria? – certos dias, certas paisagens o traziam de volta, calmamente, sem a antiga amargura; o que talvez fosse a recompensa por ter amado as pessoas; e elas retornavam em uma bela manhã no St. James's Park – bem que retornavam. Mas Peter – por mais belo que fosse o dia, e as árvores e a relva, e a menininha de rosa –, Peter jamais se dava conta. Até colocava os óculos, caso ela insistisse; até se dignava a olhar. Tudo o que lhe interessava era a situação mundial; Wagner, a poesia de Pope e, sempre, o caráter dos outros e, nela, os defeitos da alma. Como a repreendia! Como discutiam! Ela iria se casar com um Primeiro-Ministro e se postar no topo de uma escadaria; ele a chamara de a perfeita anfitriã (e como ela havia chorado no quarto por causa disso), tinha tudo para ser uma anfitriã perfeita, foi o que disse.

Assim continuava a debater consigo no St. James's Park, ainda tentando provar que tivera razão – como não podia deixar de ser – ao não se casar com ele. Pois no casamento é preciso um pouco de tolerância, um pouco de liberdade entre pessoas que convivem dia após dia sob o mesmo teto; e isto Richard e ela proporcionaram um ao outro. (Onde estava ele nesta manhã, por exemplo? Em alguma comissão, ela jamais lhe perguntava.) Com Peter, porém, tudo tinha de ser partilhado; tinha de ser esmiuçado. Era insuportável, e naquela cena no canteiro junto à fonte, ela fora obrigada a romper com ele, senão ambos seriam destruídos, ambos arruinados, estava certa; mesmo tendo em seguida carregado por anos, como uma flecha cravada no coração, o pesar, a angústia: e depois aquela ocasião atroz, em um concerto, quando lhe contaram que ele estava casado com uma mulher que conhecera no barco para a Índia! Nunca iria esquecer isso. Ele a considerava fria, insensível, uma santarrona. Incapaz de entender o quanto ele a amava. Ao contrário, provavelmente, dessas mulheres indianas — tolas, belas, frívolas e superficiais. E toda sua comiseração fora em vão. Pois ele estava feliz, foi o que lhe assegurou — perfeitamente feliz, mesmo sem ter realizado nada que merecesse comentário; toda a vida dele fora um fracasso. Isso ainda a deixava furiosa.

Chegou ao portão do parque. Ali ficou parada um instante, fitando os ônibus em Piccadilly.

A partir de agora, nunca mais diria de ninguém que a pessoa era isso ou aquilo. Ela se sentia muito jovem; ao mesmo tempo, inconcebivelmente velha. Passava por tudo como uma faca afiada; ao mesmo tempo, ficava de fora, contemplando. Tinha uma sensação permanente, olhando os táxis, de estar longe, longe, bem longe no mar e sozinha; sempre era invadida por essa sensação de que era muito, muito perigoso viver, ainda que por um dia. Não que se considerasse muito inteligente ou excepcional. Não conseguia imaginar como enfrentara a vida com aqueles fiapos de conhecimento incutidos pela Fräulein Daniels. Não sabia nada; nada de outras línguas, nada de história; e agora raramente lia, a não ser memórias, quando se deitava antes de dormir; todavia, para ela, tudo isso era absolutamente absorvente; tudo ao redor; os táxis que passavam; e nunca mais diria de Peter, nem de si mesma, sou isso ou sou aquilo.

Seu único dom era conhecer as pessoas quase por instinto, refletiu ao retomar o passo. Se a colocassem num aposento com mais alguém, suas costas se arqueavam como as de um gato; ou começava a ronronar. Devonshire House, Bath House, a casa com a cacatua de louça, já vira todas iluminadas alguma vez; e lembrava-se de Sylvia, Fred, Sally Seton — tanta gente; e de dançar a noite inteira; e das carroças se arrastando rumo ao mercado; e de regressar de carro para casa através do parque. Lembrava-se de certa vez ter jogado um xelim no Serpentine. Qualquer um, porém, era capaz de recordar; o que ela amava mesmo era isto, aqui, agora, diante dela; a senhora gorda no táxi. Fazia alguma diferença então, perguntou-se, caminhando em direção a Bond Street, fazia diferença se ela inevitavelmente iria deixar de existir por completo; mesmo com sua ausência, tudo isto vai continuar; era algo para se lamentar, ou havia consolo em ver na morte o fim de tudo? De algum modo, porém, nas ruas de Londres, em meio ao fluxo e refluxo das coisas, aqui, ali, ela sobreviveria, Peter sobreviveria, viveriam um no outro, ela fazendo parte, não tinha dúvida, das árvores em sua casa; daquela casa ali, tão feia, caindo aos pedaços como estava; sendo parte daqueles que jamais conhecera; estendendo-se como uma névoa por entre as pessoas mais próximas, que a alçavam em seus ramos tal como vira as árvores alçarem a névoa, porém muito mais dispersa, sua vida, ela mesma. Mas o que tanto cismava diante da vitrine da Hatchards? O que tentava recuperar? Que imagem de pálida aurora no campo, enquanto lia no livro aberto:

Não temas mais o sol ardente,
Nem do inverno a gélida fúria.[1]

Ultimamente, a experiência do mundo havia feito brotar em todos, homens e mulheres, uma fonte de lágrimas. Lágrimas e sofrimentos; coragem e resistência; uma postura perfeitamente aprumada e estoica. Como, por exemplo, a mulher que mais admirava, Lady Bexborough, inaugurando o bazar.

Lá estavam, todos abertos, o *Jorrocks's Jaunts and Jollities*, o *Soapy Sponge*, as *Memórias* de Mrs. Asquith, e *Big Game Shooting in Nigeria*. Tantos livros; nenhum, contudo, parecia muito adequado para levar a Evelyn

1 *"Fear no more the heat o' the sun / Nor the furious winter's rage"*, in Shakespeare, *Cymbeline*, ato IV, cena 2. [N.T.]

Whitbread na casa de saúde. Nada que pudesse diverti-la e fazer com que aquela mulherzinha terrivelmente seca se mostrasse calorosa, mesmo que por um instante, ao ver Clarissa; antes que se acomodassem para a costumeira e interminável conversa sobre achaques femininos. Como ansiava por isso — que as pessoas se alegrassem ao vê-la —, pensou Clarissa, fazendo meia-volta e retomando a direção de Bond Street, acabrunhada, pois era ridículo fazer algo com segundas intenções. Preferiria muito mais ser uma dessas pessoas, como Richard, que faz as coisas por elas mesmas, ao passo que, na metade das vezes, refletiu enquanto esperava para cruzar a rua, ela não fazia as coisas simplesmente, sem outros motivos; e sim para que as pessoas pensassem isso ou aquilo; o que era uma rematada tolice, bem o sabia (agora o guarda ergueu a mão), pois nem por um instante os outros se deixavam enganar. Ó, se pudesse recomeçar a vida!, pensou, dando um passo na rua, podia até mesmo ter outra aparência!

Antes de tudo, seria morena como Lady Bexborough, com uma cútis de pelica e lindos olhos. Seria, como Lady Bexborough, lenta e majestosa; ligeiramente robusta; interessada em política à maneira de um homem; com uma casa no campo; muito digna, muito franca. Em vez disso, tinha essa silhueta fina de estaca; esse rostinho ridículo, afilado como o de um pássaro. Era inegável que tinha uma boa postura; e que as mãos e os pés eram bonitos; e que até se vestia com elegância, considerando o pouco que gastava. Todavia, com frequência, esse corpo que habitava (parou para espiar um quadro holandês), esse corpo, a despeito de tudo o que era capaz, parecia-lhe então não ser nada — absolutamente nada. Que curiosa essa sensação de ser invisível; despercebida; desconhecida; agora que já não se tratava mais de casar, de ter filhos, mas apenas seguir esse assombroso e um tanto solene cortejo em meio às outras pessoas, Bond Street acima, sendo essa Mrs. Dalloway; nem mesmo Clarissa; sendo Mrs. Richard Dalloway.

Era fascinada por Bond Street; sobretudo Bond Street no início da manhã nessa estação; as bandeiras tremulando; as lojas; sem estrépito; sem esplendor; um corte de *tweed* na loja onde seu pai comprara ternos durante cinquenta anos; algumas pérolas; o salmão sobre um bloco de gelo.

"É só isso", disse ela, com um olhar de relance à peixaria. "É só isso", repetiu, detendo-se um instante diante da vitrine de uma loja onde, antes da guerra, compravam-se luvas quase perfeitas. E, como dizia o velho tio William, é pelos sapatos e pelas luvas que se reconhece uma dama. Certa manhã, em plena guerra, ele se virara na cama e anunciara: "Não aguento mais". Luvas e sapatos; ela tinha paixão por luvas; mas sua própria filha, sua Elizabeth, pouco se importava com luvas ou sapatos.

Não dava a mínima, pensou, seguindo por Bond Street até uma floricultura onde costumavam reservar-lhe flores quando organizava recepções. Na verdade, Elizabeth só se importava com seu cão. Nesta manhã mesma a casa toda recendia a alcatrão. Mesmo assim, antes o pobre Grizzle do que Miss Kilman; antes a cinomose e o cheiro de alcatrão e todo o resto do que ficar agarrada a um livro de orações em um quarto abafado! Qualquer outra coisa era melhor, pensando bem. Mas podia ser apenas uma fase, como lembrou Richard, pela qual passam todas as jovens. Podia ser que estivesse enamorada. Mas por que pela Miss Kilman? Era evidente que a vida a tratara mal; era preciso levar isso em conta e, segundo Richard, não havia dúvida quanto à competência dela, e seus conhecimentos de história. Seja como for, agora as duas não se largavam mais, e Elizabeth, sua própria filha, passara a comungar; e o modo como se vestia, como tratava as pessoas que vinham almoçar e pelas quais não dava a menor importância; o que ela, Clarissa, sabia por experiência própria era que o arrebatamento religioso endurecia as pessoas (assim como defender uma causa); embotava os sentimentos, pois Miss Kilman faria de tudo pelos russos, morreria de fome pelos austríacos, mas infligia uma verdadeira tortura aos que a rodeavam, tão insensível era ela, vestida com aquele impermeável verde. Ano após ano sempre com o mesmo casaco; e transpirava; bastava ficar cinco minutos em um aposento para fazer com que os outros sentissem o quanto ela era superior, o quanto os outros eram inferiores;

o quão pobre era ela; o quão abastados eram eles; e soubessem que ela morava em um pardieiro, sem colchão, sem cama e sem nada mais, com a alma toda corroída por um ressentimento pegajoso, pelo fato de ter sido demitida da escola durante a guerra — pobre criatura amargurada e desafortunada! Pois odiável não era ela mesma, e sim a ideia que se fazia dela, que sem dúvida acumulara em si muita coisa alheia a Miss Kilman; tornara-se um desses espectros com os quais lutamos à noite; que nos saltam aos ombros e sugam metade de nossa seiva vital, dominadores e tiranos; pois, sem dúvida, com outro lance de dados, tivesse o preto preponderado em vez do branco, ela até teria simpatizado com Miss Kilman! Mas não neste mundo. De maneira nenhuma.

Era irritante, porém, esse monstro brutal remexendo-se em seu interior! Ouvir os galhos estalando e sentir os cascos plantados no fundo da alma, dessa floresta de ramagem emaranhada; jamais poder ficar plenamente contente, ou segura, pois a qualquer instante o bruto começaria a se mexer, esse ódio, que, sobretudo desde que ficara doente, fazia com que sentisse a espinha esfolada, machucada; que lhe provocava uma dor física, e conseguia que todo o prazer na beleza, na amizade, na sensação de bem-estar, de ser amada e de tornar agradável seu lar, balançasse, tremesse e se curvasse, como se de fato houvesse um monstro escarafunchando as raízes, como se toda a panóplia do contentamento nada mais fosse que amor-próprio! Esse ódio!

Bobagem, bobagem!, exclamou para si mesma, empurrando as portas de vaivém da floricultura Mulberry.

Avançou airosa, alta, muito ereta, e assim que entrou foi cumprimentada por Miss Pym, com sua carinha redonda e mãos coradas e reluzentes, como se estivessem mergulhadas na água fria com as flores.

Lá estavam elas: delfínios, ervilhas-de-cheiro, maços de lilases; e cravos, montes de cravos. Também rosas e íris. Ah sim — ela aspirou o odor adocicado de terra e jardim enquanto falava com Miss Pym, que fazia questão de atendê-la, e a achava simpática, pois simpática ela se mostrara ao longo dos anos; muito simpática, mas agora com aparência um tanto envelhecida, virando a cabeça para lá e para cá entre as íris e as rosas e os ramalhetes inclinados de lilases, os olhos semicerrados, inalando, após o bulício da rua, a fragrância deliciosa, o delicado frescor. E então, abrindo os olhos, que refrescantes aquelas rosas, como roupa branca rendada, recém-chegada da lavanderia em cestos de vime; e os escuros e cerimoniosos cravos vermelhos, de cabeça erguida; e todas as ervilhas-de-cheiro espalhadas pelos vasos, tingidas de púrpura, alvas como a neve, pálidas – como se ao cair da noite as jovens vestidas de musselina tivessem saído para colher ervilhas-de-cheiro e rosas após um esplêndido dia de verão, com o céu quase azul-escuro, os delfínios, cravos, copos-de-leite; naquele momento entre as seis e as sete em que todas as flores resplandecem – rosas, cravos, íris, lilases; brancas, violáceas, rubras, de um alaranjado profundo; e cada flor parece arder com uma chama interior, suave e pura, nos canteiros enevoados; como ela amava as mariposas branco-acinzentadas voltejando de um lado para o outro, sobre a baunilha-dos-jardins, sobre os círios-do-norte!

E enquanto seguia Miss Pym de um vaso a outro, escolhendo, disse para si mesma, bobagem, bobagem, cada vez mais suavemente, como se essa beleza, essa fragrância, essa cor, e a simpatia e a confiança de Miss Pym, fossem uma onda que ela permitia que a engolfasse e sobrepujasse aquele ódio, aquele monstro, sobrepujasse tudo; e assim foi sendo carregada cada vez mais para o alto até que – ó, um estampido lá fora!

"Cruzes, esses automóveis", exclamou Miss Pym, aproximando-se da vitrine para espiar, e retornando com um sorriso de desculpas, as mãos cheias de ervilhas-de-cheiro, como se fosse culpa *dela* os carros a motor, os pneus dos carros a motor.

A violenta detonação que assustou Mrs. Dalloway e levou Miss Pym a ir até a vitrine e se desculpar veio de um automóvel que se aproximara da calçada bem em frente à vitrine da Mulberry. Os transeuntes, que evidentemente pararam para olhar, só tiveram tempo de entrever um rosto dos mais eminentes destacando-se do estofamento cinza perolado, antes que uma mão masculina fechasse a cortina, nada mais restando para se ver além de um quadrado cinza perolado.

Os rumores, porém, logo começaram a circular desde o centro de Bond Street até Oxford Street de um lado, e a perfumaria Atkinson do outro, passando, invisíveis e inaudíveis, como uma nuvem veloz recobrindo com um véu as colinas, toldando de súbito com a sobriedade e a imobilidade de uma nuvem os rostos que, um segundo antes, estavam completamente dispersos. Agora, contudo, haviam sido roçados pela asa do mistério; haviam ouvido a voz da autoridade; o espírito da religião estava em movimento, de olhos vendados e boca escancarada. Mas ninguém tinha ideia de quem era o rosto vislumbrado. Seria o Príncipe de Gales, a Rainha, o Primeiro-Ministro? De quem era aquele rosto? Ninguém fazia ideia.

Edgar J. Watkiss, com o rolo de fios de chumbo em torno do braço, comentou em voz alta, gracejando sem dúvida: "A carroça do primo-ministro".

Septimus Warren Smith, impedido de passar, ouviu o comentário.

Septimus Warren Smith, cerca de trinta anos, rosto pálido, nariz adunco, de sapatos marrons e casaco surrado, com olhos castanho-claros que exibiam um ar atemorizado, instilando temor até mesmo em perfeitos estranhos. O mundo erguera seu açoite; sobre quem iria cair?

Tudo se havia imobilizado. A vibração dos motores soava como uma pulsação percutindo irregularmente através de um corpo. O sol tornou-se extraordinariamente quente, pois o automóvel se imobilizara diante da vitrine da Mulberry; no topo dos ônibus senhoras abriram sombrinhas pretas; aqui uma sombrinha verde, ali outra vermelha surgiram com estalos secos. Mrs. Dalloway, aproximando-se da vitrine com os braços repletos de ervilhas-de-cheiro, olhou para fora com as delicadas feições rosadas, crispadas de curiosidade. Todos fitavam o automóvel. Assim como Septimus. Meninos saltaram de bicicletas. O tráfego se congestionava. E lá ficou o automóvel, as cortinas cerradas, sobre as quais havia uma curiosa estampa, pareciam galhos, ocorreu a Septimus, e essa paulatina confluência de tudo até um ponto diante de seus olhos, como se algo medonho estivesse prestes a aflorar e irromper em chamas, o encheu de pavor. O mundo ondulava e estremecia, e ameaçava irromper em chamas. Sou eu que estou impedindo a passagem, pensou. Não era para ele que estavam olhando e apontando? Não estava sendo avaliado, ali plantado na calçada, com algum propósito? Mas com que propósito?

"Vamos embora, Septimus", disse sua esposa, uma mulher miúda de olhos grandes em um rosto fino e lívido; uma jovem italiana.

Mas a própria Lucrezia não conseguia despregar os olhos do automóvel e da estampa arbórea nas cortinas. Era a Rainha que estava ali — talvez a Rainha tivesse saído às compras?

Depois de destampar algo, girar algo e tampar algo, o chofer voltou a seu cubículo.

"Vamos", disse Lucrezia.

Mas o marido, pois estavam casados havia quatro, cinco anos, estremeceu sobressaltado, e disse "Está bem!" com raiva, como se ela o tivesse interrompido.

Os outros deviam se dar conta; deviam notar. Aquelas pessoas, pensou ela, olhando para a multidão que contemplava o automóvel; os ingleses, com seus filhos e cavalos e roupas, que de certo modo ela admirava; mas agora eram "as pessoas", pois Septimus havia dito "Vou me matar", e isto era algo horrível de se dizer. E se tivessem ouvido? Ela olhou para a multidão. Socorro, socorro!, queria gritar para os meninos entregadores de carne e as mulheres. Socorro! No outono passado mesmo, ela e Septimus haviam ficado à beira do Tâmisa, envoltos no mesmo casaco e, como Septimus preferia ler um jornal a conversar, ela o arrancara de suas mãos e zombara do velho que os encarava! Mas é melhor esconder o fracasso. Precisava levá-lo a um parque.

"Vamos atravessar", disse.

Tinha o direito de se apoiar no braço dele, por mais que este fosse insensível. A ela, tão singela, tão impulsiva, com apenas vinte e quatro anos, sem amigos na Inglaterra, e que deixara a Itália por causa dele, ele dava só um pedaço de osso.

Com as cortinas cerradas e um aspecto de sigilo inescrutável, o automóvel avançou rumo a Piccadilly, ainda sob os olhares, ainda encrespando as faces em ambas as calçadas com o mesmo obscuro alento de veneração, ainda que ninguém soubesse se era a Rainha, o Príncipe ou o Primeiro-Ministro. O próprio rosto fora entrevisto apenas por três pessoas durante breves segundos. E agora até o sexo era motivo de discussão. Mas do que não se duvidava era que ali estava sentado alguém eminente; por Bond Street passava a eminência, oculta, a um palmo das pessoas comuns que ora poderiam, pela primeira e última vez, ficar ao alcance da voz da majestade da Inglaterra, do símbolo perene do Estado que será conhecido por antiquários curiosos, peneirando as ruínas do tempo, quando Londres não for mais que um caminho invadido pelo mato, e de todos esses que se apressam pela calçada nesta manhã de quarta-feira não restar nada além de ossos com algumas alianças mescladas ao pó e de obturações douradas em incontáveis dentes apodrecidos. Aí então será conhecido o rosto no automóvel.

Era provavelmente a Rainha, pensou Mrs. Dalloway, saindo da Mulberry com as flores: a Rainha. E por um instante seu semblante revestiu-se de extrema dignidade, ali sob o sol, de pé em frente à floricultura, enquanto o automóvel avançava lentamente com as cortinas cerradas. A Rainha a caminho de um hospital; a Rainha indo inaugurar um bazar beneficente, pensou Clarissa.

A aglomeração era surpreendente àquela hora. Lord's, Ascot, Hurlingham, o que seria?, perguntou-se, contemplando a rua congestionada. As classes médias britânicas, acomodadas lado a lado no topo dos ônibus com embrulhos e sombrinhas, sim, até com casacos de pele num dia como este, eram, refletiu, mais ridículas, mais bizarras do qualquer outra coisa concebível; e a própria Rainha bloqueada; a própria Rainha sem conseguir passar. Clarissa ficou parada numa das calçadas de Brook Street; na outra, Sir John Buckhurst, o velho juiz, com o automóvel entre eles (Sir John havia ditado a lei durante anos e apreciava mulheres elegantes); e então o chofer, inclinando-se ligeiramente, disse ou mostrou algo ao guarda, que o saudou e ergueu o braço e sacudiu a mão fazendo com que o ônibus se movesse para o lado e desse passagem ao automóvel. Bem devagar, em silêncio, este retomou seu caminho.

Clarissa adivinhou; evidentemente ela sabia; vira algo branco, mágico, circular, na mão do lacaio, um disco no qual estavam inscritas iniciais – da Rainha, do Príncipe de Gales, do Primeiro-Ministro? –, que, à força de seu esplendor, desimpedira o caminho (Clarissa viu o automóvel diminuindo até sumir), a fim de que brilhasse entre candelabros, estrelas reluzentes, peitos engalanados com folhas de carvalho, Hugh Whitbread e todos seus colegas, os pares da Inglaterra, nessa noite no Palácio de Buckingham. E Clarissa, também ela, daria uma festa. Ela se empertigou um pouco; assim ficaria no topo de sua escadaria.

O automóvel havia desaparecido, mas provocara uma leve ondulação que se espraiou pelas lojas de luvas e chapéus e alfaiatarias em ambos os lados de Bond Street. Durante trinta segundos todas as cabeças se inclinaram na mesma direção – para as vitrines. Enquanto escolhiam um par de luvas – o que ficava melhor, até o cotovelo ou acima dele, verde-limão ou cinza-claro? –, as damas fizeram uma pausa; quando a frase foi concluída, algo havia acontecido. Algo tão singularmente tênue que nenhum instrumento matemático, ainda que pudesse captar tremores na China, conseguiria registrar sua vibração; entretanto, tão formidável em sua plenitude e tão emocionante em seu apelo generalizado; pois em todas as chapelarias e alfaiatarias, estranhos se entreolharam e se lembraram dos mortos; da bandeira; do Império. Em uma ruela, alguém das colônias xingou a dinastia de Windsor em um *pub*, insultos foram trocados, copos de cerveja se quebraram e o tumulto se espalhou, ecoando estranhamente nos ouvidos das jovens que, no outro lado da rua, compravam roupas de baixo bordadas com imaculadas fitas brancas para seus enxovais. Pois, ao se dissipar, a agitação superficial provocada pela passagem do automóvel tocou em algo muito profundo.

Deslizando por Piccadilly, o carro desceu por St. James's Street. Homens altos e robustos, elegantes em seus fraques e peitilhos brancos, os cabelos penteados para trás e que, por motivos obscuros, estavam de pé na janela saliente do White's, as mãos nas costas sobre a cauda dos fraques, contemplando a rua, notaram instintivamente aquela eminência que passava, e a pálida luz da presença imortal recaiu sobre eles, assim como antes sobre Clarissa Dalloway. De repente empertigaram-se mais, soltaram as mãos e pareciam prontos a defender o soberano, se necessário derramando o próprio sangue, tal como antes haviam feito seus antepassados. Ao fundo, os bustos brancos e as mesinhas cobertas de exemplares da *Tatler* e garrafas de soda pareciam aprovar; pareciam apontar os trigais ondulantes e as mansões senhoriais da Inglaterra; e ecoar o frágil zumbido das rodas motrizes como as paredes em uma galeria sussurrante ecoam uma voz solitária, ampliada e tornada altissonante pela imponência de uma catedral. Envolta em um xale, Moll Pratt, com suas flores na calçada, desejou o melhor para o caro rapaz (sem dúvida o Príncipe de Gales) e teria arremessado em St. James's Street o equivalente ao preço de uma caneca de cerveja — um buquê de rosas —, por mero entusiasmo e desprezo da pobreza, caso não tivesse notado o olhar do policial em sua direção, desestimulando a lealdade de uma velha irlandesa. As sentinelas em St. James's se colocaram em posição de sentido, sob a aprovação da guarda da Rainha-Mãe Alexandra.

Enquanto isso, uma pequena multidão se juntara diante dos portões do Palácio de Buckingham. Apáticos mas confiantes, pobres todos eles, ali aguardavam; fitavam o próprio Palácio, no qual tremulava a bandeira; a Vitória enfunada sobre seu pedestal, admirando-lhe as cascatas, os gerânios; elegendo, dentre os automóveis no Mall, primeiro esse, depois aquele; emocionando-se em vão diante de gente comum que passeava de carro; retomando intactas suas homenagens à passagem de um ou outro automóvel; e, durante todo esse tempo, permitindo que o rumor se acumulasse em suas veias e fizesse tremer suas pernas à ideia de serem vistos pela realeza; da Rainha a acenar com a cabeça;

do Príncipe a saudar; pensando na vida celestial concedida aos Reis por vontade divina; nos camaristas e nas mesuras profundas; na velha casinha de bonecas da Rainha; na Princesa Mary casada com um inglês, e no Príncipe — ah!, o Príncipe!, incrivelmente parecido com o velho Rei Eduardo, dizia-se, mas bem mais magro. O Príncipe vivia em St. James's; mas talvez viesse pela manhã visitar a mãe.

Assim dizia Sarah Bletchley com o bebê nos braços, erguendo e baixando o pé, como se estivesse diante de sua própria lareira em Pimlico, mas sem despregar os olhos do Mall, enquanto Emily Coates esquadrinhava as janelas do Palácio e imaginava as criadas, as incontáveis criadas, e os quartos, os inúmeros quartos. Acrescida de um senhor idoso com seu cão, um *terrier* escocês, e de desocupados, a multidão se avolumava. O pequeno Mr. Bowley, que morava no Albany e para quem estavam lacradas as fontes mais profundas da vida, mas cujos lacres de repente podiam ser removidos de modo inapropriado, sentimental, por esse tipo de coisa — mulheres pobres esperando para ver a Rainha —, mulheres pobres, criancinhas simpáticas, órfãos, viúvas, a guerra — basta, basta —, já estava com os olhos marejados. Uma brisa cálida, que soprava pelo Mall através das árvores esguias e dos heróis em bronze, fez tremular algum estandarte no peito britânico de Mr. Bowley, que ergueu o chapéu quando o automóvel despontou no Mall e o manteve no alto enquanto ele se aproximava, pouco se incomodando com as pobres mães de Pimlico que se apertavam contra ele, sempre muito aprumado. O automóvel passou.

De repente, Mrs. Coates ergueu os olhos para o céu. O ruído de um aeroplano penetrou ameaçador nos ouvidos da multidão. Lá estava, sobre as árvores, soltando uma fumaça branca, que se enrolava e girava, na verdade escrevendo algo! Estava desenhando letras no céu! Todos olharam para o alto.

Depois de um mergulho, o aeroplano subiu em linha reta, fez uma curva, acelerou, mergulhou de novo, voltou a subir, e fizesse o que fizesse, fosse onde fosse, deixava flutuando atrás de si um espesso e encapelado novelo de fumaça branca que se torcia e se enrodilhava formando letras no céu. Mas quais letras? Era aquilo um C? Um E, e depois um L? Só ficavam paradas por um instante; em seguida elas se mexiam, e se desfaziam e se apagavam no alto do céu, e o aeroplano arremetia para a frente e, de novo, em um trecho limpo de céu, começava a traçar um K, um E, talvez um Y?

"Glaxo", disse Mrs. Coates com voz embargada, assombrada, os olhos erguidos, e o bebê, rígido e pálido em seus braços, também olhando bem para cima.

"Kreemo", murmurou Mrs. Bletchley, como uma sonâmbula. Com o chapéu ainda levantado e perfeitamente imóvel na mão, Mr. Bowley contemplava o céu. Por todo o Mall, as pessoas estavam de pé, com os olhos voltados para cima. Enquanto contemplavam, o mundo parecia completamente silencioso, e um bando de gaivotas cruzou o céu, primeiro a que liderava, depois outra, e nesse silêncio e paz extraordinários, nessa palidez, nessa pureza, os sinos soaram onze vezes, o som se desfazendo nas alturas entre as gaivotas.

O aeroplano fez uma curva e acelerou, e mergulhou exatamente onde queria, veloz e livre como um patinador –

"É um E", disse...– ou um dançarino –

"É *toffee*", murmurou Mr. Bowley –

(o automóvel cruzou o portão sem que ninguém o notasse), e interrompendo a fumaça, afastou-se rapidamente, cada vez mais distante, e a fumaça se desfez e se incorporou às formas amplas e alvas das nuvens.

Havia sumido atrás das nuvens. Não se ouvia mais nada. As nuvens às quais se agregaram as letras E, G ou L moviam-se livremente, como se encarregadas de cruzar o céu desde o Ocidente até o Oriente em uma missão da maior relevância que jamais seria revelada, mas quanto a isso não restava dúvida – era uma missão da maior relevância. Então, de repente, como um trem saindo de um túnel, o aeroplano irrompeu de novo dentre as nuvens, o ruído perfurando os ouvidos de todos os presentes no Mall, em Green Park, Piccadilly, Regent Street, Regent's

Park, e a coluna de fumaça curvou-se para trás e despencou, e depois se elevou, delineando uma letra após a outra — mas que palavra estava sendo traçada?

Lucrezia Warren Smith, sentada ao lado do marido em um banco numa alameda de Regent's Park, ergueu os olhos para o céu.

"Veja, Septimus, veja!", exclamou. Pois o dr. Holmes havia recomendado que procurasse desviar a atenção do marido (que no fundo não tinha nada de grave e estava só um pouco descompensado) para coisas que o afastassem de suas preocupações.

Bem, pensou Septimus ao levantar os olhos, estão me enviando sinais. Não exatamente com palavras de verdade; isto é, ainda não conseguia entender a língua; mas era muito evidente essa beleza, essa beleza requintada, e as lágrimas lhe afloraram aos olhos enquanto contemplava as palavras de fumaça desfalecendo e derretendo no céu, concedendo-lhe, com misericórdia inesgotável e generosidade brincalhona, sucessivas formas de inconcebível beleza, e indicando assim a intenção de lhe proporcionar, de graça e para sempre, apenas para ele, uma beleza sem fim! As lágrimas escorriam pelo seu rosto.

Era *toffee*; estavam fazendo publicidade de caramelo, disse uma babá a Rezia. Juntas começaram a soletrar t... o... f...

"K... R...", disse a babá, e Septimus a ouviu pronunciar "Ka Ro" junto a seu ouvido, em tons profundos e suaves, como um órgão melodioso, mas com um estrilo na voz igual ao de um gafanhoto, que lhe provocava um delicioso arrepio na espinha e enviava ao seu cérebro ondas de som que lá se quebravam ao chegar. Com efeito, era uma descoberta maravilhosa — a de que a voz humana, sob certas condições atmosféricas (pois não há nada como ser científico, sobretudo científico), é capaz de infundir vida às árvores! Felizmente, Rezia apoiou com tal força a mão sobre o joelho do marido que este ficou ancorado, transfixado; caso contrário, teria enlouquecido com a excitação dos olmos que se erguiam e desciam, se erguiam e desciam com todas as folhas iluminadas e a coloração se rarefazendo e se adensando desde o azul até o verde de uma onda oca, como plumas na cabeça dos cavalos, penachos na cabeça das damas, tão altiva e majestosamente se erguiam e desciam. Mas ele não iria enlouquecer. Iria cerrar os olhos; não veria mais nada.

Entretanto elas lhe acenavam; as folhas estavam vivas; as árvores estavam vivas. E as folhas, atadas por milhões de filamentos a seu corpo, ali sentado no banco, o impeliam para cima e para baixo; e quando o galho se estirava, também ele se estirava. Adejando, subindo e caindo em cascatas recortadas, os pardais eram parte do conjunto; o branco e o azul, rajados de galhos negros. Os sons criavam harmonias premeditadas; e os intervalos, tão significativos quanto os sons. Uma criança chorou. Logo em seguida ressoou ao longe uma buzina. Tudo isso junto indicava o surgimento de uma nova religião –

"Septimus!", exclamou Rezia. Ele teve um violento sobressalto. As pessoas vão notar.

"Vou até o chafariz e volto já", disse ela.

Pois ela não aguentava mais. Por mais que o dr. Holmes dissesse que não havia nada de errado. Para ela, melhor seria que ele estivesse morto! Não conseguia ficar sentada a seu lado quando ele ficava com esse olhar tão fixo, sem vê-la, que tornava tudo terrível; o céu e a árvore, as crianças que brincavam, puxavam carrinhos, sopravam apitos, tudo desabando; tudo era terrível. E ele não iria se matar; e ela não podia falar disso com ninguém. "Septimus está trabalhando muito" – é só o que contava para sua mãe. Amar nos faz solitários, pensou ela. Não podia conversar sobre isso com ninguém, e agora nem sequer com Septimus, e olhando para trás, ela o viu sentado, com o casaco surrado, sozinho no banco, curvado para a frente, o olhar fixo. E era uma covardia para um homem anunciar que iria se matar, mas Septimus havia lutado; havia sido corajoso; agora, porém, não era mais o mesmo Septimus. Quando ela vestia a gola rendada ou um chapéu novo, ele mal notava; estava feliz sem ela. Mas ela jamais poderia ser feliz longe dele! Jamais! Que egoísta era ele. Como todos os homens. Pois não estava doente. O dr. Holmes disse que não havia nada de errado. Ela estendeu a mão. Veja! O anel de noivado estava frouxo – de tão magra que estava. Era ela quem mais sofria – mas não tinha ninguém com quem falar.

Longe havia ficado a Itália e as casas brancas, e a sala onde as irmãs faziam chapéus, e as ruas cheias de gente passeando ao cair da noite, rindo, não como esses mortos-vivos daqui, agasalhados em cadeiras de rodas, contemplando um punhado de flores medonhas fincadas em vasos!

"Eles tinham de ver os jardins de Milão", disse em voz alta. Mas para quem?

Não havia ninguém. Suas palavras se dissiparam. Como fogo de artifício. As fagulhas, depois de abrirem caminho pela noite, capitulam diante dela, a escuridão cai, despejando-se sobre a silhueta das casas e das torres; encostas desoladas se esbatem e desaparecem. Porém, ainda que tenham sumido, a noite continua repleta delas; despojadas de cor, sem janelas, persistem de modo mais intenso, indicando o que a débil luz do dia deixa de transmitir – a aflição e a expectativa das coisas aglomeradas na obscuridade; desprovidas do alívio que traz o amanhecer quando, lavando de branco e cinza os muros, destacando as janelas, levantando a névoa dos campos, revelando as plácidas vacas castanho-avermelhadas pastando, tudo volta a se mostrar ao olho; volta a existir. Estou só, estou só!, exclamou ela, junto ao chafariz no Regent's Park (mirando a estátua do indiano com a cruz), como talvez à meia-noite, quando se confundem todas as fronteiras, o país recobra sua forma antiga, tal como a viram os romanos ao desembarcar ali, sob o céu nublado, quando os montes ainda não tinham nomes e os rios serpenteavam por regiões que ninguém conhecia – tal era a escuridão que ela sentia; então de repente, como se estivesse sobre uma plataforma, exclamou que era a mulher de Septimus, com quem se casara anos antes em Milão, a esposa dele, e jamais, jamais diria que ele estava louco! Ao se virar, a plataforma desmoronou; e ela despencou sem parar, sem parar. Pois lhe ocorreu que ele havia partido – para se matar, como ameaçara, para se jogar sob uma carroça! Mas não; lá estava ele, ainda sozinho no banco, com o casaco surrado, sentado com as pernas cruzadas, o olhar perdido, falando em voz alta.

Os homens não devem cortar as árvores. Existe um Deus. (Ele anotava tais revelações no verso de envelopes.) Mudar o mundo. Ninguém mata por ódio. Divulgar isso (anotou). Esperou. Apurou o ouvido. Encarapitado na grade mais adiante, um pardal piou Septimus, Septimus, quatro ou cinco vezes, e prosseguiu, alongando as notas, anunciando de novo e agudamente, com palavras em grego, que não há crime nenhum e, acompanhado de outro pardal, entoaram em vozes prolongadas e agudas, desde as árvores no prado da vida, mais além de um rio, lá onde caminham os mortos, que a morte não existe.

Ali estava sua mão; ali os mortos. Vultos brancos se aglomeravam por trás das grades mais adiante. Mas ele não se atrevia a olhar. Evans estava atrás das grades!

"O que você disse?", indagou de súbito Rezia, sentando-se a seu lado.

Interrompido de novo! Ela sempre o interrompia.

Para longe das pessoas — precisavam ir para longe das pessoas, disse ele (erguendo-se de um salto), bem ali, onde havia cadeiras sob uma árvore e o longo declive do parque estendia-se tal um pano verde sob um dossel de vapor azul e rosa, e ao longe havia uma barreira de casas irregulares e indistintas através do vapor, o tráfego zumbia em uma rotatória e, à direita, animais pardacentos esticavam os pescoços compridos por sobre as cercas do zoológico, latindo, uivando. Ali eles se sentaram debaixo de uma árvore.

"Olha só", implorou ela, apontando um grupinho de meninos carregando balizas de críquete, e um deles arrastou os pés, girou sobre o calcanhar e voltou a arrastar os pés, como se estivesse arremedando um palhaço no teatro de variedades.

"Olha", implorou ela, pois o dr. Holmes recomendara que chamasse a atenção dele para coisas reais, que o levasse a um teatro de variedades, que ele jogasse críquete — esse era o jogo ideal, disse o dr. Holmes, uma ótima atividade ao ar livre, o jogo mais adequado para seu marido.

"Olha só", repetiu ela.

Olha só, o invisível lhe ordenou, a voz que ora se dirigia a ele, o maior de todos os homens, Septimus, que pouco antes fora arrebatado da morte para a vida, o Senhor que viera para renovar a sociedade, que se estirava como uma manta, um manto de neve tocado apenas pelo sol, para sempre imaculado, para sempre a sofrer, o bode expiatório, o eterno sofredor, mas não era isso que ele queria, gemeu, afastando de si com um gesto sinuoso da mão esse sofrimento eterno, essa solidão eterna.

"Olha só", repetiu ela, pois não era bom que ele erguesse a voz ao falar consigo fora de casa.

"Ó, olha aquilo", ela implorou. Mas o que havia para ver? Só algumas ovelhas. Nada mais.

Para que lado é a estação de metrô de Regent's Park? – Maisie Johnson queria saber se podiam lhe indicar o caminho até a estação de metrô de Regent's Park. Ela chegara de Edinburgh apenas dois dias antes.

"Não por este lado – é por lá!", exclamou Rezia, dispensando-a com um gesto brusco, para que não reparasse em Septimus.

Que estranhos esses dois, pensou Maisie Johnson. Tudo parecia muito estranho. Pela primeira vez em Londres, onde viera trabalhar com o tio em Leadenhall Street, e agora de manhã atravessando a pé o Regent's Park, esse casal nas cadeiras a sobressaltou: a moça devia ser estrangeira, o homem tinha uma aparência estranha; a tal ponto que, mesmo se ficasse muito velha, ainda se recordaria com nitidez, entre outras lembranças, de como, cinquenta anos antes, cruzara a pé o Regent's Park em uma agradável manhã de verão. Pois tinha apenas dezenove anos e conseguira afinal o que tanto queria, vir para Londres; e agora, que estranho aquilo, esse casal a quem perguntara pelo caminho, a moça assustando-se e sacudindo a mão, e o homem – ele parecia horrivelmente esquisito; estavam brigando, talvez; talvez se separando para sempre; algo estava acontecendo, disso tinha certeza; e agora todas aquelas pessoas (pois retornara à grande alameda), os tanques de pedra, as flores viçosas, os velhos e as velhas, quase todos inválidos em cadeiras de rodas — tudo parecia, depois de Edinburgh, estranho demais. E Maisie Johnson, ao se juntar a toda aquela gente que caminhava sem pressa com olhares vagos, acariciada pela brisa — esquilos eretos alisando o pelo, pardais adejando sobre os chafarizes atrás de migalhas, cães entretidos uns com os outros e com as cercas, todos envoltos pelo ar suave e cálido que conferia um tom caprichoso e apaziguado ao olhar fixo e impassível com que acolhiam a vida —, Maisie Johnson sentiu claramente, ó!, que estava prestes a chorar (pois aquele jovem na cadeira a deixara sobressaltada. Algo estava acontecendo ali, tinha certeza disso).

Que horror! Que horror! Dava vontade de chorar. (Longe haviam ficado os seus; eles a haviam prevenido sobre o que iria ocorrer.)

Por que não ficara em casa?, lamentou-se, girando a maçaneta do portão de ferro.

Essa moça, ocorreu a Mrs. Dempster (que guardava migalhas para os esquilos e costumava almoçar no Regent's Park), ainda não sabe de nada; e, na verdade, bem que lhe parecia melhor ser um pouco corpulenta, um pouco lerda, um pouco moderada nas expectativas. Percy bebia demais. Antes ter um filho, refletiu Mrs. Dempster. A vida não fora nada fácil para ela, e não podia deixar de sorrir diante de uma moça assim. Você vai se casar, pois é bonita, pensou Mrs. Dempster. Case-se, pensou, e aí vai ver como são as coisas. Ó, as criadas, e o resto. Todo homem tem suas manias. Mas teria eu escolhido isso caso soubesse?, pensou Mrs. Dempster, sentindo vontade de sussurrar um conselho a Maisie Johnson; de sentir o beijo piedoso nas pregas de seu rosto envelhecido e gasto. Pois tinha sido uma vida dura, pensou Mrs. Dempster. O que não lhe custara aquilo? Rosas; a silhueta; os pés também. (Escondeu as massas disformes sob a saia.)

Rosas, pensou com sarcasmo. Quanta bobagem, minha cara. Pois na verdade, entre comer, beber e se acasalar, os dias ruins e os bons, a vida não se resumira apenas a rosas, e além do mais, verdade seja dita, Carrie Dempster jamais quis trocar seu destino com o de qualquer outra mulher de Kentish Town! Contudo, suplicou ela, piedade. Piedade, pela perda das rosas. Piedade, pediu a Maisie Johnson, de pé junto aos canteiros de jacintos.

Ah, aquele aeroplano! Não tivera ela sempre o desejo de conhecer outras terras? Mrs. Dempster tinha um sobrinho, um missionário. O aeroplano subiu bem alto e acelerou. Em Margate, ela sempre entrava no mar, sem jamais perder de vista a terra, mas não tolerava mulheres que tinham medo da água. Agora ele arremeteu e mergulhou. Ela ficou sem fôlego. Subiu de novo. O piloto deve ser um belo rapaz, apostou Mrs. Dempster, e então ele se afastou, cada vez mais longe, veloz e evanescente, cada vez mais longe o aeroplano cruzava o ar rapidamente: passando a grande altitude sobre Greenwich e todos os mastros; sobrevoando a ilhota de igrejas cinzentas, St. Paul's e as outras, até que, em cada lado de Londres, abriram-se os campos e os bosques marrom-escuros, onde tordos aventureiros, saltitando intrépidos, relanceando sem parar, agarravam o caramujo e o golpeavam contra a pedra, uma, duas, três vezes.

O aeroplano continuou a se afastar até que não era mais do que uma centelha faiscante; uma aspiração; um concentrado; um símbolo (assim pareceu a Mr. Bentley, que aparava vigorosamente seu gramado em Greenwich) da alma do homem; de seu empenho, pensou Mr. Bentley contornando o cedro, em escapar de seu corpo, de sua casa, graças ao pensamento, a Einstein, à especulação, à matemática e à teoria mendeliana — cada vez mais longe se afastava o aeroplano.

No mesmo instante, um indivíduo qualquer, de aparência ensebada, carregando uma bolsa de couro, parava nos degraus da catedral de St. Paul, vacilante, pois no interior encontraria um bálsamo, um acolhimento caloroso, todos aqueles túmulos sob estandartes tremulantes, emblemas de vitórias, mas não sobre exércitos, refletiu, e sim contra aquele pestilento espírito de busca da verdade que me deixou nesta situação lamentável e, além disso, a catedral oferece companhia, pensou, convidando-o a se tornar membro de uma sociedade; da qual fazem parte grandes homens; pela qual mártires sacrificaram a vida; por que não entrar, pensou, colocar essa sacola de couro atulhada de panfletos diante de um altar, uma cruz, o símbolo de algo alçado para além de toda busca e demanda e entrechoque de palavras, tornando-se apenas um espírito, desincorporado, fantasmagórico — por que não entrar?, pensou e, enquanto hesitava, o aeroplano irrompeu sobre Ludgate Circus.

Era estranho; completamente silencioso. Nem um ruído dele se ouvia em meio ao tráfego. Parecia que ninguém o pilotava; impelido por vontade própria. E agora, subindo em curva, direto para cima, como se ascendesse em êxtase, em puro arrebatamento, sua cauda derramando fumaça branca em curvas sinuosas, desenhando uma letra T, um O, um F.

"O que tanto eles olham?", indagou Clarissa Dalloway à criada que lhe abriu a porta.

O vestíbulo da casa estava fresco como uma cripta. Mrs. Dalloway levou a mão aos olhos e, enquanto a criada fechava a porta, e ela ouvia o fru-fru das saias de Lucy, sentiu-se como uma freira que voltava as costas ao mundo e era acolhida pelos véus familiares e os responsos de velhas orações. A cozinheira assobiava na cozinha. Ela ouviu o taque-taque da máquina de escrever. Essa era sua vida, e, debruçando-se sobre a mesa do vestíbulo, submetendo-se a tal influxo, sentiu-se abençoada e purificada, dizendo a si mesma, enquanto tomava o bloco onde fora anotada uma mensagem telefônica, que momentos assim são brotos na árvore da vida, são flores das trevas, pensou (como se uma rosa adorável tivesse desabrochado apenas para seus olhos); não acreditava absolutamente em Deus; contudo, por isso mesmo, ocorreu-lhe, tomando o bloco de recados, era ainda mais necessário no dia a dia recompensar os criados, sem dúvida, os cães e os canários, e sobretudo seu marido Richard, que era o fundamento disso tudo — dos sons jubilosos, das luzes esverdeadas, e até da cozinheira que assobiava, pois Mrs. Walker era irlandesa e passava o dia assobiando — é preciso retribuir esse tesouro secreto de momentos requintados, pensou, erguendo o bloco, ao lado de Lucy, que tentava explicar que...

"Mr. Dalloway, senhora..."

Clarissa leu no bloco de recados: "Lady Bruton quer saber se Mr. Dalloway poderia almoçar com ela hoje".

"Senhora, Mr. Dalloway pediu que lhe avisasse que iria almoçar fora."

"Ora, ora!", exclamou Clarissa e, como esta esperava, Lucy compartilhou sua decepção (mas não a pontada de angústia); sentiu a harmonia entre ambas; entendeu a alusão; pensou no modo como os aristocratas se amam; vislumbrou serenamente um futuro dourado para si mesma; e, empunhando a sombrinha de Mrs. Dalloway, manuseou-a como a sagrada arma descartada por uma deusa após se desempenhar com valor no campo de batalha, e a guardou no porta guarda-chuvas.

"Não temas mais", murmurou Clarissa. Não temas mais o sol ardente, pois o choque de Lady Bruton ter chamado Richard para o almoço sem convidá-la também fez estremecer o momento que acabara de viver, como uma planta no leito do rio acusa o choque de um remo passageiro e estremece: assim ela foi sacudida, assim estremeceu.

Millicent Bruton, cujos almoços eram tidos como extraordinariamente divertidos, não a convidara. Nenhum ciúme vulgar podia afastá-la de Richard. O que ela temia, porém, era o próprio tempo, e lia no rosto de Lady Bruton, como em um relógio de sol talhado em pedra impassível, que a vida ia se reduzindo; como, ano após ano, sua porção se reduzia; o quão pouco lhe restava daquela margem capaz de se estender, de absorver, como na época da juventude, as cores, os sais, os tons de existência, permitindo-lhe preencher os aposentos em que entrava, e muitas vezes sentir, ao hesitar no limiar de sua sala, uma ligeira expectativa, igual à que poderia tomar conta de um mergulhador antes de saltar, enquanto lá embaixo o mar escurece e clareia, e as ondas ameaçam quebrar, mas apenas se dividem suavemente na superfície, avançam e recobrem e conferem um matiz perolado às algas que acabam de ser revolvidas.

Deixou o bloco de recados na mesa do vestíbulo. Começou a subir devagar, apoiando-se no corrimão, como se acabasse de sair de uma festa, onde ora esse amigo ora aquele haviam refletido seu olhar, sua voz; de cerrar a porta e sair, ficando sozinha, uma figura isolada diante da noite espantosa, ou melhor, para ser exata, diante da mirada fixa dessa banal manhã de junho; com o viço suave de pétalas de rosa para alguns, ela bem o sabia, e o sentia, ao se deter à janela aberta na escada, que deixava entrar o ruído de persianas batendo, cães latindo, que deixava entrar, pensou ela de repente sentindo-se encarquilhada, envelhecida, de peito vazio, o dia que lá fora se afainava, enfunava, florescia, para além da janela, além de seu corpo e cérebro que já desfaleciam, pois não fora convidada por Lady Bruton, cujas recepções na hora do almoço eram consideradas extraordinariamente agradáveis.

Como uma freira ao se recolher, ou uma criança a explorar uma torre, ela subiu a escada, parou à janela, e chegou ao banheiro. Lá estava o linóleo verde e a torneira que pingava. Lá estava o vazio no cerne da vida; um quartinho no sótão. As mulheres devem se desfazer de seus ricos adornos. Precisam se trocar ao meio-dia. Cravou o alfinete na almofada e pôs o chapéu amarelo com pluma sobre a cama. Os lençóis estavam limpos, bem esticados, formando uma larga faixa branca de lado a lado. Cada vez mais estreita seria sua cama dali em diante. A vela estava pela metade e já avançara bastante nas *Memórias* do Barão Marbot. Noite adentro ela havia lido sobre a retirada de Moscou. Pois as sessões da Câmara prolongavam-se de tal modo que Richard insistira, depois que ficara doente, que seria melhor que ela dormisse sem ser incomodada. E, para ser sincera, bem que preferia ler sobre a retirada de Moscou. Ele sabia disso. Por isso o quarto no sótão; a cama estreita; e quando ali se deitava a ler, pois custava a pegar no sono, não conseguia se desfazer de uma virgindade que, mesmo após o parto, a envolvia como um lençol. Encantadora quando jovem, de repente houve um momento — por exemplo, no rio junto ao bosque em Cliveden — em que, por causa dessa frigidez, ela o decepcionara. E depois em Constantinopla, e tantas vezes mais. Ela fazia ideia do que lhe faltava. Não era a beleza; nem a inteligência. Era algo central que se irradiava; algo caloroso que rompia as superfícies e agitava o frio contato entre homem e mulher, ou entre duas mulheres. Pois *isto* ela conseguia perceber vagamente. E se ressentia, tomada de um escrúpulo adquirido sabe-se lá onde, ou, como lhe parecia, enviado pela Natureza (sempre tão sábia); mesmo assim, às vezes não conseguia resistir ao fascínio de uma mulher, não de uma garota, mas de uma mulher que lhe confessasse, como elas costumavam fazer, alguma de suas enrascadas, alguma de suas aventuras. E talvez por comiseração, pelo fato de serem belas, por ela ser mais velha, ou por um motivo acidental – um perfume sutil ou um violino soando no aposento vizinho (tão estranho é o poder dos sons em certos momentos), sem dúvida ela sentia então o que sentem os homens. Apenas por um instante; mas bastava. Era uma revelação brusca, um débil matiz como um rubor que se tenta conter, mas logo se espalha, e nada resta a fazer senão abandonar-se a essa expansão, e segui-la até o ponto extremo e ali ficar tremendo, sentindo o mundo se acercar, repleto de um significado assombroso, uma pressão arrebatadora que rompia a pele fina e jorrava e se derramava, como um bálsamo extraordinário, sobre as fissuras e as feridas. Então, naquele momento, ela tivera uma visão; um fósforo queimando em uma flor de açafrão; um sentido recôndito quase expresso. Mas o que estava próximo se afastou; o que era duro se suavizou. Havia passado – o momento. Em contraste com tais momentos (e também com as mulheres), ali estavam (enquanto tirava o chapéu) a cama, e o Barão Marbot e a vela pela metade. Deitada insone, o piso estalava; a casa iluminada de súbito ficava escura, e se erguesse a cabeça podia até mesmo ouvir o clique da maçaneta manuseada com toda a suavidade possível por Richard, que se esgueirava escada acima sem as botinas e então, quase sempre, deixava cair a bolsa de água quente e praguejava! Como ela ria então!

Mas essa questão do amor (pensou enquanto tirava o casaco), esse encantamento por mulheres. Por exemplo, Sally Seton; o relacionamento que tivera com Sally nos velhos tempos. Não havia sido, no final das contas, amor?

Ela se sentava no chão — foi o que primeiro lhe chamou a atenção em Sally —, ela estava no chão com os braços em torno dos joelhos, fumando um cigarro. Onde poderia ter sido isso? Na casa dos Manning? Dos Kinloch-Jones? Em alguma festa (qual delas, não saberia dizer), pois tinha a nítida lembrança de dizer a seu acompanhante, "Quem é *aquela*?". E ele lhe dissera, contando que os pais de Sally não se davam bem (e como isso a deixou chocada — que os pais de alguém pudessem não se entender!). Mas durante a noite toda não conseguira despregar os olhos de Sally. Era de uma beleza extraordinária, do tipo que mais lhe atraía, morena, de olhos grandes, com essa qualidade que, por lhe faltar, sempre despertava sua inveja — uma espécie de abandono, como se ela pudesse dizer o que quisesse, fazer o que quisesse; uma qualidade bem mais comum em estrangeiras do que em inglesas. Sally sempre dizia que corria sangue francês em suas veias, um antepassado que conhecera Maria Antonieta tivera a cabeça decepada, legara um anel de rubi. Talvez naquele verão ela tivesse vindo se hospedar em Bourton, chegando intempestivamente e sem um níquel no bolso, uma noite depois do jantar, e desconcertando de tal modo a pobre tia Helena que esta jamais a perdoou. Tinha havido alguma discussão em sua casa. Ela literalmente não tinha um níquel na noite em que apareceu — tivera de empenhar um broche para chegar lá. Saíra às pressas, impulsivamente. Ficaram conversando noite adentro. Foi Sally quem lhe fez notar, pela primeira vez, o quão protegida era a existência que levava em Bourton. Ela nada sabia sobre o sexo — nada sobre os problemas sociais. Certa vez vira um velho morto, caído no campo — e vacas logo após terem parido. Mas a tia Helena não gostava que se discutisse fosse o que fosse (quando ganhara de Sally um livro de William Morris, tivera de encapá-lo com papel pardo). Lá ficavam elas, horas e horas, conversando no quarto que ocupava no alto da casa, falando da vida, e de como iriam consertar o mundo. Pretendiam fundar uma sociedade que abolisse a propriedade privada, e chegaram até a redigir uma carta, que não foi enviada. As ideias eram de Sally, claro — mas logo ela também se entusiasmou –, lendo Platão na cama antes do café da manhã; lendo Morris; lendo Shelley sem parar.

Era assombrosa a força de Sally, seu dom, sua personalidade. Tinha um jeito com as flores, por exemplo. Em Bourton, sempre haviam colocado pequenos vasos empertigados por toda a mesa. Sally saiu, colheu malvas-rosa, dálias – todo tipo de flores que jamais haviam sido vistas juntas –, cortou-lhes as cabeças, e as colocou boiando em vasilhas com água. O efeito era extraordinário – quando se entrava para jantar no crepúsculo. (Evidentemente, a tia Helena achou uma maldade fazer aquilo com as flores.) Em outra ocasião, ela esqueceu sua esponja de banho, e atravessou correndo o corredor, completamente nua. Ellen Atkins, a criada velha e soturna, logo passou a resmungar – "E se algum dos cavalheiros a tivesse visto?". Ela conseguia chocar as pessoas. Uma desmazelada, disse papai.

O mais curioso, em retrospecto, era a pureza, a integridade de seu sentimento por Sally. Não era o mesmo que se sente por um homem. Era algo completamente desinteressado e, além disso, tinha uma qualidade que podia existir apenas entre mulheres, entre mulheres recém--chegadas à idade adulta. De sua parte, tinha um aspecto de proteção; nascido da percepção de serem aliadas, de um pressentimento de que estavam destinadas a se afastar uma da outra (sempre falavam do casamento como sendo uma catástrofe), que levava a esse cavalheirismo, esse sentimento protetor bem mais forte nela do que em Sally. Pois, na época, esta era de uma audácia a toda prova; fazia as coisas mais insensatas por mera bravata; andava de bicicleta no parapeito do terraço; fumava charutos. Ela era louca – completamente louca. Mas exercia um fascínio irresistível, ao menos sobre ela, a tal ponto que ainda se lembrava de ficar de pé em seu quarto no alto da casa, com o balde de água quente nas mãos, dizendo em voz alta: "Ela está aqui, debaixo deste mesmo teto... está debaixo deste teto!".

Não, agora essas palavras não significavam mais nada. Nem sequer conseguia ouvir um eco da antiga emoção. Mas lembrava-se bem de ficar gelada de tanta excitação e de ajeitar o cabelo em uma espécie de êxtase (agora o velho sentimento retornava, enquanto tirava os grampos do cabelo e os colocava sobre a penteadeira, e começava a arrumar o cabelo), com as gralhas exibindo-se para cima e para baixo na luz rosada do crepúsculo, e sentindo, ao atravessar o vestíbulo, que "morrer agora seria a suprema felicidade". Era isto o que sentia — o mesmo que Otelo, e era o que sentia, estava certa, com tanta intensidade quanto Shakespeare queria que Otelo sentisse, e tudo porque estava de branco, descendo para jantar com Sally Seton!

Sally estava com um vestido de musselina rosa — seria isso possível? Ela *parecia*, de qualquer modo, toda luminosa, reluzente, como um pássaro ou um balão de ar trazido pelo vento, e que se tivesse prendido por um instante nos espinhos de um arbusto. Todavia, quando se está apaixonado (e o que era aquilo senão amor?), nada é mais estranho do que a completa indiferença dos outros. Tia Helena simplesmente sumiu depois do jantar; papai foi ler o jornal. Peter Walsh talvez andasse por lá, assim como a velha Miss Cummings; Joseph Breitkopf certamente estava, pois todo verão, pobre coitado, lá costumava passar semanas e semanas e, com a desculpa de ajudá-la a ler em alemão, na verdade tocava piano e cantava Brahms, mesmo sem ter voz.

Tudo não passava de pano de fundo para Sally. Ela estava junto da lareira conversando, com aquela bela voz em que tudo soava como uma carícia, com papai, que a contragosto começava a ficar fascinado por ela (embora jamais superasse o fato de lhe ter emprestado um de seus livros, que depois encontrou ensopado no terraço), quando de repente ela disse: "Que vergonha ficarmos aqui dentro!". E todos saíram e ficaram de um lado para o outro no terraço. Peter Walsh e Joseph Breitkopf continuaram a discutir sobre Wagner. Ela e Sally vinham mais atrás. Então ocorreu o momento mais requintado de toda sua vida, ao passarem por uma floreira de pedra. Sally parou; colheu uma flor; beijou-a nos lábios. Foi como se o mundo virasse de ponta-cabeça! Os outros haviam sumido; estava sozinha com Sally. E sentiu ter recebido um presente, embrulhado, com a recomendação de que o guardasse, sem olhá-lo – um diamante, algo extremamente precioso que, enquanto caminhavam (de um lado para o outro, de um lado para o outro), ela então desembrulhava, ou era trespassada pela radiância, a revelação, o sentimento religioso! – até que se viram diante do velho Joseph e de Peter, que as encaravam:

"Contemplando as estrelas?", disse Peter.

Foi como bater de frente com o rosto em um muro de granito na escuridão! Foi chocante; foi horrível!

Não para ela. Que sentiu apenas o quanto Sally já estava sendo visada, maltratada; notou a hostilidade dele; o ciúme; o empenho de se intrometer na camaradagem que havia entre elas. Viu tudo isto como uma paisagem iluminada por relâmpago – e Sally (nunca a havia admirado tanto!), galhardamente, indômita, seguiu em frente. Ela riu. Pediu ao velho Joseph que lhe ensinasse os nomes das estrelas, algo que ele sinceramente adorava fazer. E quedou-se ali, prestando atenção. Ouvindo os nomes das estrelas.

"Ó, que horror!", exclamou para si mesma, como se soubesse desde o início que algo a interromperia, que algo amargaria aquele seu momento de felicidade.

Mais tarde, contudo, o quanto não iria depender de Peter Walsh. Sempre que nele pensava por algum motivo, lembrava-se das discussões que tinham – talvez por valorizar demais a opinião dele. Devia-lhe até mesmo palavras como "sentimental", "civilizado"; palavras que inauguravam cada dia de sua vida como se estivesse sob a proteção dele. Um livro era sentimental; uma atitude diante da vida, sentimental. "Sentimental" talvez fosse ela ao remoer o passado. O que acharia ele, pensou, quando retornasse?

Que ela envelhecera? Será que diria isso, ou ela o surpreenderia pensando, assim que retornasse, no quanto ela havia envelhecido? Era verdade. Depois da doença, seu cabelo havia ficado quase todo branco.

Ao colocar o broche na mesa, sentiu um espasmo súbito, como se, enquanto cismava, garras gélidas houvessem tido a chance de se cravarem nela. Ainda não estava velha. Acabara de fazer cinquenta e dois. Faltavam meses e meses até o próximo aniversário. Junho, julho, agosto! Cada um deles ainda permanecia quase intacto, e, como se para agarrar a gota que cai, Clarissa (dirigindo-se à penteadeira) mergulhou no próprio cerne do momento e o transfixou – o momento dessa manhã de junho submetido à pressão de todas as outras manhãs, vendo como se fosse pela primeira vez o espelho, a penteadeira e todos os frascos, reconcentrando-se toda em um único ponto (enquanto fitava o espelho), contemplando as delicadas feições coradas da mulher que naquela mesma noite iria oferecer uma recepção; Clarissa Dalloway; ela mesma.

Quantos milhões de vezes não contemplara o próprio rosto, e sempre com a mesma contração imperceptível! Apertou os lábios enquanto olhava para o espelho. Para conferir ao rosto uma agudeza. Assim era ela – aguçada; como uma seta; definida. Assim era quando um esforço, uma convocação para ser ela mesma, juntava suas partes, só ela sabia o quão diversas, o quão incompatíveis, e as arranjava para o mundo em torno de um único centro, um diamante, uma mulher que se sentava em sua sala e fazia desta um local de encontro, certamente uma radiância para algumas existências opacas, um refúgio onde podiam se abrigar os solitários, talvez; ela havia incentivado jovens, e eles se mostraram agradecidos; havia procurado ser sempre a mesma, nunca revelando nada de tantos outros aspectos de si mesma – falhas, ciúmes, vaidades, desconfianças, como nesse caso em que Lady Bruton deixou de convidá-la para o almoço; o que, pensou (afinal penteando o cabelo), é de uma baixeza sem tamanho! Bem, onde estava o vestido?

Os vestidos de gala ficavam no armário. Enfiando a mão naquela maciez, Clarissa retirou com cuidado o vestido verde e o levou até a janela. Ele havia rasgado. Alguém pisara na saia. Durante a festa na embaixada, ela o sentira ceder na parte de cima, entre as dobras. Sob a luz artificial, o verde era reluzente, mas agora parecia mortiço à luz do sol. Ela mesma daria um jeito. As criadas tinham muito o que fazer. E o vestiria esta noite. Buscaria suas linhas, suas tesouras, seu – o que era mesmo? –

dedal, evidentemente, lá embaixo na sala, pois também precisava escrever, e assegurar que tudo estivesse mais ou menos encaminhado.

Curioso, refletiu, estacando no patamar da escada, e compondo aquela forma diamantina, aquela pessoa única, curioso como a dona de uma casa conhece exatamente a situação, o temperamento de sua casa! Débeis sons erguiam-se em espirais do poço da escada; o deslizar de um esfregão; batidas ligeiras ou fortes; o alarido quando a porta da frente era aberta; uma voz transmitindo um recado no porão; o tinir argênteo em uma bandeja; a prataria limpa para a festa. Tudo era para a festa.

(E Lucy, entrando na sala de visitas com uma bandeja, colocou os imensos candelabros sobre a lareira, o cofrezinho de prata no meio, virou o golfinho de cristal para o lado do relógio. Eles viriam; ficariam de pé; conversariam em tons afetados que ela era capaz de arremedar, as damas e os cavalheiros. De todos, a patroa dela era a mais adorável – a dona da baixela, das toalhas e guardanapos, dos serviços de porcelana, pois o sol, a prataria, as portas tiradas de seus gonzos, o pessoal da Rumpelmayer, tudo lhe conferia um sentimento, enquanto colocava o abridor de cartas na mesa marchetada, de algo realizado. Veja! Veja!, disse a seus velhos amigos na padaria de Caterham, onde havia começado a trabalhar, espiando pelo espelho. Era Lady Angela, a serviço da princesa Mary, exatamente quando entrou Mrs. Dalloway.)

"Ó, Lucy", comentou, "a baixela de prata está magnífica!"

"E o que", continuou, girando o golfinho de cristal de modo a que ficasse de pé, "o que você achou da peça na noite passada?" "Ó, eles tiveram de ir embora antes do final! Tinham de estar de volta às dez! Ficaram sem saber o que aconteceu", disse ela. "Mas que pena", disse (pois os criados dela podiam ficar fora até mais tarde, se lhe pedissem). "Que desagradável", disse ela, tirando a velha e surrada almofada do meio do sofá e colocando-a nos braços de Lucy, enquanto lhe dava um pequeno empurrão e exclamava:

"Leve embora! Dê isso para Mrs. Walker, com meus cumprimentos! Pode levar!".

E Lucy parou à porta da sala, segurando a almofada, e perguntou, muito timidamente, ruborizando um pouco, se não poderia ajudá-la a consertar o vestido.

Mas Mrs. Dalloway lembrou-lhe que ela tinha já o suficiente com que se ocupar, mais do que o suficiente, para ainda ter de pensar nisso.

"Mas, obrigada, Lucy, ó, muito obrigada", disse Mrs. Dalloway, obrigada, obrigada, continuou a dizer (acomodando-se no sofá com o vestido sobre o joelho, as tesouras, as linhas), obrigada, obrigada, continuou, grata a suas criadas em geral por ajudá-la a ser assim, ser o que queria ser, afável, generosa. As criadas gostavam dela. E então esse vestido — onde estava o rasgo? e agora a agulha na qual passaria a linha. Esse era seu vestido predileto, da Sally Parker, um dos últimos que ela fizera, infelizmente, pois Sally havia se aposentado, agora vivia em Ealing, e se calhar, pensou Clarissa (mas jamais teria um momento livre), vou até lá, fazer uma visita para ela em Ealing. Pois ela era uma figura, pensou Clarissa, uma verdadeira artista. Sempre inventava pequenos detalhes incomuns, mas seus vestidos nunca eram esquisitos. Dava para vesti-los em Hatfield; no Palácio de Buckingham. Ela os vestira em Hatfield; no Palácio de Buckingham.

A tranquilidade tomou conta dela, a paz, o contentamento, enquanto a agulha, puxando devagar a seda até a suave pausa, juntava as dobras verdes e as prendia, delicadamente, à cintura. Tal como em um dia de verão, as ondas se formam, se desequilibram e arrebentam; se formam e arrebentam; e o mundo todo parece estar dizendo "isso é tudo", de modo cada vez mais grave, até que mesmo o coração pulsando no corpo estendido na praia sob o sol também diz, isso é tudo. Não temas mais, diz o coração. Não temas mais, diz o coração, lançando seu fardo em algum mar, que suspira coletivamente por todas as mágoas, e renova, retoma, recolhe, deixa tombar. E unicamente o corpo ouve a abelha que passa; a onda que arrebenta; o cão que late ao longe, late sem parar.

"Céus, a campainha da entrada!", exclamou Clarissa, imobilizando a agulha. Curiosa, apurou o ouvido.

"Mrs. Dalloway vai me receber, sim", disse o cavalheiro idoso no vestíbulo. "Ah, sim, não tenha dúvida de que vai me receber", repetiu, afastando Lucy do caminho com extrema gentileza, e galgando apressado os degraus. "Vai sim, vai sim, vai sim", murmurou enquanto corria escada acima. "Ela vai me receber. Depois de cinco anos na Índia, Clarissa vai me receber."

"Quem poderia... o que poderia...", indagou Mrs. Dalloway (parecia-lhe um acinte ser interrompida às onze da manhã no dia em que iria dar uma festa), ouvindo os passos nos degraus. Ouviu a batida na porta. Fez um gesto para esconder o vestido, como uma virgem protegendo a castidade, resguardando a privacidade. A maçaneta de latão se moveu. Então a porta se abriu, e ele entrou – por um instante não conseguia se lembrar de como se chamava!, tão surpresa ficou em vê-lo, tão contente, tão tímida, tão desconcertada ao ver Peter Walsh chegar inesperadamente ali pela manhã! (Ela não lera a carta dele.)

"Como vai você?", disse Peter Walsh, obviamente tremendo; tomando-lhe as mãos; beijando-lhe as mãos. Ela envelhecera, ocorreu-lhe ao sentar. Não direi nada sobre isso, pensou ele, pois ela envelheceu. Ela está me fitando, pensou, de repente constrangido, mesmo depois de lhe ter beijado as mãos. Enfiando a mão no bolso, dali tirou um grande canivete e abriu um pouco a lâmina.

Não mudou nada, pensou Clarissa; a mesma aparência excêntrica; o mesmo paletó xadrez; o rosto está um pouco desalinhado, um pouco mais fino, mais enxuto talvez, mas ele está com aspecto ótimo, e exatamente o mesmo.

"Que maravilhoso vê-lo de novo!", exclamou ela. Ele abrira o canivete. Tão típico dele, pensou.

Havia chegado à cidade na noite passada, contou ele; logo precisaria ir para o interior; e como estava tudo, como estava todo o mundo – Richard? Elizabeth?

"E o que é tudo isso?", perguntou, apontando o vestido verde com o canivete.

Ele está muito elegante, pensou Clarissa; no entanto, nunca perde a oportunidade de *me* criticar.

Aí está ela arrumando o vestido; arrumando o vestido como sempre, pensou ele; aí ficou sentada o tempo todo em que estive na Índia; arrumando o vestido; divertindo-se; frequentando festas; correndo até a Câmara, voltando de lá, e todas essas coisas, pensou ele, cada vez mais irritado, mais agitado, pois para certas mulheres não há nada no mundo tão ruim quanto o casamento, pensou; e a política; e um marido conservador, como o admirável Richard. Assim é, assim é, pensou, fechando o canivete com um estalo.

"Richard vai muito bem. Richard está em uma comissão", disse Clarissa.

Ela abriu a tesoura, e perguntou se ele se importava, ela só precisava acabar o que estava fazendo no vestido, pois iriam dar uma festa naquela noite?

"Para a qual não pretendo convidá-lo", disse. "Meu querido Peter!"

Que adorável ouvi-la dizer isso – meu querido Peter! Na verdade, tudo era adorável – a prataria, as cadeiras; tudo era adorável!

E por que não o convidaria para a festa?, perguntou.

Não há como negar, ocorreu a Clarissa, ele é encantador! Perfeitamente encantador! Agora me lembro de quão difícil foi me decidir – e afinal do motivo por ter me decidido – a não casar com ele naquele verão horrível.

"Mas é tão surpreendente que esteja aqui nesta manhã!", exclamou ela, pousando as mãos, uma em cima da outra, sobre o vestido.

"Lembra", prosseguiu, "de como as venezianas costumavam bater em Bourton?"

"É verdade", disse ele; e também se recordava de tomar o café da manhã sozinho, muito constrangido, ao lado do pai dela; que havia morrido; e ele não escrevera para Clarissa. Mas jamais se dera bem com o velho Parry, um velho alquebrado e lamuriento, o pai de Clarissa, Justin Parry.

"Muitas vezes gostaria de ter me dado melhor com seu pai", disse ele.

"Mas ele nunca gostou de ninguém que… dos nossos amigos", disse Clarissa; e quase mordeu a língua por tê-lo assim lembrado que Peter uma vez quisera se casar com ela.

Claro que queria, pensou Peter; e isso quase me dilacerou o coração também, pensou; e sentiu-se invadido por seu próprio pesar, que se ergueu como a lua sobre um terraço, espantosamente bela à luz agonizante do dia. Nunca mais fui tão infeliz, pensou ele. E como se estivesse de fato sentado naquele terraço, aproximou-se mais de Clarissa; estendeu a mão; ergueu-a; deixou que caísse. Sobre ambos pairava aquela lua. Também ela parecia estar sentada ao lado dele no terraço, sob o luar.

"Agora está sob os cuidados de Herbert", disse ela. "Nunca vou lá."

Então, exatamente como acontece em um terraço ao luar, quando alguém fica constrangido por estar entediado, mas, como o outro continua sentado em silêncio, muito quieto, contemplando com tristeza a lua, sem querer conversar, e a pessoa mexe o pé, limpa a garganta, examina um adorno na perna de ferro de uma mesa, afasta uma folha, mas não diz nada — assim fez Peter Walsh. Afinal, por que voltar dessa maneira ao passado?, pensou. Por que fazê-lo retomar tudo isso? Por que fazê-lo sofrer, quando ela já o atormentara de modo tão infernal? Por quê?

"Lembra do lago?", disse ela, com voz cortada, sob o impacto de uma emoção que lhe tomou conta do coração, enrijeceu os músculos da garganta e contraiu os lábios em um espasmo ao pronunciar "lago". Pois ela era uma criança ainda, atirando migalhas de pão aos patos, ao lado dos pais, e ao mesmo tempo já adulta, dirigindo-se até os pais na beira do lago, levando-lhes sua vida nos braços, enquanto se aproximava, até esta se tornar uma vida plena, uma vida completa, que então colocava aos pés deles, dizendo: "Isto é o que fiz dela! É isto!". E o que fizera dela? O quê, na verdade? sentada ali costurando nesta manhã ao lado de Peter.

Ela fitou Peter Walsh; o olhar dela, atravessando todo esse tempo e essa emoção, o alcançou de maneira vacilante; pousou nele lacrimosamente; alçou voo e foi embora, como uma ave que toca um galho, alça voo e vai embora. Com um gesto singelo, ela enxugou os olhos.

"É verdade", disse Peter. "Sim, sim, sim", disse, como se ela tivesse trazido à superfície algo que, ao se manifestar, fosse doloroso demais para ele. Chega! Chega!, teve vontade de protestar. Ainda não estava velho; sua vida não terminara; de jeito nenhum. Acabara de fazer cinquenta. Será que conto para ela, pensou, será? Bem que gostaria de se abrir e esclarecer tudo. Mas ela é fria demais, refletiu; ali costurando, com suas tesouras; ao lado de Clarissa, Daisy ia parecer vulgar. E ela iria me achar um fracasso, o que de fato sou no sentido deles, pensou; no sentido dos Dalloway. Ah, sim, não tinha a menor dúvida quanto a isso; era um fracasso, comparado a tudo isso — a mesa marchetada, o abridor de cartas em seu estojo, o golfinho e os candelabros, as capas nas cadeiras, e as antigas e valiosas gravuras inglesas pintadas — ele era um fracasso! Como detesto toda essa afetação, pensou; era coisa do Richard, não de Clarissa; mas no final foi com ele que ela casou. (Então Lucy entrou no aposento, trazendo objetos de prata, mais prataria, mas como era encantadora, esguia e graciosa, pensou ele, enquanto ela se abaixava para arrumá-los.) E era assim o tempo todo!, pensou; semana após semana; a vida de Clarissa; enquanto eu..., pensou; e de repente tudo parecia irradiar dele; viagens; cavalgadas; discussões; aventuras; rodadas de *bridge*; casos amorosos; trabalho; trabalho, trabalho! e tirou o canivete sem disfarçar — o velho canivete de cabo de osso que Clarissa poderia jurar que era o mesmo em todos esses trinta anos — e o apertou com força.

Que hábito excêntrico aquele, pensou Clarissa; sempre brincando com um canivete. E também sempre fazendo a gente se sentir frívola; uma cabeça oca; uma tagarela inconsequente — era bem isso o que ele fazia. Mas eu também, ocorreu-lhe, e, retomando a agulha, convocou, como uma rainha cujos guardas haviam adormecido e a deixado desprotegida (ela ficara surpresa com essa visita — bastante abalada), permitindo que qualquer um entrasse e a espreitasse ali sob os arbustos espinhosos e sinuosos, ela convocou em seu auxílio as coisas que havia realizado; as coisas que mais apreciava; seu marido; Elizabeth; ela própria, em suma, que Peter mal conhecia agora; para que cerrassem fileira em torno dela e desbaratassem o inimigo.

"Bem, e o que aconteceu com você?", disse ela. É assim que, antes do início da batalha, os cavalos tateiam o chão com as patas; reviram as cabeças; a luz rebrilha em seus flancos; os pescoços agitados. Assim, Peter Walsh e Clarissa, sentados lado a lado no sofá azul, lançavam desafios um ao outro. Uma energia borbulhava e se agitava dentro dele. E lançou mão das coisas mais diversas e vindas de todos os quadrantes; elogios; a carreira em Oxford; seu casamento, do qual ela não sabia absolutamente nada; o quanto havia amado; e como se desempenhara plenamente de suas obrigações.

"Milhões de coisas!", exclamou, e incitado pela conjunção de forças que agora se dispunham ao seu redor, e que lhe conferiam um sentimento ao mesmo tempo assustador e extremamente excitante de estar sendo carregado pelo ar nos ombros de pessoas que não mais podia ver, ele levou a mão à testa.

Clarissa manteve-se toda aprumada; tomou fôlego.

"Estou apaixonado", contou, mas não para ela, e sim para outra pessoa que se ergueu na sombra de tal modo que era impossível tocá-la, mas apenas depositar uma grinalda sobre a relva na escuridão.

"Apaixonado", repetiu, agora falando em tom mais seco a Clarissa Dalloway; "apaixonado por uma jovem na Índia". Pronto, havia depositado a grinalda. Clarissa podia fazer dela o que bem entendesse.

"Apaixonado!", exclamou ela. Que ele, com essa idade, com sua gravatinha-borboleta, tenha se deixado enganar por esse monstro! Com esse pescoço descarnado; essas mãos vermelhas; e seis meses mais velho que eu! Por um instante o olho dela tornou-se baço; ainda assim, ela sabia, no fundo do coração, que ele estava de fato apaixonado. Ele tem isso, sentiu ela; está apaixonado.

Mas o egoísmo indomável que sempre atropela todos aqueles que se lhe opõem, o rio que murmura adiante, adiante, adiante; mesmo reconhecendo que talvez não exista nenhum propósito para nós, ainda assim adiante, adiante; esse egoísmo indomável fez com que ela ruborizasse; fez com que parecesse muito jovem; muito corada; com os olhos reluzentes, ali sentada com o vestido sobre o joelho, e a agulha na ponta da linha verde, tremendo um pouco. Ele estava apaixonado! Não por ela. Por alguma mulher mais jovem, é claro.

"E quem é ela?", perguntou.

Agora essa estátua precisa ser retirada do pedestal e colocada entre eles.

"Uma mulher casada, infelizmente", disse ele; "a mulher de um major do exército na Índia."

E, com uma doçura curiosa e irônica, ele sorriu ao apresentá-la dessa forma ridícula a Clarissa.

(Mesmo assim, ele está apaixonado, pensou Clarissa.)

"Ela tem", prosseguiu mais calmo, "dois filhos pequenos; um menino e uma menina; e vim para cá conversar com meus advogados a respeito do divórcio."

Aí está!, pensou ele. Faça o que quiser com isso, Clarissa! Aí está! E, segundo após segundo, a esposa do major no exército da Índia (sua Daisy) e seus dois filhos pequenos pareciam-lhe cada vez mais encantadores à medida que eram contemplados por Clarissa; como se tivesse ateado fogo a uma pequena bolota cinzenta em um prato e dela surgisse uma árvore encantadora em meio ao ar marinho salino e revigorante da intimidade que havia entre ambos (pois, de certo modo, ninguém mais, além de Clarissa, o compreendia ou sentia as coisas do mesmo modo que ele) –, da requintada intimidade que partilhavam.

Ela o lisonjeara; ela o enganara, pensou Clarissa; delineando a mulher, a esposa do major no exército da Índia, com três golpes de faca. Que desperdício! Que insensatez! Durante toda a vida, Peter havia sido ludibriado assim; primeiro ao ser expulso de Oxford; depois se casando com a jovem no barco em que iam para a Índia; agora a mulher de um major do exército na Índia – graças a Deus que ela decidira não se casar com ele! Mesmo assim, ele estava apaixonado; seu velho amigo, seu querido Peter estava apaixonado.

"Mas o que você vai fazer?", indagou ela. Bem, os advogados e procuradores, Messrs. Hooper e Grateley de Lincoln's Inn, eles vão cuidar de tudo, respondeu ele. E então aparou de fato as unhas com o canivete.

Pelo amor de Deus, largue esse canivete!, exclamou ela para si mesma, num assomo irreprimível de irritação; esse estúpido desprezo pelas convenções, aí estava a fraqueza dele; essa incapacidade absoluta de levar em conta o sentimento alheio era o que mais a aborrecia, e sempre a aborrecera, mas nessa altura da vida, que estupidez!

Sei disso tudo, pensou Peter; sei o que me espera, pensou, passando o dedo pela lâmina do canivete, Clarissa e Dalloway e todos os outros; mas vou mostrar a Clarissa – e então, para sua imensa surpresa, de repente, impelido por aquelas forças incontroláveis soltas no ar, ele rompeu em lágrimas; chorou; chorou sem nenhum constrangimento, sentado no sofá, com as lágrimas escorrendo pelo rosto.

E Clarissa havia se debruçado, tomara-lhe a mão, trouxera-o para junto dela, e o beijado – na verdade, ela sentira o rosto dele no seu antes que pudesse conter o tumulto de plumas com faíscas prateadas, agitando-se em seu peito como capim-dos-pampas em uma ventania tropical, que, ao se acalmar, deixou-a ali, segurando a mão dele, dando-lhe tapinhas no joelho, e sentindo-se, ao se recostar, extraordinariamente à vontade, de coração leve, e de repente viu com toda a clareza: se tivesse me casado com ele, teria essa alegria o tempo todo!

Para ela, tudo isso ficara para trás. A colcha estava esticada na cama estreita. Ela subira sozinha para a torre, e os deixara colhendo amoras-pretas ao sol. A porta se fechara, e ali entre o pó do reboco esfarelado e os restos de ninhos de pássaros, o quão distante parecera aquela vista, e os sons chegavam débeis e frios (uma vez em Leith Hill, ela se lembrava), e Richard, Richard!, exclamou ela, como alguém que desperta no meio da noite e estende a mão na escuridão em busca de ajuda. Almoçando com Lady Bruton, voltou a se dar conta. Ele me abandonou; estou só para sempre, pensou, dobrando as mãos sobre o joelho.

Peter Walsh levantou-se e foi até a janela e ficou de costas para Clarissa, agitando o lenço de um lado para o outro. Tinha um ar imponente, severo e desolado, os ossos finos dos ombros marcando o casaco; assoou o nariz ruidosamente. Leve-me com você, pensou Clarissa impulsivamente, como se ele estivesse prestes a partir em uma longa viagem; e então, no momento seguinte, era como se os cinco atos de uma peça, tão excitantes e emocionantes, tivessem chegado ao fim, e neles ela vivera toda uma vida e havia fugido, vivido com Peter, e agora tudo se acabara.

Agora era hora de partir e, tal como uma mulher que recolhe suas coisas, o casaco, as luvas, os binóculos de ópera, e levanta-se para deixar o teatro e sair à rua, ela se levantou do sofá e aproximou-se de Peter.

E foi terrivelmente estranho, pensou ele, ver como ela ainda era capaz, ao se aproximar tilintante, roçagante, ainda era capaz, ao cruzar a sala, de fazer com que a lua, que ele detestava, se erguesse no terraço de Bourton no céu de verão.

"Diga a verdade", disse ele, segurando-a pelos ombros. "Você é feliz, Clarissa? Richard..."

A porta se abriu.

"Aí está minha Elizabeth", disse Clarissa, com emoção, talvez um tanto teatral.

"Como vai?", cumprimentou Elizabeth avançando pela sala.

O som do Big Ben dando a meia hora ressoou entre eles com força extraordinária, como se um jovem, vigoroso, indiferente, descuidado, estivesse arremessando halteres de um lado para o outro.

"Olá, Elizabeth!", exclamou Peter, guardando o lenço no bolso, precipitando-se até ela, e dizendo "Até mais, Clarissa" sem fitá-la, saindo rapidamente do aposento, descendo às pressas os degraus e abrindo a porta da rua.

"Peter! Peter!", gritou Clarissa desde o topo da escada. "Minha festa, hoje à noite! Não se esqueça da festa à noite!", gritou, erguendo a voz contra o alarido da rua, e, abafada pelo tráfego e o som de todos os relógios que davam a hora, a voz dela gritando "Não se esqueça da festa à noite!" parecia fina e débil e muito longínqua quando Peter Walsh fechou a porta.

Não esqueça de minha festa, não esqueça de minha festa, repetiu Peter Walsh, descendo para a calçada, repetindo para si mesmo ritmicamente, acompanhando o fluxo sonoro, o som direto e franco do Big Ben anunciando a meia hora. (Os círculos plúmbeos dissolveram-se no ar.) Ah, essas festas, pensou; as festas de Clarissa. Por que ela dá essas festas?, pensou. Não que a censurasse ou a essa figura de homem de casaca com cravo na lapela que vinha em sua direção. Só uma pessoa no mundo podia estar como ele, apaixonado. E ali estava ele, esse homem afortunado, ele mesmo, refletido na vitrine espelhada de um fabricante de carros a motor em Victoria Street. Toda a Índia ficara para trás; planícies, montanhas; epidemias de cólera; um distrito duas vezes maior que a Irlanda; as decisões que tomara sozinho – ele, Peter Walsh; que agora estava, pela primeira vez, apaixonado de verdade. Clarissa havia endurecido, pensou; e, além disso, ficado um tanto sentimental, desconfiava, contemplando os grandes automóveis que podiam fazer – quantas milhas por galão? Pois ele tinha uma propensão para a mecânica; até inventara um arado em seu distrito, importara carrinhos de mão da Inglaterra, mas os cules se recusaram a usá-los, e disso tudo Clarissa não fazia a menor ideia.

A forma como disse "Essa é minha Elizabeth!" – isso o incomodou. Por que não, simplesmente, "Essa é Elizabeth"? Faltava-lhe sinceridade. E Elizabeth também não gostou nada. (Os últimos tremores da grande voz ribombante ainda sacudiam o ar ao redor; a meia hora; ainda era cedo; ainda eram onze e meia.) Pois ele entendia os jovens; gostava deles. Havia sempre algo frígido em Clarissa, pensou. Sempre tivera, mesmo jovem, uma espécie de timidez, que na meia-idade costuma virar convencionalismo, e aí acaba tudo, acaba tudo, pensou, fitando sombriamente as profundezas da vidraça, e se perguntando se não a havia incomodado com essa visita naquela hora; de repente envergonhado de ter se mostrado um tolo; ter chorado; ter sido levado pela emoção; ter contado tudo a ela, como sempre, como sempre.

Igual a uma nuvem que encobre o sol, o silêncio desce sobre Londres; e desce sobre o espírito. Cessa o esforço. O tempo ondula no mastro. Ali paramos; ali ficamos de pé. Rígido, somente o esqueleto do hábito sustenta a armação humana. E dentro desta não há nada, disse Peter Walsh a si mesmo; sentindo-se oco, completamente esvaziado. Clarissa me rejeitou, pensou. Ficou ali pensando, Clarissa me rejeitou.

Ah, anunciou St. Margaret's, como uma anfitriã entrando pontualmente no salão e lá encontrando seus convidados. Não estou atrasada. Não, são exatamente onze e meia, diz ela. Porém, embora esteja perfeitamente certa, a voz dela, sendo a voz da anfitriã, reluta em se impor. Alguma mágoa do passado a retém; alguma preocupação presente. São onze e meia, diz ela, e o som de St. Margaret's desliza até os recessos do coração e se mescla em um círculo de som após o outro, como algo vivo, ansioso para se confessar, se dispersar e, com um estremecimento de prazer, enfim sossegar – como a própria Clarissa, pensou Peter Walsh, descendo a escada, toda de branco, ao bater da hora. É a própria Clarissa, pensou ele, com uma emoção intensa e uma lembrança dela extraordinariamente nítida e desconcertante, como se esse sino tivesse soado anos atrás na sala, onde estavam sentados em um momento de grande intimidade, e repercutido de um para o outro, antes de partir, tal como uma abelha com mel, prenhe do momento. Mas qual sala? Qual momento? E por que sentira uma felicidade tão funda quando soou o relógio? Então, à medida que se atenuavam os repiques de St. Margaret's, ocorreu-lhe que ela estivera doente, e o som exprimia lassitude e sofrimento. Era o coração dela, lembrou; e a brusca sonoridade da badalada final dobrava pela morte emboscada no meio da vida,

Clarissa desfalecendo ali mesmo em sua sala. Não! Não!, exclamou. Ela não está morta! Tampouco estou velho, exclamou, caminhando rumo a Whitehall, como se lá se estendesse, vindo em sua direção, pujante, interminável, seu próprio futuro.

Não estava nem um pouco velho, ou acomodado, ou esgotado. E quanto a se preocupar com o que falavam dele – os Dalloway, os Whitbread e os conhecidos de ambos, não dava a mínima – não dava a mínima (ainda que, para dizer a verdade, tivesse, uma hora ou outra, de ver com Richard se este não poderia ajudá-lo a obter uma colocação). Avançando com passadas largas, fitando ao redor, lançou um olhar fulminante à estátua do Duque de Cambridge. É certo que fora expulso de Oxford. É certo que fora um socialista, uma espécie de fracasso. Mesmo assim, refletiu, o futuro da civilização está nas mãos de jovens assim; de jovens como ele havia sido, trinta anos antes; entusiasmados por princípios abstratos; fazendo com que livros fossem remetidos desde Londres até o topo do Himalaia; estudando ciência; estudando filosofia. O futuro está nas mãos de jovens assim, pensou.

Um rumor, como o rumor da folhagem em um bosque, veio por trás dele, acompanhado de um surdo e sussurrante ruído cadenciado que, ao ultrapassá-lo, martelava-lhe os pensamentos, sem que nada pudesse fazer, num ritmo implacável, enquanto seguia para Whitehall. Jovens uniformizados, empunhando armas, marchavam com o olhar fixo adiante, marchavam com os braços rígidos, nos rostos uma expressão parecida com as letras de uma legenda inscrita na base de uma estátua, exaltando o dever, a gratidão, a fidelidade e o amor pela Inglaterra.

Eis aí um excelente treinamento, pensou Peter Walsh, ajustando o passo ao deles. Mas não pareciam nada robustos. Eram quase todos macilentos, meninos de dezesseis anos, que amanhã talvez estariam vendendo arroz ou barras de sabão atrás de um balcão. Agora exibiam nos semblantes, intocados por prazeres sensuais ou preocupações corriqueiras, a solenidade da coroa de flores que haviam ido buscar em Finsbury

Pavement para conduzir ao cenotáfio. Eles haviam prestado o juramento. E este era respeitado pelo tráfego; os furgões se detinham.

Não consigo acompanhá-los, deu-se conta Peter Walsh, enquanto marchavam rumo a Whitehall, e, com efeito, continuaram a marchar, passaram por ele, passaram por todos, avançando sem cessar, como se uma vontade única impelisse uniformemente esses braços e essas pernas, e a vida, com sua diversidade e falta de reticência, tivesse sido depositada sob um pavimento de monumentos e coroas de flores e narcotizada pela disciplina até se tornar um rígido cadáver de olhos arregalados. Era algo que inspirava respeito; era possível zombar daquilo; mas inspirava respeito, pensou. E lá vão eles, pensou Peter Walsh, parando no meio-fio; e todas as exaltadas estátuas, Nelson, Gordon, Havelock, as efígies negras e espetaculares dos grandes soldados com o olhar fixo adiante, como se também eles tivessem feito o mesmo sacrifício (Peter Walsh sentia que também ele havia feito isso, esse grande sacrifício), recalcado as mesmas tentações, até adquirir afinal um olhar marmóreo. Todavia, nem de longe Peter Walsh queria para si um tal olhar; ainda que o respeitasse nos outros. Nos jovens, era algo que merecia seu respeito. Ainda não conheciam os tormentos da carne, pensou, enquanto os rapazes desapareciam em sua marcha rumo ao Strand — tudo o que já passei, ocorreu-lhe ao cruzar a rua, parando sob a estátua de Gordon, o mesmo Gordon que havia venerado quando menino; Gordon de pé, solitário, com uma das pernas erguida e os braços cruzados — pobre Gordon, pensou.

E como ninguém ainda sabia que ele estava em Londres, com exceção de Clarissa, e a terra, depois da viagem, ainda lhe parecia uma ilha, viu-se tomado pela estranheza de estar sozinho, vivo, incógnito, ali em Trafalgar Square, às onze e meia da manhã. O que é isso? Onde estou? E por que, afinal, a gente faz o que faz?, pensou, não vendo nenhum propósito no divórcio. E seu espírito se aplanou como um charco, e foi sacudido por três fortes emoções: compreensão; um imenso amor pela humanidade; e, por fim, em consequência, uma alegria sutil e irreprimível; como se, no fundo de seu cérebro, outra mão manipulasse os fios, movesse as portinholas, enquanto ele, nada tendo a ver com isso, ainda permanecia diante de avenidas intermináveis, pelas quais, se quisesse, poderia perambular. Havia anos que não se sentia tão jovem.

Conseguira escapar! Estava inteiramente livre – como quando se abandona um hábito e o espírito, como uma chama desprotegida, se inclina e se curva e parece prestes a se apagar em seu suporte. Faz anos que não me sinto assim tão jovem!, pensou Peter, deixando de ser (claro que só por uma hora e pouco) precisamente o que era, e sentindo-se uma criança que corre para fora, e vê, ao se afastar, a velha babá acenando-lhe à janela porém na direção errada. Mas que mulher terrivelmente atraente, pensou Peter Walsh, ao cruzar Trafalgar Square na direção de Haymarket, e avistar uma jovem que, passando diante da estátua de Gordon, parecia-lhe (tão suscetível estava) ir se despojando de um véu após o outro, até se tornar a própria mulher que ele sempre almejara; jovem, mas altiva; jovial, mas discreta; negra, mas encantadora.

Aprumando-se e acariciando furtivamente o canivete, pôs-se no encalço dela, com a intenção de seguir essa mulher, essa excitação, que mesmo de costas parecia emitir uma luminosidade que os vinculava, elegendo-o entre todos, como se o bulício aleatório do tráfego tivesse sussurrado através das mãos em concha o seu nome, não Peter, mas o nome secreto com que chamava a si mesmo em pensamento. "Você", dizia ela, apenas "você", falando com as luvas brancas e os ombros. Então o fino e comprido manto movido pelo vento quando ela passou defronte à loja da Dent em Cockspur Street inflou-se de uma bondade envolvente, uma ternura pesarosa, como braços que se abriam para acolher o exausto...

Mas não é casada; ela é jovem; bem jovem, pensou Peter, o cravo vermelho que a vira usar, enquanto atravessava a Trafalgar Square, rebrilhando em seus olhos e enrubescendo os lábios dela, que o esperava no meio-fio. Tinha um ar digno. Não era mundana, como Clarissa; tampouco rica, como Clarissa. Seria, perguntou-se quando ela retomou o passo, respeitável? Espirituosa, com uma língua agitada de lagarto, pensou (pois precisamos inventar algo, nos permitir um pouco de diversão), uma espirituosidade fresca e expectante, uma espirituosidade dardejante; mas não rumorosa.

Ela se moveu; atravessou a rua; ele seguiu atrás. Deixá-la constrangida era a última coisa que queria. Mesmo assim, caso ela parasse, ele diria: "Que tal tomarmos um sorvete?", era isso o que diria, e ela responderia, com perfeita simplicidade, "Por que não?".

Mas outras pessoas se interpuseram entre ambos na rua, bloqueando o caminho dele, encobrindo-a. Ele se pôs em seu encalço; ela mudou. Havia um rubor em seu rosto; zombaria nos olhos; quanto a ele, era um aventureiro temerário, pensou, célere, ousado, na verdade (recém-chegado da Índia na noite anterior como era o caso), um bucaneiro romântico, indiferente a todas as malditas conveniências, vestidos amarelos, cachimbos, varas de pescar nas vitrines das lojas; e à respeitabilidade, recepções noturnas e velhos elegantes de peitilhos brancos sob os coletes. Ele era um bucaneiro. Ela continuou andando, atravessou Piccadilly e entrou pela Regent Street, sempre à frente dele, com o manto, as luvas, os ombros em harmonia com as franjas e os rendilhados e os boás de plumas nas vitrines, de modo a compor esse espírito de refinamento e frivolidade que se esparramava das vitrines para a calçada, tal como a luz de uma lâmpada avança tremeluzente sobre as sebes na escuridão.

Sorridente e deliciosa, ela havia cruzado Oxford Street e Great Portland Street e virado em uma das ruelas, e agora, agora se aproximava o momento crucial, pois ela diminuiu o passo, remexeu na bolsa e, com um olhar na direção dele, mas sem fitá-lo, um olhar que dizia adeus, avaliava a situação toda e a descartava triunfante, para sempre, e então enfiou a chave, abriu a porta e sumiu! A voz de Clarissa dizendo "Não esqueça de minha festa", "Não esqueça de minha festa", ressoou nos ouvidos dele. Vermelha, com floreiras suspensas de gosto duvidoso, era uma casa sem nada de especial. Havia acabado.

Bem, pelo menos me diverti; foi divertido, pensou, erguendo os olhos para os vasos suspensos de gerânios desbotados. E acabou reduzida a pó — a diversão dele, pois em parte inventada, como bem sabia; uma invenção, essa escapada com a jovem; inventada, como se inventa a maior parte da vida, pensou — inventando a si mesmo; inventando a jovem; criando uma diversão requintada, e algo mais. Mas havia sido estranho, e bem genuíno; tudo isso era algo impossível de partilhar — reduzido a pó.

Ele deu meia-volta; seguiu pela rua, pensando em achar um lugar para sentar, até chegar a hora de ir a Lincoln's Inn — encontrar Messrs. Hooper e Grateley. Onde poderia ir? Tanto fazia. Adiante, portanto, até Regent's Park. Suas botinas ressoaram na calçada ao ritmo de "tanto faz"; pois era cedo, ainda era cedo demais.

Além disso, a manhã estava esplêndida. Como a pulsação de um coração perfeito, a vida latejava cadenciada pelas ruas. Sem nenhum tateamento — nenhuma hesitação. Aproximando-se rapidamente com uma guinada, preciso, pontual, silencioso, ali, bem no momento certo, o automóvel parou diante de uma porta. E dele desceu uma jovem, com meias de seda, plumas, evanescente, ainda que não especialmente atraente para ele (pois já vivera sua aventura). Mordomos admiráveis, *chow-chows* trigueiros, salões com pisos de losangos brancos e pretos e cortinas brancas enfunadas, Peter espiou pela porta aberta e deu sua aprovação. À sua maneira, Londres era afinal uma esplêndida realização; a temporada; a civilização. Nascido, no caso dele, em uma respeitável família anglo-indiana, da qual pelo menos três gerações haviam conduzido os negócios de um continente (estranho, pensou ele, o que sinto a esse respeito, desgostando como desgostava da Índia, do Império, do exército), havia ocasiões em que a civilização, mesmo sob esse aspecto, parecia-lhe tão preciosa quanto um objeto pessoal; momentos em que se orgulhava da Inglaterra; dos mordomos; dos *chow-chows*; das jovens que desfrutavam dessa segurança. Por mais ridículo que fosse, era bem isso, pensou. E os médicos, e os homens de negócio e as mulheres competentes, todos dedicados a seus afazeres, pontuais, alertas, robustos, pareciam-lhe absolutamente admiráveis, excelentes companheiros, a quem era possível confiar a própria vida, parceiros na arte de viver, que iriam assegurar nossa travessia. A despeito de uma ou outra coisa, até que era um espetáculo bastante tolerável; e ele iria se sentar à sombra e fumar.

Ali estava o Regent's Park. Isso mesmo. Quando pequeno havia passeado pelo Regent's Park — curioso, pensou, como as lembranças da infância ficam voltando — talvez por ter visto Clarissa; pois as mulheres vivem muito mais do que nós no passado, pensou. Elas se apegam aos lugares; e aos pais — uma mulher sempre tem orgulho do pai. Bourton era um lugar agradável, um lugar muito agradável, mas nunca consegui me dar bem com o velho, pensou. Certa noite houve uma cena e tanto — uma discussão sobre algo, o que exatamente não mais se lembrava. Política, provavelmente.

Sim, ele se recordava de Regent's Park; o caminho longo e reto; a casinha à esquerda onde se compravam bexigas de ar; a estátua absurda com sua inscrição em alguma parte. Procurou um banco vago. Não queria ser incomodado (pois se sentia um pouco sonolento) por alguém perguntando pelas horas. Uma babá idosa e grisalha, cuidando de uma criança adormecida no carrinho — foi o melhor que conseguiu; sentou-se na ponta do banco ocupado pela babá.

Essa menina tem uma aparência curiosa, pensou ele, lembrando-se de repente do instante em que Elizabeth entrou na sala e parou ao lado da mãe. Ficou alta; bem madura, não exatamente bonita; mas com feições agradáveis; e não deve ter mais de dezoito. Provavelmente não se dá com Clarissa. "Aqui está minha Elizabeth" — que coisa para se dizer —; por que não "Aqui está Elizabeth", simplesmente? — tentando dar a entender, como a maioria das mães, que as coisas são o que não são. Ela confia demais em seu encanto, pensou. Ela exagera.

A opulenta e benigna fumaça do charuto desceu num frio torvelinho por sua garganta; e logo ele a exalou, formando anéis que bravamente enfrentavam o ar por um instante; azuis, circulares – vou tentar conversar sozinho com Elizabeth hoje à noite, pensou – e logo começavam a oscilar em formas de ampulhetas antes de se dissiparem; estranhas as formas que assumem, pensou. De repente fechou os olhos, ergueu a mão com dificuldade, e atirou longe a ponta pesada do charuto. Um grande pincel varreu-lhe suavemente o espírito, arrastando consigo os ramos balouçantes, as vozes infantis, os pés que se arrastavam, as pessoas que passavam, o rumor do tráfego, os ruídos de tráfego que aumentavam e diminuíam. Tombando, tombando, ele afundou nas plumas e penas do sono, afundou, e foi envolto no silêncio abafado.

A babá encanecida retomou o tricô enquanto Peter Walsh, a seu lado, na parte ensolarada do banco, começou a ressonar. Vestida de cinzento, sem parar de mover as mãos, mas em silêncio, como a guardiã dos direitos dos adormecidos, uma dessas presenças espectrais que se erguem, ao crepúsculo, em bosques feitos de céu e ramagem. O viajante solitário, frequentador de sendas, perturbador de samambaias e destruidor de grandes plantas de cicuta, levantando de repente os olhos, avista uma figura gigantesca no fim da trilha.

Talvez ateu por convicção, ele é surpreendido por momentos de exaltação extrema. Nada existe fora de nós além de um estado mental, acredita ele; um desejo de conforto, de alívio, de algo que nada tenha a ver com esses pigmeus miseráveis, esses débeis, esses medonhos, esses pusilânimes homens e mulheres. Mas se é capaz de imaginá-la, então de algum modo a figura existe, acredita ele, e avançando pelo caminho com os olhos voltados para o céu e os galhos, logo lhes confere um caráter feminino; e vê assombrado o quão graves se tornam; o quão majestosamente, ao serem sacudidos pela brisa, os galhos distribuem, com melancólico tremular da folhagem, caridade, compreensão, absolvição, e, depois, lançando-se de repente para o alto, desbaratam em orgia desenfreada a piedade que exibem.

Tais são as visões que depositam imensas cornucópias repletas de frutos aos pés do viajante solitário, ou que lhe murmuram ao ouvido como sereias refestelando-se nas ondas verdes do mar, ou que se arrojam contra seu rosto como buquês de rosas, ou que remontam à tona como os rostos pálidos que os pescadores, debatendo-se em meio às vagas, tentam abraçar.

Tais são as visões que emergem sem cessar à superfície das coisas reais, que as acompanham e as encobrem; com frequência assoberbando o viajante solitário e arrebatando-lhe o sentimento da terra, a vontade de regresso, dando-lhe em troca uma paz absoluta, como se (assim lhe ocorre ao seguir pela trilha na floresta) toda essa febre de viver fosse a própria simplicidade; e as miríades de coisas nada mais fossem do que uma única coisa; e essa figura, composta assim de céu e ramagem, tivesse se erguido do mar encapelado (ele já é maduro, tendo passado dos cinquenta), tal como uma forma poderia ser aspirada para fora das ondas a fim de derramar compaixão, compreensão, absolvição de suas mãos magníficas. Que me seja concedido, pensa ele, nunca mais retornar à luz do abajur; à sala de estar; não terminar meu livro; não esvaziar o cachimbo; não usar a sineta para chamar Mrs. Turner a fim de que limpe a mesa; e em vez disso que me seja permitido caminhar diretamente até essa imensa figura, que irá, com um meneio da cabeça, carregar-me em suas serpentinas e permitir que me aniquile juntamente com todo o resto.

Tais são as visões. O viajante solitário logo sai do bosque; e ali, saindo à porta, possivelmente na expectativa de seu retorno, as mãos erguidas protegendo os olhos e o avental branco enfunado, está uma mulher madura que parece (tão forte é essa debilidade) buscar, em pleno deserto, um filho perdido; procurar um cavaleiro derrocado; ser a figura da mãe cujos filhos foram mortos nas batalhas do mundo. Assim, enquanto o viajante solitário adentra a rua do vilarejo onde as mulheres tricotam e os homens cavoucam no jardim, o crepúsculo parece ameaçador; as figuras imóveis; como se uma sina portentosa, conhecida deles, aguardada sem temor, estivesse prestes a arrastá-los para a completa aniquilação.

No interior, entre coisas corriqueiras, o armário, a mesa, o peitoril da janela com gerânios, de repente a silhueta da proprietária, debruçando-se para tirar a toalha, se esbate sob a luz, um adorável emblema do qual somente a lembrança dos frígidos contatos humanos nos impede de acolher. Ela pega a marmelada; ela a guarda no armário.

"Nada mais por hoje, senhor?"

Mas a quem irá responder o viajante solitário?

Assim a babá idosa tricotava junto ao bebê adormecido em Regent's Park. Assim Peter Walsh ressonava. E despertou de repente, dizendo a si mesmo, "a morte da alma".

"Deus meu, Deus meu!", disse para si mesmo em voz alta, espreguiçando-se e abrindo os olhos. "A morte da alma." As palavras fixaram-se a uma cena, a um aposento, a algum passado com que estivera sonhando.

Foi em Bourton naquele verão, no início dos anos 90, quando estava tão apaixonado por Clarissa. Havia muita gente lá, rindo e conversando, sentados ao redor da mesa após o chá, o aposento banhado em luz amarela e tomado pela fumaça de cigarros. Estavam falando de um homem que se casara com uma de suas criadas, um dos proprietários dos arredores, já não lembrava mais o nome. Ele havia se casado com a empregada e a levara a Bourton — fora uma visita horrível. Ela estava vestida de modo ridículo e espalhafatoso, "como uma cacatua", havia dito Clarissa, arremedando-a, sem parar de falar um instante. Ela falava e falava — Clarissa arremedando a mulher. Então alguém perguntou — foi Sally Seton — se fazia diferença para alguém saber que antes do casamento ela tivera um filho? (Naquela época, em ambientes mistos, era um atrevimento dizer algo assim.) Ainda agora ele podia ver Clarissa enrubescendo; se crispando, de certo modo; e exclamando, "Ó, nunca mais vou lhe dirigir a palavra!". E então o grupo todo sentado à volta da mesa de chá pareceu vacilar. Foi muito constrangedor.

Ele não a culpara por dar tanta importância àquilo, pois na época uma jovem formada naquele meio não sabia de nada, mas ficou irritado com a atitude dela; tímida; dura; arrogante; santarrona. "A morte da alma." Havia dito isso por impulso, rotulando o momento, como de hábito — a morte da alma dela.

Todo o mundo vacilou; todos pareciam ter baixado a cabeça, enquanto ela falava, reerguendo-a com outra expressão. Ele ainda podia ver Sally Seton, como uma criança que havia cometido uma travessura, inclinando-se para diante, um tanto ruborizada, querendo falar, mas temerosa, pois Clarissa de fato assustava as pessoas. (Era a melhor amiga de Clarissa, sempre estava por ali, uma criatura cativante, bela, morena, na época com reputação de grande destemor, e ele costumava lhe oferecer charutos, que ela fumava no quarto, e tinha sido noiva de alguém ou brigara com a família, e o velho Parry tinha aversão igualmente por ambos, o que era um vínculo forte entre eles.) Então Clarissa, ainda com ar de estar ofendida com todos, levantou-se, balbuciou uma desculpa e se retirou, sozinha. Quando abriu a porta, entrou aquele imenso cão desgrenhado que perseguia as ovelhas. Ela se lançou sobre ele, tomada de arroubos. Como se dissesse a Peter — pois tudo estava dirigido a ele, como ele bem sabia — "Sei que há pouco você me achou ridícula a respeito daquela mulher; mas veja como sou extraordinariamente simpática; veja como adoro meu Rob!".

Os dois sempre tiveram esse estranho poder de se comunicar sem palavras. Quando a censurava, ela notava logo. Em seguida fazia algo muito óbvio para se justificar, tal como esse estardalhaço com o cão — mas ele jamais era enganado, e sempre via através da dissimulação de Clarissa. Não que dissesse nada, é claro; apenas ficava sentado taciturno. Era assim que começavam os desentendimentos entre eles.

Ela fechou a porta. De imediato, ele ficou muito deprimido. Tudo parecia inútil — continuar com aquela paixão; continuar a brigar; continuar fazendo as pazes — e saiu a perambular sozinho, entre as outras construções, os estábulos, espiando os cavalos. (A propriedade era bem modesta; os Parry nunca foram muito abastados; mas sempre havia por lá cavalariços e moços de estrebaria – Clarissa adorava cavalgar – e um velho cocheiro – como era o nome dele? –, uma velha babá, a velha Moody, a velha Goody, era assim que a chamavam, a quem nos levavam para visitar em um quartinho atulhado de fotos, atulhado de gaiolas de passarinhos.)

Foi um final de tarde terrível! Ele foi ficando cada vez mais melancólico, e não só por aquilo, mas por causa de tudo. E não podia vê-la; não podia lhe explicar; não podia colocar tudo em pratos limpos. Sempre tinha gente em volta – e ela continuava agindo como se nada tivesse ocorrido. Esse era o lado diabólico dela – essa frieza, essa insensibilidade, algo muito profundo, que ele sentira de novo ao revê-la nesta manhã; algo impenetrável. Porém, Deus sabe o quanto ele a amava. Ela possuía o estranho poder de tocar nos nervos da gente, sem dúvida, de fazer deles o que quisesse.

Ele descera para o jantar um pouco atrasado, graças a uma noção estúpida de se fazer notar, e sentara ao lado da velha Miss Parry – a tia Helena –, a irmã de Mr. Parry, que então ocupava a cabeceira da mesa. Lá estava ela, sentada com seu xale branco de caxemira, de costas para a janela – uma senhora temível, mas que o tratava com afabilidade pois ele lhe oferecera uma flor rara, a ela, uma entusiasta da botânica, que saía pelo campo com botas grossas e uma caixa de coleta preta a tiracolo. Ele se acomodou ao lado dela, incapaz de dizer uma palavra. Tudo parecia lhe escapar; limitou-se a ficar ali sentado, comendo. Só quando ia avançado o jantar, ele se forçou a olhar para Clarissa no outro lado da mesa. Ela estava conversando com um jovem à sua direita. Foi então que o assaltou uma súbita revelação. "Ela vai se casar com esse fulano", disse para si mesmo. E nem sequer sabia o nome do outro.

Pois evidentemente naquele final de tarde, bem naquele final de tarde, foi que Dalloway apareceu; e Clarissa o chamou de "Wickham"; foi então que tudo começou. Viera com alguém; e Clarissa entendeu mal o nome. E o apresentou a todos como Wickham. Até ele protestar,

"Meu nome é Dalloway!" – essa foi a primeira vez que ele viu Richard – um jovem loiro, um tanto desajeitado, sentado em uma espreguiçadeira, e exclamando de repente "Meu nome é Dalloway!". Sally não perdeu a oportunidade; a partir dali passou a chamá-lo sempre de "Meu nome é Dalloway!".

Na época, ele costumava ter essas revelações. A dessa ocasião – a de que ela se casaria com Dalloway – foi ofuscante – acabrunhante. Era óbvia uma espécie de – como dizer? –, uma espécie de desembaraço no modo como ela se dirigia a ele; algo maternal; algo suave. Estavam falando de política. Durante todo o jantar ele tentou ouvir o que estavam conversando.

Também se lembrava de, mais tarde, ter ficado de pé na sala, junto à poltrona da velha Miss Parry. Clarissa aproximou-se, com suas maneiras perfeitas, uma anfitriã de verdade, a fim de apresentá-lo a alguém – e dirigiu-se a ele como se jamais tivessem se visto, o que o deixou furioso. No entanto, mesmo aí ele a admirou por isso. Admirou sua coragem; seu instinto social; admirou sua força para levar as coisas até o fim. "A perfeita anfitriã", disse a ela, que se retraiu toda. Mas era bem isso o que queria que ela sentisse. Teria feito qualquer coisa para magoá-la, depois de vê-la com Dalloway. Por isso ela se afastou. E ele ficou com a sensação de que todos estavam em conluio contra ele – rindo e falando às suas costas. Ali se quedou ao lado da poltrona de Miss Parry como se estivesse talhado em madeira, conversando sobre flores silvestres. Nunca, nunca antes havia sofrido de maneira tão atroz! Deve ter esquecido até mesmo de fingir que estava escutando; por fim despertou; notou que Miss Parry estava com o semblante um tanto perturbado, um tanto indignado, os olhos arregalados e imóveis. Ele quase gritou que não podia prestar atenção, pois estava no Inferno! Então começaram a deixar a sala. E ele os ouviu falando de buscar casacos; de como deveria estar frio no lago, e coisas assim. Iam passear de barco ao luar – uma das ideias loucas de Sally. Até a ouviu descrevendo a lua. E todos saíram. Ele ficou para trás, sozinho.

"Não quer ir com eles?", perguntou tia Helena – a pobre Miss Parry! –, ela havia adivinhado. E ele se voltou e ali estava Clarissa de novo. Havia retornado para buscá-lo. Ele foi vencido pela generosidade – pela bondade dela.

"Vamos", disse ela. "Eles estão esperando."

Jamais, em toda a sua vida, ele se sentira tão feliz! Sem dizer uma palavra, fizeram as pazes. Caminharam juntos até o lago. Ele desfrutou de vinte minutos de perfeita felicidade. A voz dela, seu riso, seu vestido (esvoaçante, branco, carmim), sua espirituosidade, seu arrojo; fez com que todos desembarcassem e explorassem a ilha; assustou uma galinha; riu; cantou. E o tempo todo, ele sabia perfeitamente, Dalloway estava se apaixonando por ela; e ela estava se apaixonando por Dalloway; mas aquilo não parecia mais importar. Nada mais importava. Sentados na relva, eles conversaram – ele e Clarissa. Sem nenhum esforço, seus espíritos se entenderam perfeitamente. E aí, um segundo depois, tudo havia terminado. Enquanto subiam de volta no bote, ele disse a si mesmo "Ela vai se casar com aquele homem", sem nada sentir, sem nenhum ressentimento; mas era óbvio. Dalloway ia se casar com Clarissa.

Remando, Dalloway os levou de volta. Sem nada dizer. Porém, de algum modo, enquanto o viam partir, montando na bicicleta para percorrer vinte milhas através dos bosques, tentando se endireitar na trilha, acenando com a mão antes de sumir, ele sentiu com toda a clareza, instintivamente, tremendamente, fortemente, tudo isso; a noite; o romance; Clarissa. Esse Dalloway merecia ficar com ela.

Quanto a ele, bem, havia sido ridículo. As exigências que fazia a Clarissa (agora se dava conta) eram ridículas. Esperava dela o impossível. Fazia cenas terríveis. Contudo, ela o teria aceito, talvez, se tivesse sido menos ridículo. Era a opinião de Sally. Durante todo aquele verão, esta lhe escreveu longas cartas; contando o que haviam falado dele; como ela o havia elogiado, como Clarissa havia rompido em lágrimas! Foi um verão extraordinário – tantas cartas, cenas, telegramas –, a chegada a Bourton no início da manhã, matando o tempo até os criados estarem a postos; os intimidantes *tête-à-têtes* com o velho Mr. Parry no café da manhã; a tia Helena, temível mas bondosa; Sally o arrastando para conversas na horta; Clarissa acamada com enxaqueca.

A cena final, a cena terrível que, para ele, tinha sido mais importante que tudo em sua vida (talvez houvesse aí exagero – mas é o que lhe parecia agora), ocorreu às três da tarde de um dia muito quente. O motivo foi uma bobagem – no almoço, Sally comentou algo a respeito de Dalloway, e o chamou de "Meu nome é Dalloway", e Clarissa de repente se crispou, ficou ruborizada, com aquele jeito peculiar, e a repreendeu com brusquidão, "Acho que essa piada infeliz já deu o que tinha de dar". E isso foi tudo; para ele, contudo, foi como se ela tivesse dito: "Estou apenas me divertindo com você; é com Richard Dalloway que me entendo". Foi então que aceitou. Havia passado várias noites sem conseguir dormir. "É preciso acabar com isso de um jeito ou de outro", disse a si mesmo. Então lhe mandou um bilhete por intermédio de Sally, pedindo que o encontrasse às três na fonte. "Aconteceu algo muito importante", rabiscou no final.

A fonte ficava entre uns arbustos baixos, longe da casa, rodeada de moitas e árvores. Ela foi encontrá-lo, lá chegando antes da hora, e ficaram de pé, separados pela fonte, o chafariz (estava com defeito) gotejando sem parar. Como certas imagens ficam gravadas no espírito! Por exemplo, o verde vívido do musgo.

Ela ficou imóvel. "Diga a verdade, diga a verdade", repetia ele. Tinha a impressão de que sua testa estava prestes a explodir. Ela parecia contraída, petrificada. Não se moveu. "Diga a verdade", repetia ele, quando de repente surgiu o rosto do velho Breitkopf, com o *Times* na mão; fitou a ambos, de boca aberta, e se afastou. Nenhum deles se mexeu. "Diga a verdade", repetiu. Ele sentia como se estivesse se debatendo contra algo fisicamente duro; ela permaneceu inabalável. Era como se fosse de ferro, de sílex, rígida até a espinha. E quando ela disse, "Não vale a pena. Não vale a pena. Acabou" – depois de ele ter falado durante horas, pelo menos assim lhe pareceu, com as lágrimas escorrendo pelo rosto –, foi como se tivesse sido golpeado no rosto. Ela se virou e o deixou e foi embora.

"Clarissa!", gritou ainda. "Clarissa!" Mas ela nunca mais voltou. Havia acabado. Ele partiu naquela mesma noite. E nunca mais a reviu.

Foi horrível, exclamou ele, horrível, horrível!

Todavia, o sol estava quente. Todavia, a gente acaba superando tudo. Todavia, sempre na vida um dia vem depois do outro. Todavia, refletiu, bocejando e começando a notar o que acontecia ao redor – o Regent's Park mudara muito pouco desde que era menino, com exceção dos esquilos –, todavia, supostamente havia compensações – quando a pequena Elise Mitchell, que estivera recolhendo seixos para a coleção que ela e o irmão guardavam no consolo da lareira do quarto de crianças, despejou o punhado de pedras no colo da babá, saiu correndo de novo e trombou com as pernas de uma mulher. Peter Walsh não conseguiu conter o riso.

Entretanto, Lucrezia Warren Smith dizia a si mesma, não é justo, por que devo sofrer?, se perguntava ao caminhar pela alameda do parque. Não, não aguento mais, dizia, tendo se afastado de Septimus, que deixara de ser Septimus, ali no banco, dizendo coisas duras, cruéis e más, falando sozinho, conversando com um morto; foi então que a criança avançou direto para ela, estatelou-se e começou a chorar.

Até que isso foi confortador. Ela a ajudou a se levantar, limpou seu vestido e a beijou.

Quanto a ela, porém, nada fizera de errado; havia amado Septimus; havia sido feliz; havia morado em uma bela casa, onde continuavam a viver suas irmãs, fazendo chapéus. Por que *ela* tinha de sofrer?

A criança voltou correndo para a babá, e Rezia a viu ser repreendida, consolada, erguida pela babá que colocou de lado o tricô e, a fim de distraí-la, o homem de aparência bondosa deu-lhe o relógio para que o abrisse – mas por que deveria *ela* ficar tão vulnerável? Por que não ficara em Milão? Por que se torturar? Por quê?

Ligeiramente ondulantes por causa das lágrimas, a alameda, a babá, o homem de cinza, o carrinho de bebê subiam e desciam diante de seus olhos. Ser atormentada por esse verdugo cruel era a sina dela. Mas por quê? Ela era como um passarinho refugiando-se sob a fina concavidade de uma folha, que pisca ao sol quando a folha se move; sobressalta-se com o estalo de um galho seco. Ela estava vulnerável; rodeada de árvores enormes, das nuvens imensas de um mundo indiferente, vulnerável; atormentada; e por que deveria sofrer? Por quê?

Franziu as sobrancelhas; bateu os pés no chão. Precisava voltar para junto de Septimus, pois estava quase na hora da consulta com Sir William Bradshaw. Precisava voltar e lhe dizer, voltar até onde ele estava sentado à sombra no banco verde, conversando consigo mesmo, ou com Evans, o morto, a quem ela vira uma única vez de passagem na loja. Ele dera a impressão de ser afável e calado; um grande amigo de Septimus, morto na guerra. Mas coisas assim acontecem a qualquer um. Todo o mundo tem um amigo que morreu na guerra. Todo o mundo abre mão de algo ao se casar. Ela mesma abrira mão de sua casa. Viera com ele viver aqui, nesta cidade horrível. Mas Septimus se permitia aqueles pensamentos horríveis, tal como ela mesma o conseguiria, caso tentasse. Ele estava ficando cada vez mais estranho. Dizia que havia pessoas conversando atrás das paredes do quarto. Mrs. Filmer achava isso esquisito. E também via coisas — como uma cabeça de velha no meio de uma samambaia. Porém, quando queria, ele conseguia ser feliz. Eles foram a Hampton Court no alto de um ônibus, perfeitamente felizes. Todas as florzinhas vermelhas e amarelas no meio da relva, como lâmpadas flutuantes, e então conversaram e tagarelaram e riram, inventando histórias. De repente ele disse, "Agora vamos nos matar", quando estavam de pé à beira do rio, e ele o contemplava com a mesma expressão que ela vira em seu olhar quando passava um trem, ou um ônibus — o olhar de alguém fascinado por algo; e sentiu que ele se afastava dela e o agarrou pelo braço. No entanto, ao voltarem para casa, ele se mostrou perfeitamente calmo — perfeitamente sensato. E argumentava por que deveriam se matar; dizendo o quão perversas eram as pessoas; como podia vê-las inventando mentiras à medida que cruzavam por eles na rua. Ele sabia tudo o que elas pensavam, disse; sabia de tudo. Ele conhecia o significado do mundo, disse.

Então, quando chegaram, ele mal conseguia ficar de pé. Deitou-se no sofá e, gritando, pediu que lhe segurasse a mão a fim de impedi-lo de cair, cair no meio das chamas! E via rostos nas paredes, zombando dele, chamando-o de nomes medonhos e repugnantes, e em volta do biombo mãos que apontavam. E, no entanto, estavam completamente sozinhos. Mas ele começou a levantar a voz, respondendo a pessoas, discutindo, rindo, chorando, ficando muito excitado e obrigando-a a anotar coisas. Coisas sem nenhum sentido; sobre a morte; sobre Miss Isabel Pole. Ela não aguentava mais aquilo. Ela iria voltar.

Agora estava perto dele, podia vê-lo fitando o céu, murmurando, torcendo as mãos. Todavia, o dr. Holmes disse que não havia nada de errado com ele. O que, então, havia acontecido – por que ele havia ficado assim, por que, quando se sentavam juntos, ele se sobressaltava, olhava desconfiado para ela, se afastava e apontava para a mão dela, tomava-lhe a mão e a fitava aterrorizado?

Seria por ela ter tirado a aliança de casamento? "Minha mão ficou tão magra", disse ela; "tive de guardá-la na bolsa", disse a ele.

Ele soltou-lhe a mão. Era o fim do casamento deles, pensou, com aflição, com alívio. A corda se rompera; ele se animou; estava livre, pois estava decidido que ele, Septimus, o senhor dos homens, deveria ser livre; solitário (pois sua mulher jogara fora a aliança; pois ela o abandonara), ele, Septimus, estava sozinho, convocado antes de toda a massa humana para ouvir a verdade, para apreender o significado que, agora, por fim, após toda a árdua labuta da civilização – gregos, romanos, Shakespeare, Darwin e por fim ele mesmo –, seria plenamente revelado a... "a quem?", indagou em voz alta, "ao Primeiro-Ministro", replicaram as vozes que sussurravam sobre sua cabeça. O segredo supremo deveria ser revelado ao gabinete ministerial; primeiro, que as árvores estavam vivas; em seguida, que não há crime nenhum; depois, o amor, o amor universal, murmurou ofegando, tremendo, extraindo penosamente essas verdades profundas que requeriam, tão profundas eram elas, tão difíceis, um esforço imenso para serem pronunciadas, mas que mudariam por completo e para sempre o mundo.

Nenhum crime; amor; repetiu, procurando por papel e lápis, quando um *skye terrier* farejou suas calças e ele se sobressaltou, agoniado de tanto medo. Ele estava virando um homem! Não conseguia contemplar aquilo! Era horrível, terrível, ver um cão se transformando em homem! Logo depois o cão se afastou trotando.

O Céu era de uma misericórdia divina, de uma benevolência infinita. Ele o havia poupado, perdoado sua fraqueza. Mas qual era a explicação científica (pois, acima de tudo, devemos ser científicos)? Por que ele conseguia ver através dos corpos, enxergar o futuro, essa época em que os cães vão virar homens? Devia ser a onda de calor, atuando sobre um cérebro sensibilizado por incontáveis milênios de evolução. Em termos científicos, a carne havia se derretido e desprendido do mundo. Seu próprio corpo fora macerado até restar apenas as fibras nervosas. E estendido como um véu sobre uma rocha.

Recostou-se no banco, exaurido, mas animado. Ali ficou descansando, aguardando, antes de voltar a servir de intérprete, com esforço, com aflição, para a humanidade. Estava estendido no alto, no dorso do mundo. A terra latejava sob seus pés. Flores rubras brotavam através de sua pele; as folhas rijas farfalhavam junto de sua cabeça. A música começou a ressoar entre as rochas aqui no alto. É a buzina de um carro na rua, murmurou; mas aqui em cima ela ribombava de uma rocha a outra, dividia-se, juntava-se em embates sonoros, que se elevavam em colunas lisas (que a música fosse visível era uma novidade) e virava um hino, um hino que se mesclava ao som da flauta de um jovem pastor (é um velho tocando pífaro ao lado do *pub*, murmurou) que, enquanto o jovem permanecia imóvel, jorrava borbulhante de sua flauta, e então, ao ascender cada vez mais, soava um requintado lamento, enquanto lá embaixo circulava o tráfego. Essa elegia do pastor está sendo tocada no meio do tráfego, pensou Septimus. Agora ele se retira para as altas neves, envolto em rosas – as espessas rosas vermelhas que florescem na parede de meu quarto, lembrou a si mesmo. A música cessou. Ele ganhou seu níquel, concluiu, e seguiu para outro *pub*.

Mas ele próprio continuou no topo do rochedo, como um marinheiro naufragado em uma rocha. Eu me debrucei sobre a amurada do barco e caí, pensou. Mergulhei no mar. Estive morto, e entretanto agora estou vivo, mas que me seja permitido descansar; ele implorou (estava falando consigo mesmo de novo – era horrível, horrível!); e tal como, antes de despertar, as vozes dos pássaros e os ruídos das rodas ressoam, respondem uns aos outros em estranha harmonia, ficam cada vez mais altos, e a pessoa adormecida sente que se aproxima das margens da vida, assim ele sentiu que se aproximava da vida, o sol cada vez mais forte, os gritos soando mais altos, algo extraordinário prestes a acontecer.

Tinha apenas de abrir os olhos; mas sobre eles havia um peso; um temor. Ele se esforçou; empurrou; olhou; viu o Regent's Park à sua frente. Longos raios de luz faziam festa a seus pés. As árvores ondulavam, meneavam. Nós acolhemos, o mundo parecia dizer; nós aceitamos; nós criamos. A beleza, parecia dizer o mundo. E, como para comprovar isso (cientificamente), para onde quer que se olhasse, as casas, as grades, os antílopes erguendo as cabeças sobre as cercas, a beleza irrompia instantaneamente. Observar uma folha tremelicando na aragem era uma alegria sutil. No alto do céu, andorinhas mergulhando, virando, lançando-se de um lado para o outro, girando e girando, mas sempre com absoluto controle, como se presas por elásticos; e as moscas a subir e a descer; e o sol iluminando ora essa folha, ora aquela, de travessura, conferindo-lhes um suave brilho dourado por mera gentileza; e vez por outra uma melodia (poderia ser a buzina de um carro) retinindo divinamente nos talos da relva – tudo isso, tão calmo e sensato, constituído de coisas tão corriqueiras, era agora a verdade; a beleza, eis aí a verdade. A beleza estava por toda parte.

"Está na hora", disse Rezia.

A palavra "hora" rompeu sua própria casca; derramou suas riquezas sobre ele; e de seus lábios tombaram como conchas, como aparas de uma plaina, sem que as formulasse, palavras duras, alvas, imperecíveis, as quais se elevaram para ocupar seus lugares em uma ode ao Tempo; uma ode imortal ao Tempo. Ele cantou. Evans respondeu-lhe detrás da árvore. Os mortos estavam na Tessália, entoou Evans, entre as orquídeas. Ali esperaram até que acabasse a guerra, e agora os mortos, e o próprio Evans –

"Pelo amor de Deus, que não venham!", exclamou Septimus. Pois não podia encarar os mortos.

Mas os galhos se apartaram. Um homem vestido de cinza estava vindo na direção deles. Era Evans! Mas não havia lama nele; nenhum ferimento; ele não havia mudado. Preciso avisar todo o mundo, exclamou Septimus, erguendo a mão (enquanto o morto vestido de cinza se aproximava), erguendo a mão como uma figura colossal que lamentasse durante eras o destino do homem, sozinha no deserto, com as mãos cingindo a testa, rugas de desespero nas faces, e agora entrevê a luz na beira do deserto que se amplia e golpeia a figura de preto retinto (e Septimus começou a se levantar do banco), e com legiões de homens prostrados às suas costas, o gigante enlutado recebe por um momento no rosto todo o –

"Estou tão infeliz, Septimus", disse Rezia, tentando fazer com que ele se sentasse.

As multidões se lamentavam; durante eras haviam padecido. Ele iria se voltar, dali a pouco iria lhes contar, dali a poucos instantes, acerca desse bálsamo, dessa alegria, dessa revelação assombrosa –

"A hora, Septimus", repetiu Reza. "Que horas são?"

Ele estava falando sozinho, sobressaltado, aquele homem deve ter notado. Estava olhando para eles.

"Vou dizer as horas", disse Septimus, muito vagaroso, muito sonolento, sorrindo misteriosamente para o homem de terno cinza. Enquanto estava ali sentado, sorrindo, soou o quarto de hora – quinze para o meio-dia.

E isso é que é ser jovem, pensou Peter Walsh ao passar por eles. Fazer uma cena medonha – a pobre moça parecia totalmente desesperada – em plena manhã. Mas qual seria o motivo?, perguntou-se; o que lhe dissera o jovem de casaco para que ela ficasse assim; em que terrível confusão haviam se metido para que estivessem ambos tão desesperados assim em uma bela manhã de verão? O mais divertido de voltar à Inglaterra, após cinco anos, era o modo como, pelo menos nos primeiros dias, as coisas se destacavam como se a gente jamais as tivesse visto antes; namorados brigando sob uma árvore; a vida familiar e doméstica dos parques. Nunca antes Londres lhe parecera tão fascinante – a suavidade das distâncias; a opulência; o viço; depois da Índia, a civilização, pensou ele, caminhando pelo gramado.

Sem dúvida, essa suscetibilidade às impressões fora sua desgraça. Mesmo com essa idade, ele ainda sofria, como um menino ou mesmo uma menina, com essas oscilações de humor; dias bons, dias ruins, absolutamente sem nenhum motivo, a felicidade diante de um rosto bonito, a depressão profunda à vista de uma mulher feia. Claro que depois da Índia a gente se apaixona por toda mulher que encontra. Havia um frescor nelas; era inegável que mesmo as mais pobres vestiam-se melhor do que há cinco anos; e, aos olhos dele, as modas nunca haviam sido tão graciosas; os longos casacos escuros; a magreza; a elegância; e, depois, o costume delicioso e aparentemente universal da maquiagem. Todas as mulheres, até as mais respeitáveis, exibiam um corado de estufa; lábios delineados com precisão cirúrgica; cachos negros retintos; por todo lado engenho e arte; era inegável que algum tipo de mudança havia ocorrido. O que achariam disso os mais jovens?, perguntou-se Peter Walsh.

De algum modo, esses cinco anos – de 1918 a 1923 – haviam sido cruciais, desconfiava ele. As pessoas tinham outra aparência. Os jornais tinham outra aparência. Agora, por exemplo, havia um fulano que, em um dos semanários respeitáveis, escrevia abertamente sobre vasos sanitários. Dez anos atrás isto teria sido inconcebível – escrever explicitamente sobre vasos sanitários em um semanário respeitável. E o que dizer das mulheres que tiravam um bastão de ruge ou uma caixinha de pó de arroz, e arrumavam a maquiagem à vista de todos? A bordo, na viagem de regresso, muitos rapazes e moças — lembrava-se em especial de Betty e Bertie — ficavam namorando à vista de todos; sob o olhar da mãe idosa, ali entretida com seu tricô, sem demonstrar nenhuma emoção. A jovem parava e retocava a maquiagem diante de todo o mundo. E nem sequer estavam noivos; apenas se divertindo; e ninguém ficava magoado. Dura como aço — aquela Betty Alguma Coisa —, mas excelente moça. Daria uma ótima esposa aos trinta — mas só se casaria quando fosse conveniente; casaria com algum ricaço e iria morar em uma casa enorme perto de Manchester.

Quem era mesmo que fez exatamente isso?, perguntou-se Peter Walsh, entrando na alameda do parque — quem se casou com um ricaço e foi viver em uma mansão enorme perto de Manchester? Alguém que, pouco antes, lhe enviara uma carta longa e esfuziante, falando de "hortênsias azuis". Ao ver as hortênsias azuis ela se lembrara dele e dos tempos passados — Sally Seton, claro! Foi Sally Seton — a última pessoa no mundo que se esperaria ver casada com um ricaço e morando em uma mansão perto de Manchester, a arisca, a indômita, a romântica Sally!

Mas de todo aquele grupo antigo, os amigos de Clarissa — os Whitbread, os Kindersley, os Cunningham, os Kinloch-Jones —, Sally era provavelmente a melhor. Pelo menos, tentava encarar as coisas da maneira certa. Pelo menos, ela não se enganou a respeito de Hugh Whitbread — o admirável Hugh —, quando Clarissa e os outros se prostravam aos pés dele.

"Os Whitbread?", ainda se lembrava de ouvi-la comentar. "Quem são os Whitbread afinal? Negociantes de carvão. Comerciantes respeitáveis."

Por algum motivo ela detestava Hugh. Ele só cuidava de sua aparência, dizia ela. Devia ter nascido duque. E certamente iria se casar com uma das princesas reais. E, claro que Hugh, de todos os seres humanos que haviam cruzado seu caminho, era quem demonstrava o respeito mais extraordinário, mais natural, mais sublime pela aristocracia britânica. Até mesmo Clarissa teve de admitir isso. Ó, mas ele era tão querido, tão abnegado, deixou de caçar para agradar sua velha mãe – sempre se lembrava dos aniversários das tias, coisas assim.

Sally, justiça lhe seja feita, não se deixou enganar por nada disso. Uma de suas lembranças mais vívidas era de uma discussão, domingo de manhã em Bourton, sobre os direitos das mulheres (esse tema antediluviano), quando Sally de repente perdeu as estribeiras e, exaltada, disse a Hugh que ele representava tudo o que havia de mais detestável na classe média britânica. E acrescentou ainda que o considerava responsável pela condição "daquelas pobres moças em Piccadilly" – Hugh, o perfeito cavalheiro, pobre Hugh! –, jamais um homem ficou tão horrorizado! Ela fizera isso de propósito, contou mais tarde (pois costumavam se encontrar na horta a fim de trocar impressões). "Não leu nada, não pensou em nada, não sentiu nada", ainda podia ouvi-la dizer com aquela voz muito enfática que ressoava bem mais do que ela se dava conta. Qualquer cavalariço tinha muito mais vida do que Hugh, um rematado exemplo do tipo formado pelas escolas de elite, disse ela. Nenhum outro país além da Inglaterra poderia ter produzido alguém assim. Ela foi extremamente malévola, por algum motivo; tinha algum ressentimento contra ele. Algo havia ocorrido – ele não se lembrava mais – no salão de fumantes. Teria ele a insultado – beijado? Incrível! Ninguém acreditaria em nada contra Hugh, é claro. Quem imaginaria? Beijando Sally na sala de fumantes! Ainda se tivesse sido uma Honourable Edith ou uma Lady Violet, vá lá; mas não aquela maltrapilha da Sally, que não tinha um centavo, com um pai ou uma mãe jogando em Monte Carlo. Pois, de todas as pessoas que conhecera, Hugh era o maior esnobe – o mais obsequioso –, ou melhor, era alguém que não se aviltava. Presunçoso demais para tanto. Um valete de primeira linha era a comparação óbvia – alguém que seguia atrás com a bagagem; confiável o bastante para ser encarregado de enviar telegramas – alguém indispensável para as anfitriãs. E afinal encontrara seu lugar – casara-se com sua Honourable

Evelyn; cavara um modesto emprego na Corte, cuidava das adegas reais, polia as fivelas imperiais, circulava vestido de culotes de montaria e punhos rendilhados. Que cruel, a vida! Um emprego modesto na Corte!

Ele se casara com essa aristocrata, a Honourable Evelyn, e viviam por esses lados, assim imaginou (contemplando as casas pomposas que davam para o parque), pois havia almoçado certa vez em uma casa que tinha, como todas as propriedades de Hugh, algo que não se via em nenhuma outra parte – armários repletos de roupa branca, talvez. E era preciso ir até lá e olhar essas coisas – era preciso passar um tempo enorme admirando fosse lá o que fosse – armários com roupas brancas, fronhas, móveis antigos de carvalho, quadros, que Hugh arrematara por uma ninharia. Mas às vezes a senhora Hugh estragava o espetáculo. Era uma dessas obscuras mulherzinhas com cara de camundongo que admiram os grandes homens. Quase passava despercebida. Mas aí, de repente, dizia algo inesperado – e incisivo. Talvez ainda guardasse um resquício de modos aristocráticos. O carvão para o aquecimento era um pouco forte demais para ela – turvava a atmosfera. E então eles viviam ali, com seus armários de roupa branca e seus mestres antigos da pintura e suas fronhas com renda de verdade, desfrutando de uma renda de cinco ou dez mil por ano possivelmente, ao passo que ele, dois anos mais velho que Hugh, tinha de implorar por um emprego.

Aos cinquenta e três anos, teria de procurá-los e pedir que lhe arrumassem algo em uma secretaria, que lhe encontrassem um posto de mestre-escola para ensinar latim a meninos, sob as ordens de algum mandarim em um escritório, algo que rendesse quinhentas libras por ano; pois, caso se casasse com Daisy, mesmo com sua pensão, não daria para viver com menos. Whitbread poderia ajudá-lo provavelmente; ou Dalloway. Este era um sujeito excelente; um pouco limitado; um pouco lerdo intelectualmente; sem dúvida; mesmo assim um tipo excelente. Fizesse o que fizesse, era sempre da mesma maneira prática e sensata; sem nenhuma imaginação, sem nenhuma centelha brilhante, mas com a inexplicável simpatia de seu tipo. Deveria ter sido um proprietário rural – era um desperdício se dedicar à política. Ele se mostrava em sua melhor forma ao ar livre, lidando com cavalos e cães – como se saíra bem, por exemplo, na ocasião em que aquele grande cão desgrenhado de Clarissa ficou preso em uma armadilha e teve metade da pata dilacerada, e Clarissa desmaiou enquanto Dalloway cuidava de tudo; fez a atadura, preparou as talas; disse a Clarissa que deixasse de bobagens. Talvez fosse isso o que ela apreciava nele – talvez fosse disso que ela precisava. "Ora, minha cara, deixe de bobagem. Segure aqui – passe aquilo", e o tempo todo falando com o cão como este fosse um ser humano.

Mas como ela conseguia suportar toda aquela baboseira dele sobre poesia? Como podia tolerar que ele pontificasse sobre Shakespeare? Sério e solene, Richard Dalloway empinava-se sobre suas patas traseiras e afirmava que nenhum homem decente devia ler os sonetos de Shakespeare, pois era o mesmo que colar o ouvido no buraco de uma fechadura (além disso, o relacionamento não era daqueles que mereciam sua aprovação). Nenhum homem decente devia permitir que a esposa visitasse alguém que se casara com o cunhado após a morte da irmã. Inacreditável! A única coisa a fazer era bombardeá-lo com amêndoas açucaradas – pois até isso aconteceu durante um jantar. Mas Clarissa engolia tudo; achava isso muito sincero da parte dele; uma prova de sua independência; Deus sabe se ela não o considerava o intelecto mais original que havia conhecido!

Esse era um dos vínculos entre ele e Sally. Havia um jardim em que costumavam passear, um lugar murado, com roseiras e couves-flores imensas – ainda se recordava de Sally colhendo uma rosa, parando para exaltar a beleza das folhas de couve sob o luar (com que extraordinária nitidez tudo isso ressurgia, coisas que havia anos não lhe passavam pela cabeça), enquanto ela lhe implorava, meio de brincadeira evidentemente, que arrebatasse Clarissa, que a salvasse dos Hugh e dos Dalloway e de todos os outros "perfeitos cavalheiros" que iriam lhe "sufocar a alma" (na época ela escrevia resmas de poesias), que iriam fazer dela uma mera dama da sociedade, que iriam incentivar só o que havia de mais mundano nela. Mas é preciso fazer justiça a Clarissa. De qualquer modo, jamais se casaria com Hugh. Ela tinha uma noção muito clara do que queria. Suas emoções estavam todas à flor da pele. Mas, na verdade, ela era muito astuta – bem mais competente para avaliar o caráter alheio do que Sally, por exemplo, e, mesmo assim, absolutamente feminina; com aquele dom extraordinário, aquele dom que as mulheres têm de criar um mundo próprio onde quer que estejam. Quantas vezes não a vira chegar a um aposento e parar na porta junto com outras pessoas. No fim, porém, era só ela que ficava em nossa lembrança. Não que fosse impressionante; certamente não por ser bela; não havia nada de pitoresco nela; jamais dizia algo especialmente inteligente; contudo, tinha uma presença; ali estava ela.

Não, não e não! Não continuava apaixonado! Apenas se dava conta, após revê-la naquela manhã, com suas tesouras e linhas, preparando-se para a festa, que não conseguia tirá-la da cabeça; ela continuava a tombar repetidamente sobre ele, como alguém adormecido a seu lado num vagão de trem; o que não significava estar apaixonado, evidentemente; e sim pensar nela, criticá-la e recomeçar, trinta anos depois, a tentar explicá-la. O mais óbvio era seu aspecto mundano; preocupava-se demais com distinções e hierarquias sociais, e em se destacar no mundo – o que, em certo sentido, era verdade; como ela própria admitira. (Com empenho, sempre era possível fazer com que ela admitisse algo; era de uma honestidade a toda prova.) Ela diria que odiava gente desleixada, decrépita, derrotada, como ele próprio presumivelmente; achava que ninguém tinha o direito de ficar à toa com as mãos enfiadas nos bolsos; era preciso fazer algo, ser algo; e essas grã-finas, essas duquesas, essas condessas idosas e veneráveis que a gente encontrava em sua sala de visitas, indizivelmente distantes, assim parecia a ele, de tudo o que tivesse a menor importância, para ela representavam algo bem real. Lady Bexborough, ela comentara certa vez, mantinha-se aprumada (tal como a própria Clarissa; ela jamais se descontraía em nenhum sentido do termo; era reta como uma flecha, um pouco rígida na verdade).

Segundo Clarissa, tinham uma espécie de coragem que, à medida que ficava mais velha, ela respeitava cada vez mais. Claro que em tudo isso havia muito de Dalloway; daquela mentalidade da classe governante do Império Britânico, de seu espírito cívico, de seu reformismo tarifário, que se arraigara nela, como costuma ocorrer. Com o dobro da inteligência do marido, era obrigada a ver as coisas pelos olhos de Dalloway – uma das tragédias da vida matrimonial. Mesmo com opiniões próprias, sempre citava Richard – como se a gente não pudesse saber até o último detalhe o que pensava Richard pela leitura matinal do *Morning Post*! Essas recepções, por exemplo, eram todas para ele, ou para a ideia que ela fazia dele (ainda que, para sermos justos com Richard, ele estaria bem mais feliz cuidando da terra em Norfolk). Ela fizera de sua sala de visitas uma espécie de ponto de encontro; e para isso tinha gênio. Vezes sem conta ele a vira acolher algum jovem ingênuo, virá-lo e revirá-lo até que despertasse; e depois lançá-lo no mundo. Evidentemente, ela atraía uma quantidade infinita de gente aborrecida. Às vezes, porém, surgia uma figura excêntrica; às vezes um artista; às vezes um escritor; estranhos àquela atmosfera. E por trás de tudo isso havia essa azáfama de cartões de visita e agradecimentos, toda essa polidez social; esfalfando-se com buquês de flores, presentinhos; Fulano de Tal estava indo para a França – era indispensável que levasse uma almofada inflável; que desperdício de energia; todo esse incessante intercâmbio mantido por essas mulheres; mas era algo genuíno nela, algo que fazia por um instinto natural.

Estranhamente, ela era uma das pessoas mais céticas que havia conhecido, e era bem possível (esta era uma teoria que havia engendrado para explicá-la, tão transparente em certos aspectos, tão inescrutável em outros), era bem possível que dissesse a si mesma, uma vez que somos uma raça condenada, acorrentada a um navio em via de naufragar (quando jovem, a leitura predileta dela era Huxley e Tyndall, os quais apreciavam tais metáforas náuticas), uma vez que tudo não passa de uma piada sem graça, vamos ao menos fazer nossa parte; mitigar o sofrimento dos companheiros de prisão (de novo Huxley); decorar a masmorra com flores e almofadas infláveis; sermos tão decentes quanto possível. Esses facínoras, os deuses, não acabariam vencendo – pois ela tinha a noção de que os deuses, que nunca desprezavam uma oportunidade de ferir, frustrar e prejudicar as vidas humanas, ficavam seriamente desconcertados quando, mesmo assim, alguém se comportava como uma dama. Essa fase veio logo após a morte de Sylvia – aquela história horrível. Ver a própria irmã morrer por causa da queda de uma árvore (a culpa era toda de Justin Parry – de sua negligência), diante de seus olhos, uma jovem que também estava prestes a se lançar na vida, a mais talentosa delas, Clarissa sempre dizia, era mais do que suficiente para amargurar uma pessoa. Mais adiante, ela não se mostrava tão segura, talvez; achava que não havia deuses; ninguém a ser responsabilizado; e por isso desenvolveu essa religião para ateus, na qual se fazia o bem por amor à bondade.

E claro que apreciava enormemente a vida. Era de sua natureza apreciar (embora, sabe-se lá por que, com ressalvas; muitas vezes lhe parecia que, mesmo após tantos anos, ele mal conseguia traçar um esboço de Clarissa). Seja como for, não havia amargura nela; tampouco aquele senso de virtude moral que torna tão repulsivas as mulheres de bem. Na prática, tudo a encantava. Quando a gente passeava pelo Hyde Park, ora ela se extasiava com um canteiro de tulipas, ora com um bebê no carrinho, ora com algum pequeno e absurdo drama que inventava no calor do momento. (Muito provavelmente teria conversado com aquele casal de namorados, se os tivesse achado infelizes.) Ela tinha um senso de humor muito sutil, mas dependia dos outros, sempre dos outros, para trazê-lo à tona, e por isso acabava desperdiçando seu tempo, almoçando, jantando, organizando essas festas incessantes, falando bobagens, dizendo coisas em que não acreditava, embotando sua capacidade de discriminação. Lá ficava sentada à cabeceira da mesa, num esforço infinito para agradar um velho aborrecido que talvez fosse útil a Dalloway – o casal conhecia as pessoas mais enfadonhas da Europa – ou então eis que chegava Elizabeth e tudo o mais ficava em segundo plano. Na última vez que vira Elizabeth, ela ainda estava na escola secundária, passando por uma fase difícil, uma jovem de olhos redondos e rosto pálido, que em nada lembrava a mãe, uma criatura muda e inexpressiva, acatando tudo impassivelmente, permitindo que a mãe a mimasse, e depois exclamando "Posso ir agora?", como uma criança de quatro anos; ela estava saindo para jogar hóquei, explicava Clarissa, com aquela mescla de excitação e orgulho que o próprio Dalloway parecia despertar nela. E agora, provavelmente, Elizabeth havia já "debutado"; e o considerava um velho decrépito, e zombava dos amigos da mãe. Ora, ora, e daí? Que importa? No fim das contas, tanto faz. A vantagem de envelhecer, pensou Peter Walsh, saindo do Regent's Park com o chapéu na mão, era só esta; as paixões permaneciam tão fortes quanto antes, mas a gente dispunha – por fim! – daquele poder que confere o sabor supremo à existência – o poder de agarrar a experiência, de examiná-la por todos os lados, lentamente, sob a luz.

Terrível, essa confissão (colocou de novo o chapéu), mas agora, aos cinquenta e três anos, o fato é que não se necessita tanto dos outros. A própria vida, cada um de seus momentos, cada gota dela, aqui, este instante, agora, sob o sol, em Regent's Park, era mais que suficiente. Na verdade, era até excessiva. Uma existência inteira era pouco para fazer aflorar, agora que havia alcançado tal poder, o sabor pleno; para extrair cada grama de prazer, cada nuance de sentido; e ambos eram muito mais sólidos do que costumavam ser, muito mais impessoais. Era impossível que voltasse a sofrer tanto quanto sofrera por causa de Clarissa. Por vezes passava horas (Deus queira que possamos dizer coisas assim sem sermos ouvidos!), passava horas e até dias sem pensar em Daisy.

Recordando o desespero, o tormento, a paixão desmedida daquela época, seria possível, então, que agora estivesse enamorado de Daisy? Tratava-se de algo completamente distinto – algo muito mais agradável –, pois na verdade, evidentemente, agora *ela* é que estava enamorada *dele*. E talvez fosse este o motivo pelo qual, quando o barco afinal partiu, ele sentiu um alívio extraordinário, e queria acima de tudo ficar só; por ter se incomodado ao encontrar, na cabine, todos aqueles pequenos presentes dela — os charutos, os bilhetes, uma manta para a travessia. Qualquer um, sendo sincero, diria o mesmo; depois dos cinquenta, não se necessita de ninguém; não há mais vontade de continuar dizendo às mulheres o quanto são belas; isso é o que diria a maioria dos homens com mais de cinquenta, pensou Peter Walsh, se fossem sinceros.

Mas então esses assombrosos surtos de emoção — as lágrimas desta manhã, o que foi aquilo? O que Clarissa teria pensado dele? Provavelmente ela o achou um tolo, e não pela primeira vez. Era o ciúme que estava por trás disso — o ciúme que sobrevive a todas as outras paixões humanas, pensou Peter Walsh, segurando o canivete com o braço estendido. Ela vinha se encontrando com o major Orde, comentou Daisy na última carta; e contara isso de propósito, ele bem o sabia; para deixá-lo enciumado; até podia vê-la franzindo a testa ao escrever, imaginando o que poderia dizer para magoá-lo; e no fim não fazia diferença; ele estava furioso! Toda essa história confusa de vir para a Inglaterra e ver os advogados não era para se casar com ela, mas para impedi-la de se casar com algum outro. Era isso o que o atormentava, era isso o que lhe ocorreu ao ver Clarissa tão tranquila, tão fria, tão concentrada em seu vestido ou fosse lá o que fosse; dando-se conta de que ela poderia tê-lo poupado, e daquilo a que fora reduzido por ela — um velho tolo, lamuriento e chorão. Mas as mulheres, pensou, enquanto fechava o canivete, não fazem ideia do que é a paixão. Não sabem o que isso significa para os homens. Clarissa era fria como um pingente de gelo. Lá ficou no sofá junto dele, permitindo que lhe tomasse a mão, dando-lhe um beijo no rosto — bem, havia chegado ao cruzamento.

Um ruído o interrompeu; um som débil, tremido, uma voz borbulhando sem direção, sem vigor, sem começo ou fim, insistindo débil e estridente, sem nenhum significado humano...

ee um fah um so
foo swee too eem oo...

a voz sem idade ou sexo, a voz de uma antiga fonte brotando do chão; que vinha, no lado oposto à estação de metrô de Regent's Park, de uma silhueta alta e tremelicante, como uma chaminé, como uma bomba d'água enferrujada, como uma árvore fustigada pelo vento e para sempre despojada das folhas, que permite ao vento erguer-se e tombar por entre seus ramos cantando

> *ee um fah um so*
> *foo swee too eem oo...*

e balançando e rangendo e gemendo na brisa eterna.

Desde o começo dos tempos – desde a época em que o calçamento era relva e charco, desde a época do colmilho e do mamute, desde a época da aurora silenciosa – a mulher derruída – pois vestia uma saia –, com a mão direita estendida e a esquerda agarrada ao corpo, havia cantado o amor – amor que durou um milhão de anos, cantava ela, amor que perdurava, e milhões de anos atrás, seu amante, morto por todos esses séculos, havia passeado com ela em maio, entoava; mas no decorrer dos tempos, longos como os dias de verão, e flamejando com os últimos ásteres rubros, recordava, ele havia partido; a enorme foice da morte varrera aquelas colinas tremendas, e quando afinal descansou a cabeça grisalha e imensamente velha na terra, agora transformada em mera escória de gelo, ela implorou aos deuses que lhe colocassem ao lado um ramo de urzes púrpuras, ali em seu alto túmulo acariciado pelos derradeiros raios do derradeiro sol; pois então o espetáculo do universo teria chegado ao fim.

Enquanto a canção ancestral borbulhava diante da estação de metrô de Regent's Park, ainda assim a terra parecia viçosa e florida; ainda assim, embora emitida por boca tão rude, mera fenda na terra, com lama entranhada em raízes fibrosas e ervas emaranhadas, ainda assim a velha canção borbulhante, burburejante, empapando as raízes enodoadas de eras infinitas, e esqueletos e tesouros, derramava-se em riachos pela calçada e por toda Marylebone Road, seguindo em direção a Euston, fecundante, deixando atrás uma mancha úmida.

Ainda recordando como certa vez em um maio primevo passeara com o amante, essa bomba d'água enferrujada, essa velha derruída com uma das mãos estendida para os níqueis, a outra agarrada ao corpo, ela ainda estaria ali daqui a dez milhões de anos, lembrando que certa vez passeara em maio, em uma terra hoje sob o mar, pouco importa com quem – era um homem, ah sim, um homem que a amara. Mas a passagem das eras havia borrado a claridade desse antigo dia de maio; as flores de pétalas reluzentes agora estavam encanecidas e prateadas pela geada; e ela não mais via, quando lhe implorava (como agora o fazia com tanta clareza) "olhe para mim com doces olhos atentos", ela não mais via os olhos castanhos, as costeletas negras ou o rosto bronzeado, mas apenas uma forma que assomava, uma silhueta fantasmagórica, diante da qual, com o frescor aviário dos muito idosos, ainda chilreou "deixe-me acariciar suavemente a sua mão" (Peter Walsh não resistiu e deu uma moeda à pobre criatura ao tomar o táxi), "e se alguém visse, que importância tem?", indagou ela; e seu punho agarrou-se ao corpo, e ela sorriu, embolsando o xelim, e todos os olhos inquisidores e espreitadores pareciam borrados, e as gerações que passavam – a calçada repleta de gente apressada de classe média – desapareceram, como folhas, para serem pisoteadas, empapuçadas e impregnadas, e transformadas em humo por essa primavera eterna...

ee um fah um so
foo swee too eem oo ...

"Pobre coitada", disse Rezia Warren Smith.

Pobre velha desgraçada!, disse, enquanto esperava para atravessar.

E se fosse uma noite chuvosa? E se nosso pai ou alguém que nos conhecia de épocas melhores por acaso ali passasse, e nos visse ali de pé na sarjeta? E onde ela dormia à noite?

Com animação, quase com alegria, o fio indômito de som ergueu-se no ar como fumo pela chaminé de uma casa no campo, alcançando as nítidas faias e projetando-se em uma pluma azulada por entre as folhas mais altas. "E se alguém visse, que importância tem?"

Como ela estava tão infeliz, por semanas e semanas já, Rezia atribuía significados ao que lhe ocorria, e por vezes quase sentia vontade de parar as pessoas na rua, quando pareciam gentis e bondosas, apenas para lhes dizer "Sou tão infeliz"; e essa velha cantando na rua "E se alguém visse, que importância tem?" de repente trouxe-lhe a certeza de que tudo iria dar certo. Eles estavam indo consultar Sir William Bradshaw; o próprio nome pareceu-lhe simpático; ele iria curar Septimus de uma vez por todas. E então havia uma carroça de cervejaria, e os cavalos cinzentos tinham cerdas de palha eriçadas nas caudas; e havia cartazes de jornais. Era um sonho tolo, tolo, ser infeliz.

E assim atravessaram a rua, Mr. e Mrs. Septimus Warren Smith, e, afinal, havia algo que atraísse a atenção para eles, algo que fizesse um transeunte desconfiar que ali estava um jovem que trazia consigo a mensagem mais importante do mundo, e, além disso, era o homem mais feliz do mundo, e o mais desgraçado? Talvez caminhassem com mais lentidão que os outros, e os passos do homem fossem um pouco hesitantes, arrastados, mas nada seria mais natural para um escriturário, que havia anos não passeava pelo West End a essa hora num dia de semana, do que ficar contemplando o céu, fitando isso e aquilo, como se Portland Place fosse um aposento no qual tivesse adentrado na ausência da família, os candelabros sendo embalados em sacos de linho, e a zeladora, ao permitir que os longos feixes de luz poeirenta recaíssem sobre desoladas poltronas de aparência peculiar, erguesse um dos cantos da cortina comprida, explicando aos visitantes o quão maravilhoso é aquele lugar; o quão maravilhoso, mas ao mesmo tempo, ele se dá conta, o quão estranho.

À primeira vista, bem que ele poderia ser um escriturário, mas de melhor categoria; pois calçava botinas marrons; as mãos eram finas; tal como seu perfil — anguloso, inteligente, sensível, com o nariz pronunciado; mas não tanto os lábios, pois eram frouxos; e os olhos (como tendem a ser os olhos), eram apenas olhos; castanhos, grandes; de modo que era, no conjunto, um caso limítrofe, nem isso nem aquilo; poderia acabar dono de uma casa em Purley e um automóvel, ou continuar morando de aluguel em apartamentos de ruas obscuras até o fim da vida; um desses sujeitos que se educaram mal e mal por esforço próprio, com uma formação toda baseada em livros emprestados de bibliotecas públicas, lidos à noite após a jornada de trabalho, seguindo conselhos de renomados autores consultados por carta.

E quanto a outras experiências, as experiências solitárias que as pessoas enfrentam sozinhas, em seus quartos, em seus escritórios, andando pelos campos e pelas ruas de Londres, ele tivera seu quinhão; saíra de casa, ainda menino, por causa da mãe; ela mentia; porque ele descia para o chá pela quinquagésima vez sem ter lavado as mãos; porque ele não conseguia vislumbrar um futuro de poeta em Stroud; e assim, fazendo de confidente a irmã menor, seguira para Londres, deixando apenas um bilhete atroz, como aqueles escritos pelos grandes homens, e lidos mais tarde quando correu pelo mundo a história de suas tribulações.

Londres devorou muitos milhões de jovens chamados Smith; pouco se importando com nomes extravagantes como Septimus, com que os pais haviam pretendido distingui-los. Alojado numa travessa de Euston Road, ocorreram-lhe experiências, e mais experiências, como após dois anos a mudança no rosto, que de um inocente oval rosado tornou-se um rosto descarnado, contraído e hostil. Mas de tudo isso, o que poderia ter dito o mais atento de seus amigos era apenas o que diz um jardineiro ao abrir a porta da estufa pela manhã e topar com um broto em sua planta: ela floresceu; e ele floresceu com a vaidade, a ambição, o idealismo, a paixão, a solidão, a coragem, a preguiça, as sementes habituais que, todas misturadas (em um quarto numa travessa de Euston Road), fizeram com que se tornasse tímido, gaguejante, ansioso por se aprimorar, fizeram com que se apaixonasse por Miss Isabel Pole, que dava palestras sobre Shakespeare em Waterloo Road.

Não seria ele como Keats?, perguntou-se esta, refletindo sobre como poderia lhe transmitir o gosto por *Antônio e Cleópatra* e todo o resto; emprestando-lhe livros; escrevendo-lhe bilhetes; e nele despertando tal fogo como o que só arde uma vez na vida, sem calor, bruxuleando uma chama rubro-dourada infinitamente etérea e insubstancial sobre Miss Pole; *Antônio e Cleópatra*; e a Waterloo Road. Ele a achava linda, considerava-a impecavelmente sábia; sonhava com ela, escrevia-lhe poemas, que ela corrigia com tinta vermelha, sem levar em conta o tema; em um crepúsculo de verão, ele a viu de vestido verde, cruzando uma praça. "Floresceu", poderia ter dito o jardineiro, se tivesse aberto a porta; se tivesse chegado, por assim dizer, em qualquer noite dessa época, e o encontrado a escrever; a rasgar seus escritos; a concluir uma obra magistral às três da manhã, e saindo para palmilhar as ruas, e visitando igrejas, e jejuando um dia, bebendo no outro, devorando Shakespeare, Darwin, *A história da civilização* e Bernard Shaw.

Algo estava acontecendo, notou Mr. Brewer; Mr. Brewer, gerente na Sibleys and Arrowsmiths, leiloeiros, avaliadores, corretores imobiliários e fundiários; algo estava acontecendo, pensou, e sendo paternal com seus rapazes, e tendo em alta conta o talento de Smith, e profetizando que ele iria, dali a dez ou quinze anos, herdar a poltrona de couro no gabinete interno sob a claraboia e rodeada de arquivos com inventários, "mas precisa cuidar da saúde", disse Mr. Brewer, e aí morava o perigo — ele tinha uma aparência debilitada; aconselhou o futebol, convidou-o a jantar e cogitava como faria para recomendar um aumento em seu salário, quando algo ocorreu e desbaratou muitos dos cálculos de Mr. Brewer, arrebatou-lhe os pupilos mais competentes, e por fim, tão intrometidos e insidiosos eram os dedos da guerra europeia, esmigalhou um busto de gesso de Ceres, abriu um buraco no canteiro de gerânios, e arruinou por completo os nervos da cozinheira na residência de Mr. Brewer, em Muswell Hill.

Septimus foi um dos primeiros a se alistar. Seguiu para a França, a fim de salvar uma Inglaterra que consistia quase só das peças de Shakespeare e de Miss Isabel Pole andando por uma praça com seu vestido verde. Nas trincheiras, sem demora deu-se a mudança almejada por Mr. Brewer ao recomendar o futebol; sua virilidade desabrochou; foi promovido; atraiu a atenção, e até mesmo a afeição de seu oficial, Evans. Os dois eram como cães brincando no tapete diante da lareira; um deles entretendo-se com um prendedor de papel, rosnando, agarrando, mordiscando vez por outra a orelha do mais velho; o outro, deitado e sonolento, piscando diante do fogo, erguendo uma pata, virando-se e rosnando com bom humor. Eles tinham de ficar juntos, compartilhando, brigando, discutindo um com o outro. Porém, quando Evans (Rezia, que o vira uma única vez, e o achou "um homem calado", um ruivo robusto, contido na presença de mulheres), quando Evans foi morto na Itália, pouco antes do armistício, Septimus, longe de demonstrar qualquer emoção ou reconhecer o fim de uma amizade, congratulou-se por não sentir nada e até se mostrar muito sensato. Havia aprendido com a guerra. Era algo sublime. Participara de todo o espetáculo, amizade, guerra na Europa, morte, fora promovido, ainda não completara trinta anos e estava fadado a sobreviver. E nisto tinha razão. Foi poupado pelos últimos obuses, que via explodir com indiferença. Quando chegou a paz, estava em Milão, alojado com um dono de pensão, uma casa com pátio interno, vasos de flores, mesinhas ao ar livre, as filhas confeccionando chapéus, e da mais jovem, Lucrezia, ele ficou noivo certa noite ao ser tomado de pânico – pelo fato de não sentir nada.

Pois agora que tudo se acabara, firmada a trégua e sepultados os mortos, ele sofria, sobretudo ao cair da noite, com repentinos acessos de pânico. Não sentia mais nada. Ao abrir a porta do aposento onde as jovens italianas montavam os chapéus, ele podia vê-las; podia ouvi-las; enfiando arames por contas coloridas em pratos; girando de um lado para o outro formas em moldes entelados; a mesa repleta de plumas, lantejoulas, sedas, fitas; tesouras chocando-se contra a mesa; mas alguma coisa lhe escapava; não sentia nada. Ainda assim, as tesouras se chocando, as jovens rindo, os chapéus adquirindo forma, tudo aquilo o protegia; ele estava convencido de estar seguro; encontrara um refúgio. Mas não podia ficar ali sentado a noite toda. Havia ocasiões em que acordava bem cedo de manhã. A cama estava caindo; ele estava caindo. Ó, não fossem as tesouras e a lamparina e os moldes entelados! Pediu Lucrezia em casamento, a mais nova das duas, a alegre, a frívola, com aqueles pequenos dedos de artista que ela costuma exibir, dizendo: "Tudo depende deles". Graças a eles, sedas, plumas, fosse o que fosse, despertavam para a vida.

"O chapéu é o mais importante", dizia ela quando saíam a passear. Todo chapéu que passava merecia sua atenção; assim como o manto, o vestido e a postura da mulher. Abominava o desalinho ou a ostentação, mas sem ferocidade, antes com gestos impacientes das mãos, como os de um pintor que afasta de si uma impostura gritante, óbvia, ainda que bem intencionada; e então, com generosidade, mas sempre de modo crítico, ela reconhecia uma vendedora que conseguia dar um torneio galante a vestes modestas, ou elogiava sem reservas, com uma compreensão entusiástica e profissional, uma dama francesa descendo de sua carruagem, com peles, vestido longo, pérolas.

"Que maravilhoso!", murmurava, cutucando Septimus para que também reparasse. Mas a beleza permanecia atrás de um vidro. Mesmo o paladar (Rezia apreciava sorvetes, chocolates, doces em geral) não lhe trazia o menor prazer. Ele pôs a xícara de volta na mesinha de mármore. Contemplou as pessoas lá fora; pareciam felizes, aglomerando-se no meio da rua, gritando, rindo, discutindo por ninharias. Mas ele não podia provar daquilo, não podia sentir. No salão de chá, entre as mesas e os garçons loquazes, ele foi invadido por um pavor horroroso — não sentia mais nada. Conseguia argumentar; conseguia ler, Dante por exemplo, com bastante facilidade ("Septimus, largue esse livro", dizia Rezia, fechando suavemente o *Inferno*); conseguia calcular a despesa; seu cérebro estava perfeito; a falha, portanto, devia estar no mundo — por ele não conseguir mais sentir nada.

"Tão calados são os ingleses", dizia Rezia. Era algo que apreciava, dizia. Ela respeitava esses ingleses, e tinha vontade de conhecer Londres, e os cavalos ingleses, e as roupas feitas sob medida, e ainda se lembrava de ouvir contar o quão maravilhosas eram as lojas, de uma tia que se casara e fora viver no Soho.

É bem possível, pensou Septimus, contemplando a Inglaterra pela janela do trem, ao deixarem Newhaven; é bem possível que o próprio mundo não tenha sentido.

No escritório foi promovido a um posto de grande responsabilidade. Estavam orgulhosos; ele havia recebido medalhas. "Você cumpriu seu dever; agora cabe a nós...", começou Mr. Brewer; e não conseguiu concluir a frase, tão prazerosa era sua emoção. Eles foram viver em aposentos excelentes em uma travessa de Tottenham Court Road.

Ali ele voltou a ler Shakespeare. Aquele estado juvenil de inebriamento com a língua – *Antônio e Cleópatra* – murchara por completo. Como abominava a humanidade, esse Shakespeare – o fato de a gente se ataviar, gerar filhos, a sordidez da boca e do ventre! Isto é o que se tornou óbvio para Septimus; a mensagem oculta na beleza das palavras. O sinal secreto que passa disfarçado de uma geração a outra é a abominação, o ódio, o desespero. O mesmo em Dante. O mesmo em Ésquilo (traduzido). À mesa, Rezia se punha a adornar chapéus. Ela adornava chapéus para as amigas de Mrs. Filmer; ela adornava chapéus, cobrando por hora. Estava pálida, misteriosa, como um lírio, afogado, sob a água, pensou ele.

"Os ingleses são sérios demais", dizia ela, abraçando Septimus, com o rosto agarrado ao dele.

O amor entre homem e mulher era repugnante para Shakespeare. A necessidade da copulação acabou se tornando para ele algo ignóbil. Rezia, no entanto, dizia que precisava ter filhos. Já estavam casados havia cinco anos.

Visitaram juntos a Torre de Londres; o Museu Victoria and Albert; misturaram-se à multidão para ver o rei abrir as sessões do Parlamento. E sempre havia as lojas – lojas de chapéus, lojas de roupas, lojas com bolsas de couro na vitrine, diante das quais costumava parar. Mas precisava ter um filho.

Precisava ter um filho como Septimus, dizia. Mas ninguém podia ser como Septimus; tão gentil; tão sério; tão inteligente. Não podia ela ler Shakespeare também? Era um autor muito difícil?, perguntou.

Não dá para ter filhos em um mundo assim. Não dá para perpetuar o sofrimento, ou multiplicar a raça dessas criaturas lascivas, que não têm emoções duradouras, mas apenas caprichos e vaidades, que as arrastam ora para um lado, ora para outro.

Ele a observava aparar, modelar, tal como se observa um pássaro saltar, adejar por entre a relva, sem ousar mexer um dedo. Pois a verdade (mesmo que ela a ignore) é que os seres humanos não têm nenhuma bondade, nem fé, nem caridade além daquilo que serve para aumentar o prazer momentâneo. Eles caçam em matilhas. Suas matilhas varejam o deserto e desaparecem uivando no horizonte desolado. Eles abandonam os que tombam pelo caminho. Têm o rosto todo deformado por esgares. Como Brewer no escritório, com seu bigode encerado, seu alfinete de gravata com coral, seu peitilho branco, e suas emoções deleitáveis – seus gerânios arruinados na guerra –, os nervos dilacerados de sua cozinheira; ou ainda aquela Amélia Alguma Coisa, distribuindo as xícaras de chá pontualmente às cinco – uma pequena e obscena megera dissimulada e sarcástica; e os Tom e os Bertie, com seus plastrões engomados transpirando perversidade em grossas gotas. Jamais o surpreenderam a desenhá-los nus, com suas momices, no caderno. Na rua, os furgões rugiam ao passar por ele; a brutalidade clamava desde os cartazes; homens ficavam presos em minas; mulheres eram queimadas vivas; e certa ocasião uma fila capenga de lunáticos, sendo adestrados ou exibidos para diversão da ralé (que ria desbragadamente), desfilaram, acenaram e arreganharam os dentes diante dele, em Tottenham Court Road, todos um pouco constrangidos, mas triunfantes, infligindo sua irremediável desgraça. E quem estava enlouquecendo, *ele*?

Durante o chá, Rezia contou-lhe que a filha de Mrs. Filmer esperava um bebê. *Ela* não poderia ficar velha sem ter filhos! Estava tão solitária, tão infeliz! E pela primeira vez desde que se casaram ela chorou.

Desde muito longe ele a ouviu soluçando; ouviu direito, com toda a nitidez; e comparou os soluços aos batimentos de um pistão. Mas não sentiu nada.

Sua mulher chorava, e ele não sentia nada; mas a cada vez que ela soluçava dessa maneira profunda, silenciosa, desesperançada, ele descia mais um degrau para dentro do abismo.

Por fim, com um gesto melodramático que adotou mecanicamente e com plena consciência da própria insinceridade, ele deixou a cabeça tombar entre as mãos. Agora havia se rendido; agora cabia aos outros ajudá-lo. Era preciso chamar alguém. Ele desistia.

Nada podia reanimá-lo. Rezia fez com que se deitasse. Ela mandou chamar um médico – o dr. Holmes, o médico de Mrs. Filmer. O dr. Holmes o examinou. Ó, que alívio! Que homem bondoso, que homem excelente!, pensou Rezia. Quando ele mesmo se sentia daquele jeito, o que fazia era ir ao teatro de variedades, disse o dr. Holmes. Tirava um dia de folga com a mulher e ia jogar golfe. Por que não experimentar dois tabletes de calmante dissolvidos em um copo d'água antes de dormir? Essas casas antigas de Bloomsbury, comentou o dr. Holmes, batendo de leve na parede, muitas vezes têm uns lambris maravilhosos, que os donos acabam insensatamente cobrindo com papel. Outro dia mesmo, ao visitar um paciente, Sir Fulano de Tal, em Bedford Square...

Portanto não havia desculpa; não era absolutamente nada, a não ser o pecado pelo qual fora condenado à morte pela natureza humana; o de não sentir nada. Não se importara com a morte de Evans; isto foi o pior; mas, em plena madrugada, todos os outros crimes voltavam a erguer a cabeça e agitavam os dedos, e zombavam e escarneciam, desde a cabeceira da cama, daquele corpo prostrado e consciente de sua degradação; como havia se casado com sua mulher sem amá-la; como a enganara; como a seduzira; como fora atroz com Miss Isabel Pole, e estava tão carcomido e marcado pelo vício que as mulheres estremeciam ao cruzar por ele na rua. O veredicto da natureza humana acerca de tal miserável não poderia ser outro senão a morte.

O dr. Holmes voltou outra vez. Bem apessoado, corpulento, corado, sacudindo o pó das botinas, espreitando-se no espelho, ele descartou tudo – dores de cabeça, falta de sono, temores, sonhos –, apenas sintomas nervosos, disse. O próprio dr. Holmes, toda vez que seu peso baixava mesmo que um quilo abaixo de setenta, a primeira coisa que fazia era pedir à mulher que lhe servisse outro prato de mingau no café da manhã. (Rezia aprenderia a preparar o mingau.) No entanto, continuou ele, quase sempre a saúde depende de nós mesmos. Faça alguma atividade ao ar livre; arrume um passatempo. Ele abriu o Shakespeare – *Antônio e Cleópatra*; e colocou o volume de lado. Algum passatempo, disse o dr. Holmes, pois não devia ele sua excelente saúde (e olha que trabalhava tão duro quanto qualquer outro em Londres) ao fato de sempre conseguir se desligar dos pacientes e retomar seu interesse por mobília antiga? E que lindo pente estava usando Mrs. Warren Smith, se lhe permitia o comentário!

Quando o maldito idiota apareceu de novo, Septimus recusou-se a vê-lo. É mesmo?, comentou o dr. Holmes, com um sorriso afável. E, na verdade, viu-se obrigado a gentilmente afastar do caminho aquela encantadora senhorinha, Mrs. Smith, e entrar no quarto do marido.

"Então o senhor está deprimido", comentou com simpatia, sentando-se ao lado do paciente. Havia até mesmo falado em se matar para a esposa, uma jovem e tanto, estrangeira, não é? Bem, isso não iria dar a ela uma ideia muito bizarra dos maridos ingleses? Não temos talvez um dever para com nossa própria mulher? Não seria melhor fazer algo, em vez de ficar prostrado na cama? Pois ele já acumulava quatro décadas de experiência nas costas; e Septimus podia confiar plenamente no dr. Holmes – não havia absolutamente nada de errado com ele. E na próxima visita, o dr. Holmes esperava encontrar Smith de pé e sem causar preocupações naquela encantadora senhorinha.

A natureza humana, em suma, o acossava – esse imbecil repugnante, com as narinas rubras como o sangue. Holmes o acossava. O dr. Holmes passou a visitá-lo regularmente, todos os dias. Uma vez que se tropeça, anotou Septimus no verso de um cartão-postal, a natureza humana vem acossá-lo. Holmes o está acossando. Só lhes restava fugir, sem que Holmes ficasse sabendo; para a Itália — qualquer lugar, qualquer lugar, longe do dr. Holmes.

Mas Rezia não conseguia entender isso. O dr. Holmes era tão bondoso. Estava tão preocupado com Septimus. Só queria ajudá-los, disse ele. Tinha quatro filhos pequenos e a convidara para o chá, contou ela a Septimus.

Portanto ele fora abandonado. O mundo todo estava clamando: mate-se, mate-se, para o nosso bem. Mas por que deveria ele se matar para o bem dos outros? A comida era saborosa; o sol tépido; e essa história de se matar, afinal, como levar isso adiante, com uma faca de cozinha, medonhamente, com torrentes de sangue — enfiando a cara em um cano de gás? Ele estava debilitado demais; mal conseguia levantar a mão. Além disso, agora que estava completamente só, condenado, abandonado, como ficam sós aqueles prestes a morrer, havia algo de suntuoso nisso, um isolamento repleto de sublimidade; uma liberdade que jamais seria conhecida por quem preservava seus vínculos. Holmes vencera, claro; o imbecil de narinas avermelhadas vencera. Mesmo o próprio Holmes não poderia alcançar esse derradeiro despojo perdido na borda do mundo, esse proscrito, que contempla de longe as regiões povoadas, que jaz, como um marinheiro naufragado, na beira do mundo.

Foi nesse momento (Rezia saíra para fazer compras) que se deu a grande revelação. Uma voz falou detrás do biombo. Era a voz de Evans. Os mortos estavam ao lado dele.

"Evans, Evans!", bradou.

Mr. Smith está falando alto consigo mesmo, gritou Agnes, a criada, para Mrs. Filmer na cozinha. "Evans, Evans!", exclamara quando ela entrou com a bandeja. Levou um susto e tanto. E desceu correndo.

E Rezia chegou, com suas flores, e atravessou o aposento, e colocou as rosas em um vaso, diretamente sob o sol, e ficou rindo, saltitando pelo quarto.

Fora obrigada a comprar as rosas, contou Rezia, de uma pobre mulher na rua. Mas estavam quase murchas, disse, arrumando as rosas.

Então havia um homem lá fora; Evans provavelmente; e as rosas, que segundo Rezia estavam quase mortas, haviam sido colhidas por ele nos campos da Grécia. Comunicação é saúde; comunicação é felicidade. Comunicação, murmurou ele.

"O que está dizendo, Septimus?", perguntou Rezia, espavorida, pois ele voltara a falar sozinho.

Ela pediu a Agnes que fosse correndo buscar o dr. Holmes. Seu marido, disse ela, estava enlouquecendo. Ele mal a reconhecia.

"Seu imbecil! Seu imbecil!", exclamou Septimus ao ver a natureza humana, ou seja, o dr. Holmes, entrando no quarto.

"Bem, o que está acontecendo?", perguntou dr. Holmes no tom mais amistoso do mundo. "Falando bobagens para apavorar sua mulher?" Mas ele lhe daria algo para que dormisse um pouco. E se eram ricos, disse o dr. Holmes, lançando um olhar irônico pelo quarto, que não se sentissem constrangidos e fossem consultar outro médico em Harley Street; se não tinham mais confiança nele, disse o dr. Holmes, com expressão bem menos bondosa.

Era exatamente meio-dia; doze horas pelo Big Ben; cujas badaladas se dispersavam pelo norte de Londres; mesclando-se com as de outros relógios, misturando-se de modo leve e etéreo às nuvens e aos fiapos de fumaça, e extinguindo-se mais além entre as gaivotas — as doze horas bateram enquanto Clarissa Dalloway estendia o vestido verde sobre a cama, e os Warren Smith caminhavam por Harley Street. A consulta estava marcada para o meio-dia. Aquela, ocorreu a Rezia, devia ser a casa de Sir William Bradshaw, com o automóvel cinzento em frente. (Os círculos de chumbo dissolveram-se no ar.)

E, com efeito, era o automóvel de Sir William Bradshaw; esguio, poderoso, cinzento, com singelas iniciais entrelaçadas no painel, como se fosse inapropriada a pompa da heráldica, uma vez que esse homem não passava de um intermediário fantasmagórico, do sacerdote da ciência; e, sendo cinzento o automóvel, harmonizando com tal sutil sobriedade, peles cinzentas, mantas cinza-prateadas amontoavam-se no interior, para manter a esposa dele aquecida enquanto o esperava. Pois muitas vezes Sir William percorria sessenta milhas ou mais pelo interior a fim de visitar os abastados, os aflitos que podiam pagar os honorários altíssimos que, muito justificadamente, Sir William cobrava por seus conselhos. Sua esposa ficava à espera, as mantas sobre os joelhos, por uma hora ou mais, reclinada, às vezes pensando no paciente, às vezes, compreensivelmente, na muralha de ouro, cuja altura aumentava a cada minuto enquanto aguardava; a muralha de ouro que crescia, interpondo-se entre ela e todas as circunstâncias e ansiedades (ela as havia suportado corajosamente; eles haviam tido suas tribulações), até se sentir embalada em um oceano de tranquilidade, onde sopravam apenas brisas aromáticas; respeitada, admirada, invejada, não lhe restando quase mais nada a desejar, ainda que lamentasse o fato de ter engordado; grandes recepções com jantares todas as noites de quinta para os colegas de profissão; ocasionais inaugurações de bazares beneficentes; homenagens à realeza; tempo de menos, infelizmente, com o marido, cujo trabalho só fazia crescer; um menino se destacando em Eton; também gostaria de ter tido uma filha; contudo, tinha seus interesses, e não eram poucos; o bem-estar das crianças; o cuidado dos epiléticos; e a fotografia, de modo que, enquanto esperava, se topasse com uma igreja em construção, ou uma igreja em ruínas, ela dava uma gorjeta ao sacristão, conseguia as chaves e fazia suas fotos, que mal se distinguiam daquelas feitas por profissionais.

O próprio Sir William já não era mais jovem. Havia trabalhado muito; conquistara seu renome só pela competência (era filho de lojista); adorava a profissão; fazia uma bela figura em cerimônias e discursava bem – e tudo isso, na época em que fora nobilitado, havia lhe conferido um ar pesado, um ar fatigado (o fluxo de pacientes sendo de tal modo incessante, as responsabilidades e os privilégios da profissão tão onerosos), e esse esgotamento, juntamente com os cabelos encanecidos, reforçavam a extraordinária distinção de sua presença e conferiam-lhe a reputação (de importância crucial no tratamento de pacientes dos nervos) não só de habilidade fulminante e precisão quase infalível no diagnóstico, como também de compaixão; tato; compreensão da alma humana. Ele deu-se conta do problema logo que entraram no consultório (os Warren Smith, era o nome deles); adquiriu a certeza assim que viu o homem; era um caso de extrema gravidade. Um caso de colapso total — de completo colapso físico e nervoso, com todos os sintomas em fase avançada, isto ele pôde comprovar após dois ou três minutos (anotando as respostas às questões, sussurradas discretamente, em uma ficha rosa).

Desde quando vinha sendo tratado pelo dr. Holmes?

Seis semanas.

Prescreveu um pouco de calmante? Disse que não havia nada de errado? Ah, sei (esses clínicos gerais, pensou Sir William. Passava metade de seu tempo desfazendo suas trapalhadas. Algumas eram irremediáveis).

"E o senhor serviu com distinção na guerra?"

O paciente repetiu a palavra "guerra" com um tom de interrogação.

Estava atribuindo ao termo significados de natureza simbólica. Um sintoma grave, a ser anotado na ficha.

"A guerra?", perguntou o paciente. A Guerra Europeia — essa pequena algazarra de escolares brincando com pólvora? Tinha servido com distinção? Na verdade, nem se lembrava mais. Na guerra em si, havia fracassado.

"Sim, ele serviu com a maior distinção", Rezia garantiu ao médico, "e até foi promovido."

"E, no escritório, parece que o têm em alta conta, não?", murmurou Sir William, olhando de relance a carta com palavras generosas escritas por Mr. Brewer. "Então, não há nada de mais preocupante, nenhum problema financeiro, nada?"

Ele cometera um crime pavoroso e fora condenado à morte pela natureza humana.

"Eu... eu...", começou, "cometi um crime..."

"Ele não fez absolutamente nada de errado", Rezia assegurou ao médico. Se Mr. Smith não se incomodasse de aguardar um instante, disse Sir William, ele iria conversar um pouco com Mrs. Smith na sala ao lado. Seu marido está gravemente doente, disse Sir William. Chegou a fazer alguma ameaça, no sentido de se matar?

Ó sim, fez sim, exclamou ela. Mas não pretendia fazer isso, disse ela. Claro que não. Era apenas uma questão de repouso, disse Sir William; repouso, repouso, repouso; um longo período de repouso absoluto. Havia uma casa maravilhosa no interior, onde o marido dela receberia todos os cuidados necessários. Longe de mim?, indagou ela. Infelizmente; as pessoas mais importantes para nós não nos fazem bem quando caímos doentes. Mas ele não estava louco, estava? Sir William disse que jamais usava o termo "loucura"; para ele, tratava-se apenas de alguém que perdera o senso de proporção. Mas o marido dela não gostava nada dos médicos. Ele se recusaria a ir para lá. De modo breve e bondoso, Sir William explicou-lhe a natureza do caso. Ele havia ameaçado se matar. Não havia alternativa. Era uma questão legal. Ele iria ficar recolhido ao leito em uma agradável casa no campo. As enfermeiras eram excelentes. E Sir William o visitaria toda semana. Se Mrs. Smith tinha certeza de que não tinha mais nenhuma dúvida — ele jamais apressava seus pacientes —, eles poderiam retornar ao marido dela. Não, não tinha mais nenhuma pergunta a fazer — não para Sir William.

Então retornaram ao mais exaltado dos homens; o criminoso que enfrentou seus juízes; a vítima exposta nas alturas; o fugitivo; o marinheiro afogado; o poeta da ode imortal; o Senhor que passara da vida para a morte; a Septimus Warren Smith, sentado na poltrona sob a claraboia, fitando uma foto de Lady Bradshaw em traje de gala, murmurando mensagens sobre a beleza.

"Já acabamos nossa pequena conversa", disse Sir William.

"Ele disse que você está muito, muito doente", exclamou Rezia.

"Estávamos acertando tudo para que você vá para uma casa de repouso", disse Sir William.

"Um dos retiros de Holmes?", zombou Septimus.

Esse rapaz dava uma impressão desagradável. Pois Sir William, cujo pai fora negociante, tinha um respeito natural pelas boas maneiras e boas roupas, que se ofendia com a esqualidez; e também, ainda mais profundamente, Sir William, que jamais desfrutara de tempo para a leitura, abrigava um ressentimento, muito arraigado, contra as pessoas cultas que o procuravam no consultório e insinuavam que os médicos, cuja profissão requer uma tensão constante em todas as faculdades mais elevadas, não eram cultos.

"Um dos *meus* retiros, Mr. Warren Smith", disse ele, "onde o senhor vai aprender a descansar."

E havia só mais uma coisa.

Estava absolutamente convencido de que, quando Mr. Warren Smith se recuperasse, ele seria o último homem no mundo a assustar sua mulher. Mas tinha falado em se matar.

"Todos nós passamos por momentos de depressão", disse Sir William.

Uma vez que se tropeça, repetiu Septimus para si mesmo, a natureza humana nos acossa. Holmes e Bradshaw nos acossam. Eles varejam o deserto. Eles fogem uivando para o horizonte desolado. O potro e os anjinhos de tortura entram em ação. A natureza humana é implacável.

"Às vezes ele é levado pelos impulsos?", indagou Sir William, com o lápis suspenso sobre a ficha rosa.

Isso só interessa a mim, disse Septimus.

"Ninguém vive só para si", replicou Sir William, olhando de relance para a foto de sua mulher em vestido de gala.

"E o senhor tem uma carreira brilhante à frente", disse Sir William. Ali estava a carta de Mr. Brewer sobre a mesa. "Uma carreira excepcionalmente brilhante."

Mas e se ele confessasse? E se ele se comunicasse? Será que Holmes, Bradshaw, será que o deixariam em paz?

"Eu... eu...", balbuciou.

Mas que crime havia cometido? Não conseguia mais se lembrar.

"Pois não? Sim?", Sir William o estimulou. (Mas já estava ficando tarde.)

Amor, árvores, não há crime – qual era sua mensagem?

Não conseguia se lembrar.

"Eu... eu...", balbuciou.

"Procure pensar o menos possível sobre si mesmo", disse Sir William com afabilidade. Com efeito, ele não estava em condições de ficar em liberdade.

Algo mais que queriam saber? Sir William tomaria todas as providências (sussurrou para Rezia) e entraria em contato com ela entre as cinco e as seis naquele mesmo dia.

"Deixe tudo por minha conta", disse ele, e os dispensou.

Jamais, jamais Rezia sentira tanta aflição em sua vida! Havia buscado ajuda e sido abandonada! Ele os havia decepcionado! Sir William Bradshaw não era nem um pouco simpático.

Só a manutenção desse automóvel deve custar uma fortuna, disse Septimus, quando saíram para a rua.

Ela agarrou-se ao braço dele. Haviam sido abandonados.

Mas o que mais ela queria?

Aos pacientes ele concedia três quartos de hora; e se nessa exigente ciência acerca daquilo que, afinal, não temos a menor ideia – o sistema nervoso, o cérebro humano –, um médico perde o senso de proporção, ele fracassa como médico. A saúde é essencial para nós; e a saúde tem a ver com a proporção; assim se um sujeito vem ao consultório e diz que é Cristo (uma ilusão comum), e tem uma mensagem a transmitir, como em geral ocorre, e ameaça, como costumam fazer, se matar, o que cabe fazer é invocar a proporção; determinar um repouso completo; um repouso solitário; silêncio e repouso; repouso longe dos amigos, dos livros, das mensagens; seis meses de repouso; até que o sujeito, que lá chegou pesando quarenta e sete quilos, sai com cinquenta e três.

A proporção, a divina proporção, a divindade de Sir William foi por ele alcançada palmilhando hospitais, pescando salmão, gerando um filho em Harley Street com Lady Bradshaw, que também pescava salmão e fazia fotos que mal se distinguiam daquelas feitas por profissionais. Ao venerar a proporção, Sir William não só prosperou ele mesmo, mas também tornou próspera a Inglaterra, confinando seus lunáticos, evitando que procriassem, penalizando o desespero, tornando impossível que os inaptos propagassem suas concepções até que, também eles, adquirissem o mesmo senso de proporção — dele, caso fossem homens, e de Lady Bradshaw, caso fossem mulheres (ela bordava, tricotava e passava quatro noites por semana em casa com o filho), e com tudo isso não só conquistara o respeito dos colegas, mas também os amigos e parentes dos pacientes lhe devotavam a mais profunda gratidão, por insistir com que esses proféticos Cristos de ambos os sexos, que previam o fim do mundo ou o advento de Deus, bebessem leite enquanto estavam recolhidos ao leito, como determinado por Sir William; Sir William, com seus trinta anos de experiência em casos assim, e seu instinto infalível para reconhecer aqui a loucura, ali a proporção; em suma, seu próprio senso de proporção.

Mas a Proporção tem uma irmã, menos sorridente, mais temível, uma Divindade que agora mesmo está empenhada — no calor e nas areias da Índia, na lama e nos charcos da África, nos arredores de Londres, em suma por toda a parte onde o clima ou o demônio levam os homens a abandonar a crença verdadeira, que é a dela própria —, agora mesmo está empenhada em demolir santuários, destroçar ídolos, erigindo no lugar deles seu próprio semblante severo. Conversão é seu nome e ela se farta da vontade dos combalidos, adora impressionar, se impor, cultuando os próprios traços estampados no rosto do populacho. No Hyde Park Corner, sobre uma barrica, ela se ergue para pregar; envolta em mortalha branca, disfarçada de amor fraterno, percorre com ar de penitente fábricas e parlamentos; oferece ajuda, mas é sequiosa de poder; afasta de seu caminho com brutalidade o dissidente, ou o insatisfeito; confere sua bênção àqueles que, erguendo os olhos, recolhem submissamente nos olhos dela a luz de seus próprios olhos. Também essa dama (como se deu conta Rezia Warren Smith) tinha morada no coração de Sir William, ainda que oculta, como costuma fazer, sob um disfarce plausível; um nome venerável; amor, dever, abnegação. Como ele se esforçava – como labutava para angariar fundos, propagar reformas, criar instituições! Mas a Conversão, divindade exigente, ama antes o sangue do que o tijolo, e alimenta-se mais sutilmente da vontade humana. Um exemplo é Lady Bradshaw. Quinze anos antes, ela havia soçobrado. Não foi nada que se pudesse assinalar; não ocorrera nenhuma cena, nenhum estalo; apenas um lento afundamento de sua vontade, saturada de água, na de seu marido. Afável era seu sorriso, e imediata sua submissão; os jantares em Harley Street, com oito ou nove pratos, reunindo dez ou quinze convivas entre seus colegas profissionais, eram tranquilos e corteses. Mas à medida que avançava a noite, um quase imperceptível enfado, ou talvez um incômodo, um tique, um lapso, uma confusão nervosa indicavam algo na verdade difícil de crer, tão doloroso era – que a pobre dama estava fingindo. Antes, fazia tempo, ela pescara salmão em liberdade: agora, pronta para atender ao apetite de domínio, de poder, que tão untuosamente fazia reluzir o olho do marido, ela se contraía, encolhia, suprimia, desbastava, recuava e lançava olhares furtivos; a tal ponto que, sem saber exatamente o que tornava desagradável a noitada, e provocava essa pressão no topo da cabeça (que poderia muito bem ser atribuída à conversa profissional, ou à lassidão de um médico eminente, cuja existência, disse Lady Bradshaw, "não lhe pertence, mas aos pacientes"), desagradável sem a menor dúvida: por isso os convivas, assim que o relógio dava as dez horas, respiravam enlevados o ar de Harley Street; um alívio, contudo, que era negado aos pacientes dele.

Lá no consultório cinzento, em meio aos quadros nas paredes e a mobília valiosa, sob a claraboia de vidro opaco, os pacientes se davam conta da gravidade de suas transgressões; aconchegados em poltronas, eles o viam realizar, em benefício deles, um curioso exercício com os braços, que ele estendia com vigor e de repente baixava para junto do corpo, a fim de provar (caso o paciente fosse obstinado) que Sir William era, ao contrário do paciente, senhor de seus atos. Nessa altura alguns mais fragilizados desabavam; soluçavam, submissos; outros, inspirados por sabe Deus qual loucura despropositada, não se furtavam a dizer ao próprio Sir William que este era um maldito embusteiro; e chegavam a pôr em questão, de modo ainda mais impiedoso, a própria vida. Por que viver?, queriam saber. Sir William replicava que a vida era boa. Sem dúvida, Lady Bradshaw, com plumas de avestruz, pendia acima do consolo da lareira, e quanto aos rendimentos dele, chegavam bem a doze mil libras anuais. Mas para nós, protestavam eles, a vida não se mostrou tão generosa. Ele assentia. O que lhes faltava era o senso de proporção. E se talvez, afinal, Deus não existisse? Ele dava de ombros. Enfim, em que nos concerne essa questão de viver ou não viver? Mas nisto eles se equivocavam. Sir William tinha um amigo em Surrey, em cuja casa se ensinava algo, e Sir William reconhecia com franqueza que se tratava de uma arte difícil — o senso de proporção. E também havia, além disso, a afeição familiar; a honra; a coragem; e uma carreira brilhante. Tudo isso contava Sir William entre seus paladinos mais denodados. Se isso não bastasse, ainda era obrigado a defender a polícia e o bem da sociedade, os quais, observava em tom mais baixo, se encarregariam, lá em Surrey, de manter sob controle esses impulsos pouco sociais, alimentados sobretudo pela carência de sangue sadio. E era então que se esgueirava de seu esconderijo e se alçava ao trono aquela Divindade cuja volúpia é subjugar a oposição, estampar de maneira indelével nos santuários alheios a imagem de si mesma. Despidos, indefesos, os exauridos, os desprovidos de amigos recebiam a marca da vontade de Sir William. Ele arremetia; ele devorava. Ele calava as pessoas. Era essa combinação de firmeza e humanidade que tornava Sir William tão caro aos parentes de suas vítimas.

Mas Rezia Warren Smith exclamou, caminhando pela Harley Street, que não havia gostado nada desse homem.

Retalhando e fatiando, dividindo e subdividindo, os relógios da Harley Street mordiscavam o dia de junho, aconselhavam submissão, defendiam a autoridade e ressaltavam em coro a suprema vantagem de um senso de proporção, até que o morro do tempo ficou de tal modo reduzido, que um relógio comercial, suspenso acima de uma loja na Oxford Street, anunciou, em tom animado e fraterno, como se fosse um prazer para os donos da Rigby and Lowndes fornecer gratuitamente tal informação, que já era uma e meia.

Quando se olhava para cima, parecia que cada letra de seus nomes representava uma das horas; subconscientemente ficava-se grato à Rigby and Lowndes por anunciar a hora aprovada por Greenwich; e essa gratidão (ruminava Hugh Whitbread, demorando-se diante da vitrine) depois se traduziria, naturalmente, na compra de meias ou sapatos na Rigby and Lowndes. Assim ruminava. Como de hábito. Não era de se aprofundar muito. Ele roçava as superfícies; as línguas mortas ou vivas, a vida em Constantinopla, Paris, Roma; cavalgar, caçar, jogar tênis, tudo isso despertara seu interesse uma ou outra vez. Segundo as más línguas, agora montava guarda no Palácio de Buckingham, engalanado com meias de seda e culotes, mas sobre o que ninguém fazia ideia. Mas se desempenhava com extraordinária eficiência. Vinha frequentando a nata da sociedade inglesa por cinquenta e cinco anos. Havia privado com Primeiros-Ministros. Tinha a reputação de ser leal aos amigos. E, ainda que não tivesse de fato participado de nenhum dos grandes movimentos da época, nem ocupado cargos importantes, um par de reformas modestas podia ser lançado em sua conta; uma delas era a melhoria dos abrigos públicos; outra, a proteção das corujas em Norfolk; as jovens criadas tinham motivos para ser gratas a ele; e sob as cartas ao *Times*, sua assinatura impunha respeito, solicitando recursos, exortando a população a proteger, preservar, recolher o lixo, reduzir o tabagismo e acabar com a imoralidade nos parques.

Além disso, exibia uma figura magnífica ao fazer breve pausa (enquanto se dissipava a badalada da meia hora) para examinar, com olhar crítico de conhecedor, as meias e os sapatos; impecável, sólido, como se contemplasse o mundo de certa eminência, e vestido a caráter; porém, cônscio das obrigações impostas pelo porte, riqueza e saúde, observava meticulosamente, mesmo quando não era absolutamente necessário, as pequenas cortesias, as cerimônias antiquadas, o que conferia uma qualidade peculiar a suas maneiras, algo a ser imitado, algo que o fazia ser lembrado, pois jamais iria a um almoço, por exemplo, com Lady Bruton, que conhecia havia vinte anos, sem levar nas mãos estendidas um buquê de cravos, ou deixava de perguntar a Miss Brush, a secretária de Lady Bruton, sobre seu irmão na África do Sul, o que, por algum motivo, deixava Miss Brush, por mais deficiente que fosse de encantos femininos, de tal modo ressentida que dizia, "Obrigada, ele está muito bem na África do Sul", quando na verdade, havia meia dúzia de anos já, ele estava muito mal em Portsmouth.

A própria Lady Bruton preferia Richard Dalloway, que chegou no mesmo instante. Na verdade, os dois se encontraram diante de sua porta.

Claro que Lady Bruton preferia Richard Dalloway. Era feito de material bem mais refinado. Mas nem por isso tolerava que falassem mal de seu pobre e querido Hugh. Jamais esqueceria a solicitude dele – fora de fato extraordinariamente prestimoso –, ainda que tenha esquecido exatamente em que ocasião. Mas havia sido – extraordinariamente prestimoso. De qualquer modo, a diferença entre um e outro não era tão significativa. Ela nunca vira muito propósito em dissecar as pessoas, como fazia Clarissa Dalloway – dissecá-las e depois remontá-las; pelo menos não quando se chega aos sessenta e dois anos. Ela recebeu os cravos de Hugh com seu sorriso taciturno e anguloso. Ninguém mais havia sido convidado, anunciou. Ela os chamara sob um falso pretexto, para que a ajudassem a resolver um problema...

"Antes, porém, vamos comer", disse.

E logo teve início uma silenciosa e impecável movimentação, através das portas de vaivém, das criadas com uniformes e toucas brancas, não serviçais por necessidade, mas adeptas de um mistério ou de uma majestosa impostura praticada pelas anfitriãs em Mayfair da uma e meia às duas, quando, com um aceno da mão, cessa a azáfama, e em seu lugar surge essa ilusão profunda acerca sobretudo da comida — como se fosse gratuita; e, depois, como a mesa põe-se a si mesma, por vontade própria, com copos e prataria, guardanapos, pratos de frutas vermelhas; películas de creme escuro ocultam o linguado; frangos despedaçados boiam em caçarolas; crepita o fogo, colorido, pouco doméstico; e com o vinho e o café (também gratuitos) elevam-se visões aprazíveis diante de olhos cismadores; olhos suavemente especulativos; olhos para quem a vida parece musical, misteriosa; olhos ora iluminados para observar com simpatia a beleza dos cravos vermelhos que Lady Bruton (cujos movimentos eram sempre angulosos) colocara ao lado de seu prato, o que levou Hugh Whitbread, em paz com o universo e ao mesmo tempo absolutamente seguro de si, a dizer, pousando o garfo:

"Não ficariam adoráveis sobre a renda de seu vestido?"

Miss Brush ofendeu-se profundamente com essa familiaridade. Ela o considerou um homem vulgar. E com isso acabou provocando o riso de Lady Bruton.

Lady Bruton ergueu os cravos, segurando-se de maneira um tanto rígida, com a mesma atitude com que o general segurava o rolo de pergaminho, no quadro às suas costas; ficou imóvel, transfixada. Bem, o que ela era mesmo do general, sua bisneta? Trineta?, perguntou-se Richard Dalloway. Sir Roderick, Sir Miles, Sir Talbot — isso mesmo. Incrível como naquela família a semelhança persistia nas mulheres. Ela própria deveria ter sido um general com dragonas. E Richard teria de bom grado servido sob suas ordens; tinha a maior consideração por ela; ele acalentava essas concepções românticas sobre damas idosas bem-nascidas e bem situadas socialmente, e teria apreciado, com seu jeito bem-humorado, trazer alguns jovens exaltados que conhecia para almoçar com ela. Como se uma mulher assim pudesse ter, como antepassados, entusiásticos e amáveis apreciadores de chá! Ele conhecia bem a terra de origem dela. Ele conhecia sua gente. Havia uma videira, ainda florescente, sob a qual sentara Lovelace ou Herrick — ela própria jamais lera um verso, mas essa era a história que corria. Melhor esperar um pouco antes de expor a eles o problema que a incomodava (tratava-se de fazer um apelo ao público; se viável, em que termos, e assim por diante), melhor deixar para depois do café, pensou Lady Bruton, colocando os cravos ao lado do prato.

"E como vai Clarissa?", perguntou abruptamente.

Clarissa sempre dissera que Lady Bruton não gostava dela. Com efeito, Lady Bruton era conhecida por se interessar mais por política do que por gente; por conversar como um homem; por ter participado de uma notória intriga nos anos 80, que agora começava a ser mencionada em memórias. Sem dúvida, havia uma alcova em sua sala de estar, e uma mesa nessa alcova, e sobre a mesa uma foto do general Sir Talbot Moore, já falecido, que ali escrevera (no início de uma noite nos anos 80, na presença de Lady Bruton, com o conhecimento dela, talvez por incitamento dela, um telegrama ordenando o ataque das tropas britânicas em uma ocasião histórica. (Ela guardou a pena e contou a história.) Assim, quando perguntava daquela maneira intempestiva "Como vai Clarissa?", os maridos tinham dificuldade em convencer suas mulheres — na verdade, por mais devotados que fossem a Lady Bruton, estavam eles próprios secretamente descrentes — do interesse dela por mulheres que muitas vezes se colocavam no caminho dos maridos, impedindo-os de aceitar postos no exterior e, em plena sessão parlamentar, tinham de ser levadas ao litoral para se restabelecerem de uma gripe. Ainda assim, a pergunta dela, "Como vai Clarissa?", era tida infalivelmente pelas mulheres como sinal de boa vontade de uma companheira quase muda, cujos pronunciamentos (talvez meia dúzia no decorrer de uma vida) indicavam o reconhecimento de uma camaradagem feminina existente à margem dos almoços com homens e estabelecia um vínculo singular entre Lady Bruton e Mrs. Dalloway, que raramente se viam, e quando se encontravam pareciam indiferentes ou mesmo hostis.

"Vi Clarissa no parque, hoje de manhã", comentou Hugh Whitbread, mergulhando na travessa, ansioso para se conceder essa pequena homenagem, pois bastava chegar a Londres e logo encontrava todo o mundo; mas como era voraz, um dos homens mais vorazes que conhecera na vida, pensou Milly Brush, que observava os homens com implacável rigor, e era capaz de dedicação eterna, sobretudo para com as pessoas de seu próprio sexo, pois era encrespada, escalavrada, angulosa e sem o menor encanto feminino.

"Sabem quem está na cidade?", perguntou Lady Bruton, recordando-se de repente. "Nosso velho amigo, Peter Walsh."

Todos sorriram. Peter Walsh! E Mr. Dalloway devia estar bem contente, pensou Milly Brush; já Mr. Whitbread só conseguia pensar no frango.

Peter Walsh! Todos os três, Lady Bruton, Hugh Whitbread e Richard Dalloway, lembraram-se da mesma coisa – de como Peter estivera apaixonado; fora rejeitado; viajara para a Índia; dera com os burros n'água; metera os pés pelas mãos; e também de como Richard Dalloway apreciava imensamente o velho e querido companheiro. Milly Brush deu-se conta de tudo; notou como os olhos castanhos dele se turvavam; viu como hesitava e considerava; e isto a interessava, como Mr. Dalloway sempre a interessou; e o que ele estaria pensando, perguntou-se, a respeito de Peter Walsh?

Que Peter Walsh estivera apaixonado por Clarissa; que sairia do almoço e seguiria diretamente para casa a fim de ver Clarissa; que lhe diria, com todas as palavras, que a amava. Sim, ele diria algo assim.

Antes Milly Brush quase poderia ter se enamorado de tais silêncios; e Mr. Dalloway sempre era tão confiável; e tão cavalheiro também. Agora, porém, estava com quarenta anos, e bastava Lady Bruton fazer um aceno ou volver ligeiramente a cabeça, que Milly Brush entendia o sinal, por mais profundamente que estivesse mergulhada nessas reflexões de um espírito desapegado, de uma alma pura a quem a vida não podia enganar, pois a vida não lhe dera nem mesmo uma bugiganga sem valor; nem um cacho de cabelo, um sorriso, um lábio, uma bochecha, um nariz; absolutamente nada; com um aceno discreto de Lady Bruton, Perkins saiu para apressar o café.

"Pois é, Peter Walsh está de volta", disse Lady Bruton. Era algo vagamente lisonjeiro para todos. Ele havia retornado, derrotado, fracassado, a suas plagas seguras. Mas quanto a ajudá-lo, refletiram, isto era impossível; havia uma falha em seu caráter. Hugh Whitbread disse que seria possível, claro, mencionar o nome dele a Fulano ou Sicrano. Com o cenho carregado, lúgubre, com ar empolado, pensou nas cartas que teria de escrever aos chefes de repartições a respeito do "meu velho amigo, Peter Walsh" e coisas assim. Todavia, aquilo não levaria a parte nenhuma — a nada permanente, devido ao caráter dele.

"Problemas com alguma mulher", disse Lady Bruton. Todos já haviam adivinhado que era *disso* que se tratava.

"Enfim", disse Lady Bruton, ansiosa por deixar de lado o tema, "vamos saber a história toda pelo próprio Peter."

(O café estava demorando para ser servido.)

"O endereço?", murmurou Hugh Whitbread; e de imediato ergueu-se uma pequena ondulação na maré cinzenta de serviços, que banhava Lady Bruton dia após dia, recolhendo, filtrando, envolvendo-a em uma delicada trama que amortecia os choques, atenuava as interrupções, e estendia ao redor da casa em Brook Street uma fina rede na qual cada coisa tinha seu lugar, e podia ser recuperada com precisão instantânea pelo grisalho Perkins, que acompanhava Lady Bruton havia trinta anos e já anotava o endereço; depois o entregou a Mr. Whitbread, que tirou do bolso a carteira, ergueu as sobrancelhas, e, deslizando o papel entre documentos da mais alta importância, disse que pediria a Evelyn que convidasse Peter para um almoço.

(Estavam esperando que Mr. Whitbread terminasse para servir o café.)

Como Hugh era lerdo, pensou Lady Bruton. E estava engordando, notou. Já Richard sempre se mantinha em excelente forma. Ela começava a se impacientar; todo seu ser se concentrava de modo resoluto, inequívoco, pondo de lado assertivamente essas ninharias irrelevantes (Peter Walsh e seus problemas), no tema que lhe mobilizava toda a atenção, e não só a atenção, mas também aquela fibra que era o aguilhão de sua alma, aquela parte essencial sem a qual Millicent Bruton não seria Millicent Bruton; aquele projeto para a emigração de jovens de ambos os sexos, filhos de pais respeitáveis, e o assentamento deles, com boa perspectiva de sucesso, no Canadá. Ela exagerava. Talvez tivesse perdido seu senso de proporção. Para os outros, a Emigração não era o remédio óbvio, a suprema solução. Não era, para eles (nem para Hugh ou Richard, ou tampouco a dedicada Miss Brush), a redenção do egoísmo enclausurado, que uma mulher incisiva e marcial, bem alimentada, bem-criada, de impulsos diretos, sentimentos francos e escassa capacidade de introspecção (sincera e singela – por que todos não podiam ser sinceros e singelos?, perguntava ela), sente assomar em seu âmago, uma vez passada a juventude, e precisa lançar sobre um objeto – pode ser a Emigração, pode ser a Emancipação; mas seja o que for, esse objeto em torno do qual é cotidianamente segregada a essência de sua alma torna-se inevitavelmente prismático, reluzente, em parte espelho, em parte pedra preciosa; ora zelosamente oculto caso queiram zombar dele; ora orgulhosamente exibido. A Emigração se apropriara, em suma, de quase toda Lady Bruton.

Mas ela precisava colocar isso no papel. E uma carta para o *Times*, costumava dizer a Miss Brush, custava-lhe mais do que organizar uma expedição à África do Sul (o que ela havia feito durante a guerra). Após um embate matinal, principiando, rasgando, tentando de novo, ela passava a sentir a futilidade de sua própria condição feminina como não a sentia em nenhuma outra ocasião, e então voltou agradecidamente o pensamento para Hugh Whitbread, que dominava – e disso ninguém duvidava – a arte de escrever cartas para o *Times*.

Um ser intrinsecamente tão diferente dela, com tanto domínio da língua; capaz de dizer as coisas tal como os editores apreciavam; dotado de paixões que não era justo reduzir apenas à avidez. Com frequência, Lady Bruton suspendia seu juízo sobre os homens em respeito à misteriosa harmonia que estes, ao contrário das mulheres, mantinham com as leis do universo; eles sabiam como exprimir as coisas; sabiam o que era preciso dizer; a tal ponto que, se Richard a aconselhasse, e Hugh escrevesse, ela estaria convicta de ter, de algum modo, feito a coisa certa. Por isso permitiu que Hugh terminasse o suflê; indagou sobre a coitada da Evelyn; esperou até que estivessem fumando, e então disse:

"Milly, poderia trazer os papéis?"

E Miss Brush saiu e voltou; colocou os papéis sobre a mesa; e Hugh tirou sua caneta-tinteiro; a caneta-tinteiro prateada, que vinha lhe prestando bons serviços por trinta anos, comentou, enquanto a destampava. Ainda funcionava com perfeição; ele a mostrara aos fabricantes; não havia nenhum motivo, disseram eles, para que não durasse para sempre; o que era algo em favor de Hugh, e em favor dos sentimentos expressos por sua caneta (assim achava Richard Dalloway), enquanto Hugh começava laboriosamente a traçar à margem maiúsculas rodeadas por círculos, conferindo assim sentido às confusas elucubrações de Lady Bruton, e uma correção gramatical, sentiu Lady Bruton ao ver a transformação admirável, que o editor do *Times* não poderia deixar de respeitar. Hugh era lento. Hugh era pertinaz. Richard comentou que era preciso correr riscos. Hugh propôs modificações em respeito aos sentimentos alheios, os quais, comentou um tanto encrespado diante do sorriso de Richard, "tinham de ser levados em conta", e leu em voz alta "como, portanto, somos da opinião de que a época é propícia... a juventude excedente de nossa população cada vez maior... tudo aquilo que devemos aos mortos...", o que na opinião de Richard não passava de enchimento e conversa fiada, mas não havia nenhum problema nisso, claro, e Hugh continuou a alinhar em ordem alfabética sentimentos da mais exaltada nobreza, limpando a cinza de charuto tombada em seu colete, e vez por outra resumindo o progresso, até por fim ler em voz alta o rascunho de uma carta que Lady Bruton, sem hesitar, considerou magistral. Como era possível que aquilo que ela queria dizer soasse assim tão bem?

Hugh não podia garantir que o editor a publicaria; mas iria se encontrar com alguém no almoço.

Em seguida, Lady Bruton, que raramente fazia algo gracioso, prendeu todos os cravos em seu vestido e, abrindo os braços, o chamou de "Meu Primeiro-Ministro!". Não conseguia imaginar o que teria feito sem a ajuda deles. Então se levantaram. E Richard Dalloway, como de hábito, foi fazer uma visita ao retrato do general, pois pretendia, assim que estivesse menos assoberbado, escrever uma história da família de Lady Bruton.

E Millicent Bruton tinha muito orgulho dos parentes. Mas eles podiam esperar, podiam esperar, disse ela, contemplando o retrato; querendo dizer que sua família, de militares, administradores, almirantes, era composta de homens de ação que haviam cumprido com seu dever; e o dever principal de Richard era para com seu país, mas sem dúvida era um rosto estupendo, disse ela; e todos os documentos estariam à disposição de Richard, lá em Aldmixton, assim que chegasse a hora; o governo trabalhista, queria dizer. "Ah, as notícias da Índia!", exclamou ela.

E então, enquanto estavam no vestíbulo recolhendo as luvas amarelas de uma travessa na mesa de malaquita, e Hugh oferecia a Miss Brush, com cortesia inteiramente despropositada, um ingresso de teatro que não lhe interessava ou algum outro agrado, que ela abominou do fundo do coração, enquanto ruborizava, Richard voltou-se para Lady Bruton, com o chapéu na mão, e disse:

"Podemos contar com sua presença em nossa festa hoje à noite?", levando Lady Bruton a recuperar a magnificência abalada pela história da carta. Talvez fosse; talvez não. Clarissa tinha um vigor extraordinário. As festas apavoravam Lady Bruton. Mas também, já estava ficando velha. Foi o que insinuou, parada à porta; bela; muito altiva; enquanto seu *chow-chow* se alongava mais atrás, e Miss Brush desaparecia ao fundo com as mãos carregadas de papéis.

E Lady Bruton recolheu-se gravemente, majestosamente, a seus aposentos, reclinando-se no sofá com o braço estendido. Ela suspirou, ela ressonou, sem conseguir dormir, mas apenas sonolenta e pesada, como um campo de trevos sob o sol desse quente dia de junho, com as abelhas esvoaçando em círculos e as borboletas amarelas. Ela sempre retornava a esses campos de Devonshire, onde havia saltado os regatos montada em Patty, seu cavalinho, ao lado de Mortimer e Tony, seus irmãos. E havia os cães; havia os ratos; havia seu pai e sua mãe na relva sob as árvores, com os apetrechos para o chá ao ar livre, e os canteiros de dálias, malvas-rosa, capim-dos-pampas; e aqueles diabretes sempre planejando alguma traquinagem! Voltando por entre os arbustos, a fim de passarem despercebidos, enxovalhados depois de alguma travessura. O que a velha babá não falava dos vestidos dela!

Santo Deus!, ela se lembrava – era quarta-feira em Brook Street. Aqueles excelentes e prestimosos amigos, Richard Dalloway, Hugh Whitbread, haviam partido no calor desse dia pelas ruas cujo rumor chegava a ela, reclinada no sofá. Ela desfrutava de poder, posição, riqueza. Estivera na vanguarda de seu tempo. Fizera bons amigos; conhecera os homens mais hábeis de sua época. Os murmúrios de Londres afluíam até ela, e sua mão, pousada nas costas do sofá, fechou-se em torno de um bastão imaginário tal como aqueles que poderiam ter sido empunhados por seus antepassados, e ao agarrá-lo parecia, sonolenta e pesada, estar comandando os batalhões que marchavam para o Canadá, e aqueles bons amigos caminhando por Londres, o território deles, esse pequeno pedaço de tapete, Mayfair.

E pouco a pouco eles foram se afastando dela, ainda ligados a ela por um fio fino (pois haviam almoçado juntos) que se esticava mais e mais, tornava-se cada vez mais fino à medida que caminhavam por Londres; como se os amigos estivessem ligados ao seu próprio corpo, após almoçarem juntos, por um fio fino, que (enquanto ela adormecia ali) tornou-se enevoado com o som de sinos, marcando a hora ou anunciando o culto, como o solitário fio de uma aranha é maculado por gotas de chuva, e, sobrecarregado, começa a arriar. Foi então que caiu no sono.

Richard Dalloway e Hugh Whitbread hesitaram na esquina de Conduit Street no instante mesmo em que Millicent Bruton, reclinada no sofá, permitiu que o fio se rompesse; e começou a ressonar. Ventos contrários se engalfinharam na esquina. Ambos fitaram a vitrine; não queriam comprar nada nem conversar, e sim seguir cada qual seu caminho, mas com os ventos se engalfinhando na esquina, em uma espécie de intervalo nas marés do corpo, as duas forças encontrando-se em um redemoinho, manhã e tarde, permaneceram ali parados. Um cartaz de jornal elevou-se no ar, garbosamente, de início como uma pipa, então se imobilizou, mergulhou, adejou. O véu de uma dama se enfunou. Os toldos amarelos tremeram. O trânsito tornou-se mais lento do que pela manhã, e carroças isoladas chacoalhavam desajeitadamente por ruas quase vazias. Em Norfolk, onde vagava o pensamento de Richard, uma aragem quente e suave sacudiu as pétalas; agitou as águas; encapelou a relva florida. Os segadores, deitados sob as sebes para descansar da labuta matinal, abriram as cortinas de folhagem verde; moveram os globos tremulantes de cerefólio silvestre para contemplar o céu; o azul, o imutável, o esplendoroso céu estival.

Embora consciente de estar contemplando uma caneca de prata com duas alças da época do Rei Jaime I, e de que Hugh Whitbread admirava com ar superior de entendido um colar espanhol do qual pensava indagar o preço caso interessasse a Evelyn — ainda assim Richard sentia-se entorpecido; não conseguia pensar nem se mover. A vida trouxera à tona esses despojos; vitrines repletas de bijuterias coloridas, e alguém ali estacava a contemplar com a letargia dos velhos, imóvel, com a rigidez dos velhos. Evelyn Whitbread talvez quisesse comprar esse colar espanhol — era bem possível. Não pôde conter um bocejo. Hugh já entrava na loja.

"Sem dúvida!", exclamou Richard, seguindo atrás.

Deus sabe que não tinha a menor intenção de comprar colares com Hugh. Mas há marés no corpo. A manhã encontra-se com a tarde. Impelido como frágil chalupa por correntes profundas, muito profundas, o bisavô de Lady Bruton e suas memórias e suas campanhas na América do Norte submergiram e soçobraram. Assim como Millicent Bruton. Ela soçobrou. Richard não se importava em nada com o destino da Emigração; tampouco com a carta, se iria ou não ser publicada por um editor. O colar pendia estendido entre os dedos admiráveis de Hugh. Que o dê de presente a uma jovem, se é que precisa comprar joias — qualquer jovem, qualquer jovem na rua. Pois a inutilidade dessa vida era algo que impressionava Richard tremendamente — comprar colares para Evelyn. Se tivesse um filho, diria a ele, trabalhe, trabalhe. Mas havia tido Elizabeth. E adorava sua Elizabeth.

"Queria falar com Mr. Dubonnet", disse Hugh, com um tom seco e mundano. Aparentemente, o tal Dubonnet tinha as medidas do pescoço de Mrs. Whitbread, ou, o que era ainda mais intrigante, conhecia o gosto dela sobre joias espanholas e o que já possuía nessa linha (algo que Hugh não conseguia se lembrar). Tudo isso pareceu muito estranho a Richard Dalloway. Pois jamais dava presentes a Clarissa, com exceção de um bracelete, dois ou três anos atrás, que não lhe caíra bem. Ela nunca o usou. E o incomodava a lembrança de que ela nunca o usara. Como o fio solitário de uma aranha, depois de vacilar entre esse e aquele lado, prende-se à ponta de uma folha, assim o espírito de Richard, recuperando-se da letargia, concentrou-se em sua mulher, Clarissa, a quem Peter Walsh havia amado tanto; e Richard tivera uma repentina visão dela durante o almoço; de si mesmo e de Clarissa; de sua vida em comum; e então puxou para si a bandeja de joias antigas e, examinando primeiro um broche, depois um anel, perguntou "E este, quanto é?", mas logo ficou em dúvida quanto ao próprio gosto. Queria abrir a porta da sala levando algo na mão; um presente para Clarissa. Mas o quê? Hugh retomara a palavra. Ele era incrivelmente pomposo. Francamente, depois de frequentar a loja por trinta e cinco anos, não iria ser destratado por um mero rapaz que não tinha a menor noção do que fazia. Pois Dubonnet aparentemente havia saído, e Hugh não compraria nada até que Mr. Dubonnet decidisse voltar; diante disso, o rapaz corou e inclinou-se com ligeira e correta reverência. Tudo foi perfeitamente correto. Richard, todavia, jamais poderia ter dito aquilo, mesmo que fosse para salvar sua vida! Como essa gente tolerava aquela maldita insolência era incompreensível para ele. Hugh estava se tornando um cretino insuportável. Richard Dalloway não conseguia ficar mais de uma hora em sua companhia. E, inclinando o chapéu-coco à maneira de despedida, Richard virou na esquina de Conduit Street ansioso, sim, muito ansioso para percorrer o fio daquela aranha que o ligava a Clarissa; iria diretamente ao encontro dela, em Westminster.

Mas queria chegar com algo nas mãos. Flores? Sim, flores, uma vez que não confiava em seu gosto por joias de ouro; qualquer quantidade de flores, rosas, orquídeas, para celebrar o que era, sob qualquer aspecto, um acontecimento; aquilo que sentira por ela quando mencionaram Peter Walsh no almoço; e nunca haviam tocado no assunto; havia anos que não falavam disso; o que, pensou, segurando as rosas vermelhas e brancas (um enorme buquê embrulhado em papel), é o maior erro do mundo. Porém, chega uma hora em que não dá mais para falar; a timidez excessiva vira empecilho, pensou ele, guardando no bolso as moedas de troco, e partindo com o grande buquê junto ao corpo rumo a Westminster, a fim de lhe dizer o quanto antes e com todas as palavras (independentemente do que ela poderia achar dele), entregando-lhe as flores, "eu amo você". Por que não? Sem dúvida era um milagre, quando se pensa na guerra, e nos milhares de pobres-diabos com toda uma vida pela frente, enterrados juntos, já quase esquecidos; era um milagre. Aqui estava ele caminhando por Londres para dizer a Clarissa com todas as palavras que a amava. Algo que nunca se diz, pensou. Em parte por preguiça; em parte por timidez. E Clarissa – era difícil pensar nela; a não ser intermitentemente, como durante o almoço, quando dela teve uma visão tão clara; da vida de ambos. Esperou para atravessar a rua;

e repetiu – pois era singelo e não corrompido, e havia caminhado pelo campo e disparado uma arma; pois era persistente e obstinado, tendo defendido a causa dos oprimidos e sido fiel a seu instinto na Câmara dos Comuns; tendo preservado essa simplicidade, e, ao mesmo tempo, tornando-se um tanto mais calado, um tanto rígido – repetiu que era um milagre ter casado com Clarissa; um milagre –, sua vida era um milagre, pensou; hesitando ao atravessar. Mas o fato é que o sangue lhe fervia ao ver aquelas criaturinhas de cinco ou seis anos andando sozinhas por Piccadilly. O guarda devia ter interrompido de imediato o trânsito. Não que tivesse ilusões acerca da polícia londrina. Na verdade, estava compilando indícios de sua negligência; e esses fruteiros ambulantes, não se deveria permitir que ficassem pela rua com seus carrinhos de mão; e as prostitutas, santo Deus, não era culpa delas, nem dos rapazes, mas do nosso deplorável sistema social e assim por diante; ruminava tudo isso, era até possível vê-lo ruminando, grisalho, pertinaz, garboso, alinhado, enquanto cruzava a pé o parque a fim de dizer à sua mulher que a amava.

Pois pretendia dizer isso com todas as palavras, assim que entrasse na sala. Porque é mil vezes lamentável jamais exprimir o que se sente, pensou, atravessando o Green Park e notando, satisfeito, famílias inteiras, famílias pobres, esparramadas sob as árvores; crianças brincando a valer; bebês mamando no colo; sacos de papel espalhados ao redor, que poderiam facilmente ser recolhidos (se alguém se incomodasse) por um daqueles gordos cavalheiros de uniforme; pois ele era da opinião de que todo parque e toda praça deveriam, durante os meses de verão, permanecer abertos para as crianças (o gramado do parque, aqui viçoso, ali desbotado, fazia reluzir as pobres mães de Westminster e seus bebês que engatinhavam, como se uma lâmpada amarela se movesse por baixo). Mas o que era possível fazer por mulheres indigentes como essa pobre criatura, reclinada e apoiada no cotovelo (como se tivesse se arrojado sobre a terra, rompido todos os vínculos, de modo a observar com curiosidade, especular atrevidamente, avaliar motivos e causas, despudorada, desaforada, irreverente), quanto a isto não lhe ocorria nada. Carregando as flores como uma arma, Richard Dalloway aproximou-se e por ela passou compenetrado; ainda assim houve tempo para uma fagulha entre ambos – ela riu ao vê-lo, ele sorriu bem-humorado, considerando o problema da indigente; sem que houvesse a menor possibilidade de se falarem. Mas ele diria a Clarissa que a amava, com todas as palavras. Uma vez no passado, ele sentira ciúme de Peter Walsh; ciúme dele e de Clarissa. Mas tantas vezes ela lhe dissera que fizera bem em não se casar com Peter Walsh; o que, conhecendo-se Clarissa, era obviamente verdade; ela queria apoio. Não que fosse fraca; mas precisava de apoio.

Quanto ao Palácio de Buckingham (como uma velha prima-dona toda de branco diante de sua plateia), não há como negar que tenha certa dignidade, considerou ele, nem como menosprezar o que, afinal, representa para milhões de pessoas (uma pequena multidão aguardava junto ao portão a saída do Rei), um símbolo, por mais absurdo que seja; uma criança brincando com tijolos teria se saído melhor, pensou; contemplando o Memorial da Rainha Vitória (de quem ainda se lembrava, com seus óculos de tartaruga, passando por Kensington), no alto de sua base esbranquiçada, com suas ondulantes formas maternais; mas o fato é que apreciava ser um súdito dos descendentes de Horsa; ele apreciava a continuidade; e o sentimento de perpetuar as tradições passadas. Aquela era uma grande época para se viver. Na realidade, sua própria vida era um milagre; que não se enganasse a respeito; ali estava, no apogeu da vida, caminhando para sua casa em Westminster a fim de dizer a Clarissa que a amava. Isso é a felicidade, pensou.

Quanto a isso, não resta dúvida, disse, ao entrar em Dean's Yard. O Big Ben estava começando a soar, primeiro o aviso, musical; depois a hora, irrevogável. Esses almoços acabam consumindo a tarde toda, pensou, aproximando-se da porta de sua casa.

O som do Big Ben inundou a sala de estar de Clarissa, onde estava sentada, tomada de irritação, à escrivaninha; preocupada; irritada. Era bem verdade que não convidara Ellie Henderson para a recepção; mas fizera de propósito. E agora Mrs. Marsham lhe escrevera que "dissera a Ellie Henderson que iria pedir a Clarissa — Ellie queria tanto ir".

Mas por que tinha ela de convidar para suas festas todas as mulheres sem graça de Londres? Por que Mrs. Marsham tinha de se intrometer? E Elizabeth, trancada esse tempo todo com Doris Kilman. Não conseguia imaginar nada mais repugnante. Ficar rezando a essa hora com aquela mulher. E o som das badaladas inundou a sala com sua onda melancólica; e, depois de recuar, se recompôs antes de irromper outra vez, quando ela ouviu, sobressaltando-se, alguém que tateava, arranhava a porta. Quem seria a essa hora? Três horas, santo Deus! Já são três horas! Pois, com nitidez e dignidade avassaladoras, o relógio soou as três horas; e ela não ouviu mais nada; mas a maçaneta girou e eis que era Richard! Que surpresa! Ali estava Richard, trazendo flores. Ela o havia decepcionado, uma vez em Constantinopla; e Lady Bruton, cujos almoços, que diziam ser imensamente divertidos, não a convidara. Ele lhe ofereceu o buquê de flores — rosas, rosas brancas e vermelhas. (Não conseguiu, porém, reunir coragem para dizer que a amava; não com todas as palavras.)

Mas que adorável, disse ela, recebendo as flores. Ela entendeu; ela entendeu sem que precisasse dizer; sua Clarissa. E as colocou em vasos sobre o consolo da lareira. Que lindas eram, disse ela. E então, foi divertido? Lady Bruton havia perguntado por ela? Peter Walsh está de volta. Mrs. Marsham havia escrito. Ela precisa mesmo convidar Ellie Henderson? Aquela mulher, a Kilman, está lá em cima.

"Mas vamos ficar aqui sentados por cinco minutos", disse Richard.

Tudo parecia tão vazio. Todas as cadeiras estavam encostadas na parede. O que estava acontecendo? Ah, sim, era para a festa; não, ele não havia esquecido, a festa. Peter Walsh estava de volta. Ó, claro, ela o vira. E ele vai pedir o divórcio; e está apaixonado por uma mulher na Índia. Não havia mudado nada. Lá estava ela, consertando o vestido...

"Pensando em Bourton", disse ela.

"Hugh estava no almoço", disse Richard. Ela também o havia encontrado! Bem, ele estava ficando cada vez mais insuportável. Comprando colares para Evelyn; mais gordo do que nunca; um cretino insuportável.

"E me veio a ideia de que poderia ter me casado com ele", disse ela, pensando em Peter ali sentado com sua gravatinha-borboleta; abrindo e fechando aquele canivete. "Não mudou nada, sabe?"

Falaram dele durante o almoço, contou Richard. (Mas não conseguia lhe dizer que a amava. Contentou-se em tomar sua mão. Isto é a felicidade, pensou.) Ficaram redigindo uma carta que Millicent Bruton queria enviar para o *Times*. Hugh só prestava para isso.

"E nossa cara Miss Kilman?", indagou ele. Clarissa achou as rosas absolutamente adoráveis; primeiro reunidas no buquê; agora cada qual por si.

"Kilman chegou assim que terminamos de almoçar", disse ela. "Elizabeth ficou ruborizada. E aí se fecharam no quarto. Devem estar rezando."

Santo Deus! Ele não gostava nada daquilo; mas, deixa estar, esse tipo de coisa acaba passando com o tempo.

"Com seu impermeável e sua sombrinha", disse Clarissa.

Ele não havia dito "eu amo você"; mas tomou-lhe a mão. A felicidade é isto, é isto, pensou ele.

"Mas por que devo convidar para minhas festas todas as mulheres aborrecidas de Londres?", perguntou Clarissa. E quando Mrs. Marsham dava uma festa, por acaso *ela* dava palpites sobre os convidados?

"Coitada da Ellie Henderson", comentou Richard — era muito estranho o quanto Clarissa se preocupava com essas festas, pensou ele.

Mas Richard não fazia a menor ideia de como deveria ficar um salão. No entanto — o que ia dizer mesmo?

Se era para se aborrecer tanto com essas festas, ele não iria mais permitir que as organizasse. Será que ela preferia ter casado com Peter? Bem, estava na hora de partir.

Ele tinha de ir, disse, erguendo-se. Mas ficou parado um instante como se fosse dizer algo mais; e ela se perguntou o que seria? Por quê? Ali estavam as rosas.

"Outra comissão?", perguntou ela, enquanto ele abria a porta.

"Os armênios", respondeu ele; ou talvez tenha dito "os albaneses".

E há uma dignidade nas pessoas; uma solidão; mesmo entre marido e mulher há um abismo; e isso é algo para se respeitar, pensou Clarissa, observando-o abrir a porta; pois não dá para abrir mão disso, arrebatar isso do próprio marido, contra a vontade dele, sem perder a própria independência, o respeito próprio — algo, no final das contas, que não tinha preço.

Ele voltou com um travesseiro e uma coberta.

"Uma hora de repouso absoluto depois do almoço", disse. E saiu.

Como isso era típico dele! Continuaria a dizer "Uma hora de repouso absoluto depois do almoço" até o fim dos tempos, pois certa vez um médico fizera essa recomendação. Era bem dele tomar literalmente o que diziam os médicos; parte de sua adorável, de sua divina simplicidade, que não se comparava à de ninguém mais; que o levava a sair e fazer o que tinha de fazer enquanto Peter e ela passavam o tempo todo a discutir. E já devia estar a meio caminho da Câmara dos Comuns, preocupado com seus armênios ou albaneses, depois de acomodá-la no sofá, diante das rosas que levara. E as pessoas diziam: "Clarissa Dalloway é mimada demais". Para ela, essas rosas eram muito mais importantes do que os armênios. Perseguidos até a aniquilação, mutilados, vítimas da crueldade e da injustiça (como ouvira Richard comentar vezes sem conta) — não, ela não conseguia sentir nada pelos albaneses, ou seriam armênios? Mas adorava suas rosas (não seria isso uma ajuda para os armênios?) — as únicas flores cujo corte ela conseguia suportar. Richard já estava na Câmara dos Comuns; em sua comissão, após ter resolvido todas as dificuldades dela. Todavia não; infelizmente, isso não era verdade. Ele não fazia ideia da inconveniência de convidar Ellie Henderson. Ela acabaria por convidá-la, claro, tal como ele queria. E já que ele trouxera o travesseiro, bem que podia se deitar... Mas — mas — por que de repente, sem motivo aparente, ela se sentia tão desesperadamente infeliz? Como alguém que tivesse deixado cair no gramado uma conta de pérola ou um diamante e afastasse as folhas mais altas com todo o cuidado, para um lado e para o outro, buscando em vão aqui e ali, e por fim encontrando junto às raízes o que buscava, assim ela examinava uma coisa após outra; não, não foi Sally Seton dizendo que Richard jamais faria parte do gabinete ministerial porque tinha uma inteligência de segunda classe (isso aflorou à sua lembrança); não, aquilo não a incomodava; tampouco tinha a ver com Elizabeth, ou com Doris Kilman; fatos são fatos. Não, era antes uma sensação, uma sensação desagradável, talvez mais cedo no dia; algo dito por Peter, associado a alguma depressão dela, em seu quarto, enquanto tirava o chapéu; e o comentário de Richard contribuíra para isso, mas o que foi mesmo que ele disse? Ali estavam as rosas que trouxera. As festas! Era isso! Suas festas! Ambos a criticaram sem nenhuma razão, zombaram dela sem nenhum motivo, por causa de suas recepções. Era isso! Era isso!

Bem, como iria se defender? Agora que sabia do que se tratava, sentiu-se perfeitamente feliz. Para eles, ou pelo menos para Peter, parecia que ela gostava de se impor; de se rodear de gente famosa; de grandes nomes; em suma, que não passava de uma esnobe. Bem, talvez Peter achasse isso. No caso de Richard, este só achava pouco sensato da parte dela entregar-se tanto àquela excitação, sobretudo sabendo que isso não era nada bom para o coração. Para ele, aquilo não passava de uma infantilidade. Mas ambos estavam redondamente enganados. Simplesmente, o que ela apreciava mesmo era a vida.

"É por isso que dou essas festas", disse, em voz alta, à vida.

Como estava estendida no sofá, recolhida, protegida, a presença dessa coisa tão óbvia tornou-se patente em termos físicos; um sopro cálido, envolto nos ruídos da rua, ensolarado, agitando as cortinas. Todavia, supondo que Peter lhe tivesse dito, "Claro, claro, mas essas festas – afinal, qual é o propósito delas?", ela apenas poderia dizer (e sem esperar que fosse entendida): elas são uma oferenda; o que soava horrivelmente vago. Mas quem era Peter para afirmar que a vida era uma travessia por águas mansas? – Peter sempre apaixonado, sempre apaixonado pela mulher errada? E o que é esse seu amor?, poderia replicar. E ela sabia qual seria a resposta dele; que era a coisa mais importante do mundo, algo que provavelmente nenhuma mulher iria entender. Muito bem. Mas também algum homem poderia entender o que ela queria dizer? Sobre a vida? Não conseguia imaginar Peter ou Richard dando-se ao trabalho de oferecer uma festa por absolutamente nenhum motivo.

Porém, aprofundando mais, por baixo do que diziam as pessoas (e esses juízos, quão superficiais, quão fragmentários!), o que, agora em seu espírito, significava afinal isso para ela, essa coisa que chamava de vida? Ó, era bem estranho. Fulano de Tal estava em South Kensington; Sicrano em Bayswater; e alguém mais, por exemplo, em Mayfair. E, de maneira quase contínua, ela tinha consciência da existência separada deles; lamentava que fosse assim; sentia que seria ótimo se pudessem se reunir; e é por isso que fazia isso. Era uma oferenda; juntar, criar; mas para quem?

Uma oferenda pelo simples prazer de oferecer, talvez. Seja como for, esse era seu dom. Para ela, nada mais era assim tão importante; não conseguia pensar, nem escrever, tampouco tocar piano. Confundia armênios e turcos; adorava o sucesso; odiava o desconforto; necessitava ser apreciada; conversava bobagens sem fim; e até hoje, se lhe perguntassem onde ficava o Equador, não saberia dizer.

Ainda assim, sabia que depois de um dia vem o outro; quarta, quinta, sexta, sábado; que a gente acorda de manhã; olha para o céu; encontra Hugh Whitbread; então de repente Peter aparece; depois essas rosas; foi o bastante. Depois de tudo isso, quão inconcebível era a morte! – que tudo isso tenha de acabar; e ninguém no mundo fazia ideia do quanto ela havia amado tudo isso; de como, a todo instante...

A porta se abriu. Elizabeth sabia que a mãe estava descansando. Entrou sem fazer ruído. Ficou completamente imóvel. Teria algum mongol naufragado na costa de Norfolk (como dizia Mrs. Hilbery), e se unido às mulheres da família Dalloway, talvez um século atrás? Pois as Dalloway eram em geral loiras; de olhos azuis; Elizabeth, ao contrário, saíra morena; com olhos achinesados em um rosto pálido; um mistério oriental; afável, atenciosa, plácida. Quando pequena, tinha um ótimo senso de humor; mas Clarissa não conseguia entender por que agora, aos dezessete anos, ela se tornara tão séria; como um jacinto revestido de verde lustroso, com botões apenas tingidos, um jacinto intocado pelos raios do sol.

Completamente imóvel, ela fitou a mãe; mas a porta estava aberta, e no lado de fora estava Miss Kilman, como bem sabia Clarissa; Miss Kilman envolta em seu impermeável e ouvindo todas as palavras que trocassem.

Claro, Miss Kilman estava parada no patamar, e vestia um impermeável; mas tinha seus motivos. Primeiro, era barato; segundo, já passara dos quarenta anos; e, por fim, não se vestia para agradar. Além disso, era pobre; de uma pobreza aviltante. Caso contrário não precisaria aceitar trabalho de gente como os Dalloway; gente rica, que se empenhava em fazer gestos de bondade. Mr. Dalloway, justiça lhe seja feita, fora bondoso. Mas não Mrs. Dalloway. Ela se mostrara apenas condescendente. Ela vinha da mais imprestável das classes — a dos ricos com verniz de cultura. E viviam entre coisas caras; quadros, tapetes, exércitos de criados. Em sua opinião, tinha todo o direito a qualquer coisa que os Dalloway fizessem em seu benefício.

Ela fora espoliada. Isso mesmo, não havia nenhum exagero nesse termo, pois quem iria negar o direito de uma jovem a algum tipo de felicidade? E ela jamais fora feliz, por ser tão pouco graciosa e tão pobre. E depois, quando estava prestes a ter uma oportunidade na escola de Miss Dolby, veio a guerra; e nunca fora capaz de dizer mentiras. Miss Dolby achou que ela ficaria melhor junto de pessoas que partilhassem suas concepções sobre os alemães. Ela tivera de sair. É verdade que sua família era de origem alemã; usava o nome Kiehlman no século XVIII; mas seu irmão também fora morto. Ela foi expulsa porque não podia fingir que os alemães eram todos vilões — ainda mais que tinha amigos alemães, e que os únicos dias felizes de sua vida haviam sido passados na Alemanha! E, afinal, ela sabia um pouco de história. Fora obrigada a aceitar qualquer coisa que lhe oferecessem. Conhecera Mr. Dalloway quando trabalhava para os quacres. Ele permitira (o que foi muito generoso de sua parte) que ela ensinasse história à filha. E também dera algumas aulas de reforço e coisas assim. Então o Nosso Senhor a acolhera (e aqui ela sempre inclinava a cabeça). Dois anos e três meses antes ela vira a luz. Agora não mais invejava mulheres como Clarissa Dalloway; apenas sentia pena delas.

Do fundo do coração, o que sentia por elas era pena e desprezo, ali parada de pé sobre o tapete macio, contemplando a gravura antiga de uma menina com touca. Com toda essa suntuosidade ao redor, que esperança restava de um mundo melhor? Em vez de ficar deitada no sofá — "Minha mãe está descansando", havia dito Elizabeth —, ela deveria estar se esfalfando em uma fábrica; atrás de um balcão; Mrs. Dalloway e todas as outras damas refinadas!

Corroída pela amargura, Miss Kilman entrara em uma igreja dois anos e três meses atrás. Ouvira a pregação do reverendo Edward Whittaker; o coro dos meninos; vira descer as luzes solenes, e talvez por causa da música, ou das vozes (ela mesma, sozinha à noite, encontrou conforto em um violino; mas o som era excruciante; ela não tinha ouvido para a música), os sentimentos calorosos e turbulentos que fervilhavam e se agitavam nela haviam se acalmado enquanto ali estava sentada, chorando copiosamente; e depois fora visitar Mr. Whittaker em sua residência em Kensington. Foi a mão de Deus, disse ele. O Senhor lhe apontara o caminho. Por isso, agora, sempre que voltavam a fervilhar nela tais sentimentos ardentes e dolorosos, esse ódio de Mrs. Dalloway, esse rancor contra o mundo, ela pensava em Deus. Pensava em Mr. Whittaker. A raiva dava lugar à calma. Uma doce sensação corria por suas veias, seus lábios se entreabriam, e, ali no patamar, impressionante em seu impermeável, ela contemplou, com firme e sinistra serenidade, Mrs. Dalloway, que saiu com a filha do aposento.

Elizabeth mencionou então que esquecera as luvas. Era porque Miss Kilman e sua mãe se odiavam. Não suportava vê-las juntas. E subiu correndo os degraus para buscar as luvas.

Mas Miss Kilman não odiava Mrs. Dalloway. Fixando os grandes olhos cor de groselha em Clarissa, observando-lhe o rosto pequeno e rosado, o corpo delicado, o ar de frescor e elegância, Miss Kilman sentiu, Cretina! Estúpida! Você nunca conheceu o sofrimento nem o prazer; você desperdiçou sua vida! E assomou nela um desejo irreprimível de subjugá-la; desmascará-la. Se pudesse derrubá-la seria um enorme alívio. Porém, o que mais queria sujeitar não era o corpo; era a alma escarninha; era fazer com que ela reconhecesse seu domínio. Ó, se pudesse levá-la às lágrimas; se pudesse arruiná-la; humilhá-la; trazê-la a seus pés exclamando, você tem razão! Mas isso dependia da vontade de Deus, não de Miss Kilman. Seria uma vitória religiosa. Por isso lançou um olhar fulminante; por isso se rejubilou.

Clarissa ficou genuinamente chocada. E dizia-se cristã — essa mulher! Essa mulher que a afastara de sua filha! Que estava em contato com presenças invisíveis! Pesada, feia, vulgar, sem brandura ou graça, ela é que pretendia conhecer o sentido da vida!

"Você vai fazer compras com Elizabeth na Army and Navy Stores?", disse Mrs. Dalloway.

Miss Kilman respondeu que sim. E ficaram ali paradas. Miss Kilman não tinha a menor intenção de se mostrar afável. Sempre havia trabalhado para viver. Seus conhecimentos de história moderna eram exaustivos. Do pouco que ganhava, ainda conseguia economizar um pouco para as causas em que acreditava; ao passo que essa mulher não fazia nada, nem acreditava em nada; criara a filha — mas ali estava Elizabeth de volta, um tanto resfolegante, a linda jovem.

Então iriam às compras na loja de departamentos Army and Navy Stores. E era muito estranho, ali diante de Miss Kilman imóvel (e parada ela ficou, forte e taciturna, como um monstro pré-histórico encouraçado, pronto para um embate primitivo), ver como, segundo após segundo, murchava a ideia que fazia dela, como o ódio (voltado para ideias, não pessoas) desmoronava, como ela perdia sua malignidade, fazia-se menor, tornando-se de um momento para o outro apenas Miss

Kilman, vestida com um impermeável, a quem Deus bem sabe que Clarissa gostaria de ajudar.

Diante desse encolhimento do monstro, Clarissa não pôde conter o riso. E despediu-se com um sorriso.

Juntas as duas saíram, Miss Kilman e Elizabeth, descendo os degraus.

Com um impulso repentino, com uma aflição violenta, pois essa mulher estava arrebatando-lhe a filha, Clarissa debruçou-se no corrimão e gritou: "Não esqueça da festa! Não esqueça da festa à noite!".

Elizabeth, contudo, já abrira a porta da frente; um furgão passava; ela não respondeu.

Amor e religião!, pensou Clarissa, voltando para a sala, toda arrepiada. Que detestáveis, que detestáveis são elas! Pois agora que estava longe da presença física da outra, sentiu-se assoberbada por Miss Kilman — pela ideia dela. São as coisas mais cruéis do mundo, ocorreu-lhe, vendo-as desajeitadas, iradas, dominadoras, hipócritas, bisbilhoteiras, invejosas, infinitamente cruéis e inescrupulosas, vestidas de impermeáveis, no patamar; o amor e a religião. Alguma vez tentara ela converter alguém? Não queria ela que todos fossem apenas o que eram? E observou pela janela a velha senhora que subia as escadas na casa vizinha. Que ela suba todas as escadas que quiser; que pare onde quiser; que, como tantas vezes vira Clarissa, entrasse no quarto, abrisse as cortinas, e voltasse a desaparecer no fundo. De certo modo isso era algo digno de respeito — a velha senhora olhando pela janela, sem se dar conta de que estava sendo observada. Havia nisso certa solenidade — mas o amor e a religião iriam destruir isso, fosse o que fosse, a privacidade da alma. Esta seria destruída pela detestável Kilman. Todavia, era uma visão que a deixava à beira das lágrimas.

O amor também destruía. Acabava com tudo o que era refinado, tudo o que era verdadeiro. Peter Walsh, por exemplo. Um homem encantador, inteligente, com opiniões sobre tudo. Se alguém quisesse discutir sobre Pope, digamos, ou Addison, ou apenas conversar bobagens, sobre como eram as pessoas, qual o significado disso ou daquilo, não havia ninguém que se comparasse a Peter. Foi Peter quem lhe ajudara; lhe emprestara livros. Porém, basta ver as mulheres que amou — vulgares, ordinárias, comuns. Basta ver Peter apaixonado — veio procurá-la depois de tantos anos, e do que falou? Dele mesmo. Que horrível essa paixão!, pensou ela. Que humilhante essa paixão!, ocorreu-lhe, pensando em Kilman e em sua Elizabeth a caminho da Army and Navy Stores.

O Big Ben anunciou a meia hora.

Que extraordinário era aquilo, estranho, sem dúvida, e tocante ver a velha senhora (haviam sido vizinhas por tantos anos) afastar-se da janela, como se estivesse presa àquele som, àquele fio. Apesar de gigantesco, tinha algo a ver com ela. Caindo, caindo, em meio às coisas corriqueiras desceu o ponteiro, tornando solene o momento. Ela era impelida, imaginou Clarissa, por esse som, impelida a se mover, a ir — mas para onde? Clarissa tentou segui-la enquanto ela se virava e desaparecia, e ainda pôde vislumbrar a touca branca movendo-se no fundo do quarto. Ainda estava lá, seguindo para a extremidade do quarto. Por que crenças e orações e impermeáveis? Quando, pensou Clarissa, o milagre é isto, este é o mistério; essa velha senhora, queria dizer, a quem podia ver indo da cômoda à penteadeira. Ainda podia vê-la. E o mistério supremo, que Kilman talvez achasse ter solucionado, ou Peter talvez achasse ter solucionado, mas do qual, para Clarissa, nenhum dos dois tinha a mais vaga ideia, era simplesmente isto: aqui havia um quarto; ali, outro. A religião dava conta disso, ou o amor?

O amor — mas agora o outro relógio, aquele que sempre soava dois minutos após o Big Ben, veio bamboleando com seu regaço repleto de pequenas coisas disparatadas, as quais despejou como se dissesse, apesar de toda a imponência com que o Big Ben estabelecia a lei, tão solene, tão exato, que ela precisava resolver todo tipo de minudências — Mrs. Marsham, Ellie Henderson, baldes de gelo — todas essas pequenas coisas vieram em ondas quebrando sem parar, dançando na esteira dessa badalada solene que tombava, como um lingote de ouro, no mar. Mrs. Marsham, Ellie Henderson, baldes de gelo. Precisava dar um telefonema agora mesmo.

Volúvel, perturbador, o relógio tardio soou na esteira do Big Ben, com seu regaço repleto de ninharias. Sacudido, disperso pela arremetida das carruagens, a brutalidade dos furgões, o avanço ansioso de miríades de homens angulosos, de mulheres aparatosas, por entre as abóbodas e as torres afiladas de escritórios e hospitais, os derradeiros resquícios desse regaço repleto de coisas díspares pareceram se romper, como a espuma de uma onda exaurida, sobre o corpo de Miss Kilman, que estacara por um momento na rua a balbuciar: "É a carne".

Era a carne que precisava dominar. Clarissa Dalloway a insultara. Já contava com isso. Mas ela não havia triunfado; não havia dominado a carne. Era feia, desajeitada, por isso Clarissa Dalloway zombara dela; e por isso ressurgiram os desejos carnais, pois, diante de Clarissa, ficara constrangida com a própria aparência. Tampouco era capaz de falar como ela. Mas por que toda essa vontade de se assemelhar a ela? Por quê? Ela desprezava Mrs. Dalloway do fundo do coração. Ela não era séria. Não era boa. A vida dela era uma trama de vaidade e engano. Ainda assim, Doris Kilman fora derrotada. Para falar a verdade, quase irrompera em lágrimas diante do riso de Clarissa Dalloway. "É a carne, é a carne", balbuciou (pois tinha o hábito de falar alto sozinha), tentando reprimir esse sentimento turbulento e doloroso ao caminhar pela Victoria Street. Ela orou a Deus. Não tinha culpa de ser feia; e não podia dar-se ao luxo de comprar roupas elegantes. Clarissa Dalloway havia rido — mas ela iria se concentrar em outra coisa até chegar àquela caixa de correio. Seja como for, contava com Elizabeth. Mas tinha de pensar em outra coisa; iria pensar na Rússia; até chegar à caixa de correio.

Como devia ser bom no campo, murmurou, lutando, como aconselhara Mr. Whittaker, com aquele rancor violento contra o mundo que a desdenhara, zombara dela e a rejeitara, começando por esta indignidade — o fardo deste corpo desagradável, que os outros mal conseguiam suportar. Por mais que cuidasse do cabelo, a testa continuava lembrando um ovo, calva e esbranquiçada. Não havia roupa que lhe caísse bem. Podia comprar o que quisesse. E para uma mulher, claro, isso significava que jamais conheceria o sexo oposto. Jamais seria a eleita de alguém. Ultimamente, por vezes, parecia-lhe que, com exceção de Elizabeth, os únicos prazeres que lhe restavam na vida eram a comida; suas comodidades; seu jantar, seu chá; sua bolsa de água quente à noite. Mas é preciso lutar; vencer; ter fé em Deus. Mr. Whittaker dissera que havia um propósito em sua existência. Mas ninguém fazia ideia de sua agonia! Apontando para o crucifixo, ele disse que Deus sabia. Mas por que tinha de sofrer enquanto outras mulheres, como Clarissa Dalloway, eram poupadas? Sem sofrimento não há conhecimento, disse Mr. Whittaker.

Ela passara pela caixa de correio, e Elizabeth entrara na fresca e escura seção de tabacaria da Army and Navy Stores, murmurando para si mesma o que lhe dissera Mr. Whittaker a respeito do conhecimento, que se obtém por meio do sofrimento e da carne. "A carne", murmurou.

Em que seção ela queria ir?, Elizabeth a interrompeu.

"Anáguas", respondeu de modo abrupto, e avançou direto para o elevador.

E para cima elas foram. Elizabeth a levou por esse e por aquele lado; ensimesmada, deixou-se conduzir como uma criança grande, um encouraçado difícil de pilotar. Lá estavam as anáguas, beges, decorosas, listradas, frívolas, opacas, transparentes; e, ensimesmada, ela escolheu uma delas, com uma seriedade que pareceu despropositada para a jovem atendente.

Elizabeth se perguntava, um tanto curiosa enquanto faziam o embrulho, sobre o que estaria pensando Miss Kilman. Agora podiam tomar chá, disse Miss Kilman, aprumando-se e recobrando a presença de espírito. E foram tomar chá.

Elizabeth se perguntava se Miss Kilman não estaria esfomeada. Era o jeito que tinha de comer, muito concentrada, ao mesmo tempo que lançava olhares incessantes para um prato de doces na mesa ao lado; depois, quando uma senhora e uma criança lá se sentaram e a criança comeu o bolo, não era evidente a contrariedade em Miss Kilman? E, com efeito, Miss Kilman estava contrariada. Havia cobiçado um daqueles doces — o rosa. O prazer de comer era, na prática, o único prazer genuíno que lhe restava, e ainda assim lhe trazia frustrações!

Quando são felizes, as pessoas dispõem de uma reserva, dissera ela a Elizabeth, com a qual podem contar, ao passo que ela era como uma roda sem pneu (ela apreciava metáforas desse tipo), sacudida por toda pedra no caminho — assim dizia, demorando-se após a aula, de pé junto à lareira com a sacola de livros, sua "mochila", como a chamava, numa manhã de terça, encerrada a lição. E também falava da guerra. Afinal, nem todos achavam que os ingleses sempre tinham razão. Havia livros. Havia reuniões. Havia outros pontos de vista. Não estaria Elizabeth interessada em ir com ela ouvir Fulano de Tal (um senhor de aparência absolutamente extraordinária)? Depois Miss Kilman a levou até uma igreja em Kensington, onde tomaram chá com um clérigo. Ela lhe emprestara livros. Direito, medicina, política, todas as profissões estavam abertas às mulheres de sua geração, afirmou Miss Kilman. Quanto a ela, porém, sua carreira estava completamente arruinada, mas era culpa dela? Santo Deus, disse Elizabeth, claro que não.

E sua mãe, que aparecia para dizer que acabara de receber um cesto de Bourton, e por acaso Miss Kilman gostaria de levar algumas flores? Com Miss Kilman, ela sempre era muito, muito gentil, mas Miss Kilman agarrava as flores desajeitadamente, e jamais fazia algum comentário simpático, o que interessava a Miss Kilman entediava sua mãe, e era sempre constrangedor quando Miss Kilman e ela estavam juntas; Miss Kilman ficava toda inflada e parecia muito sem graça. Mas o fato é que Miss Kilman era incrivelmente inteligente. Nunca antes Elizabeth havia pensado nos pobres. Eles viviam cercados de tudo o que queriam — sua mãe tomava o café da manhã na cama todo dia; era Lucy que o levava; e ela apreciava as velhas damas, pois eram duquesas, e descendiam de algum lorde. Mas Miss Kilman disse (numa daquelas manhãs de terça, depois da aula): "Meu avô tinha uma loja de material de pintura em Kensington". Miss Kilman não se parecia com ninguém que conhecia; ela fazia a gente se sentir muito pequena.

Miss Kilman serviu-se de outra xícara de chá. Elizabeth, com sua fisionomia oriental, seu mistério inescrutável, continuou sentada perfeitamente ereta; não, obrigada, não queria mais nada. Procurou por suas luvas — as luvas brancas. Estavam debaixo da mesa. Ah, mas ela não precisava ir embora! Miss Kilman não a deixaria partir! Essa jovem, tão bela, essa menina, a quem amava tanto! Sua mão grande abriu-se e fechou-se sobre a mesa.

Mas talvez aquilo já estivesse ficando um tanto aborrecido, deu-se conta Elizabeth. E de fato sentiu vontade de ir embora.

Porém Miss Kilman disse: "Ainda não terminei".

Neste caso, claro que Elizabeth iria esperar. Mas estava um tanto sufocante ali.

"Você vai à festa hoje à noite?", perguntou Miss Kilman. Elizabeth disse que provavelmente sim; era o que sua mãe queria. Ela não deveria se deixar absorver por festas, disse Miss Kilman, manipulando o último pedaço de uma bomba de chocolate.

Na verdade, não gostava muito de festas, disse Elizabeth. Miss Kilman abriu a boca, estirou ligeiramente o queixo, e engoliu o último pedaço da bomba de chocolate, e então limpou os dedos e fez girar o chá na xícara.

Estava a ponto de rachar, era o que sentia. Era uma agonia terrível demais. Se pudesse agarrá-la, se pudesse abraçá-la, se pudesse se apoderar dela absolutamente e para sempre e depois morrer; era isso o que mais queria. Mas ficar ali sentada, sem que lhe ocorresse nada para dizer; e ver Elizabeth indispondo-se com ela; sentir-se repudiada até mesmo por ela — isso era demais; era insuportável. Os dedos grossos fecharam-se contra a palma da mão.

"Nunca vou a festas", disse Miss Kilman, apenas para impedir que Elizabeth partisse. "Ninguém me convida" — e ao dizer isso tinha consciência de que esse egoísmo era sua perdição; já havia sido advertida por Mr. Whittaker; mas não conseguia evitar. Ela havia sofrido de maneira medonha. "E por que iriam me convidar?", continuou. "Sou desinteressante, sou infeliz." Sabia o quanto aquilo era despropositado. Mas eram todas aquelas pessoas passando – pessoas com pacotes que a desprezavam –, que a levaram a dizer tal coisa. Todavia, ela era Doris Kilman. Tinha seu diploma. Era uma mulher que havia forjado seu caminho no mundo. Seus conhecimentos de história moderna eram mais do que respeitáveis.

"Não sinto pena de mim mesma", prosseguiu. "Sinto pena..." – pretendia dizer "de sua mãe", mas não, não seria capaz, não para Elizabeth. "Sinto muito mais pena dos outros."

Como um animal incapaz de falar, que tivesse sido conduzido a um portão com um propósito desconhecido, e ali fica ansioso para galopar mundo afora, Elizabeth Dalloway ficou calada. Será que Miss Kilman iria dizer algo mais?

"Não se esqueça de mim", disse Doris Kilman, com voz trêmula. Imediatamente, tomado de terror, o animal mudo galopou até o final do campo.

A mão grande abriu-se e fechou-se.

Elizabeth virou a cabeça. A garçonete se aproximou. É preciso pagar no balcão, disse Elizabeth, e se afastou, arrancando-lhe do corpo, sentiu Miss Kilman, as próprias entranhas, esticando-as enquanto cruzava o salão, e então, com uma torção final, acenou educadamente com a cabeça e foi embora.

Ela havia partido. Sentada à mesinha de mármore, diante das bombas de chocolate, Miss Kilman foi atingida uma, duas, três vezes por ondas de sofrimento. Ela havia partido. Mrs. Dalloway triunfara. Elizabeth havia partido. A beleza havia partido; a juventude havia partido.

Ela ficou sentada. Então se levantou, titubeando por entre as mesinhas, balançando um pouco para um lado e para outro, alguém correu atrás dela com sua anágua, e ela se perdeu, e acabou prensada entre malas especialmente feitas para viagens à Índia; em seguida passou por artigos para recém-nascidos e roupa de cama para bebês; cambaleando por entre todas as mercadorias do mundo, perecíveis e imperecíveis, presuntos, remédios, flores, papelaria, em meio a aromas diversos, ora adocicados, ora acres; viu a si mesma cambaleando com o chapéu torto, muito ruborizada, de corpo inteiro em um espelho; e por fim conseguiu sair à rua.

A torre da catedral de Westminster erguia-se à frente, a morada de Deus. No meio do tráfego, ali estava a morada de Deus. Obstinadamente, ela seguiu com o embrulho rumo ao outro santuário, a abadia, onde, juntando as mãos em tenda diante do rosto, sentou-se ao lado daqueles que também ali estavam em busca de refúgio; os fiéis disparatados, agora despojados de posição social, quase que de sexo, erguiam as mãos diante de seus rostos; mas assim que as retiravam, de imediato voltavam a ser devotos ingleses e inglesas de classe média, alguns dos quais ansiosos para visitar o Museu de Cera.

Miss Kilman, porém, manteve erguida sua tenda diante do rosto. Às vezes ficava só; às vezes tinha companhia. Novos fiéis vinham da rua para substituir os que saíam a perambular, e ainda assim, enquanto olhavam ao redor e passavam pela tumba do Soldado Desconhecido, mesmo assim ela tampava os olhos com os dedos e tentava nessa escuridão dupla, tão débil era a luz na abadia, elevar-se acima das vaidades, dos desejos, das mercadorias, a fim de se libertar tanto do ódio como do amor. Suas mãos se crispavam. Ela dava a impressão de lutar. Para os outros, porém, Deus era acessível e suave o caminho que conduzia a Ele. Mr. Fletcher, aposentado do Tesouro, Mrs. Gorham, viúva de um renomado conselheiro jurídico da Coroa, d'Ele se aproximavam com singeleza e, tendo concluído as orações, recostavam-se, desfrutavam da música (o órgão embalando-os com doçura), e viam Miss Kilman na extremidade do banco, orando, orando, e, não tendo ainda saído por inteiro de suas próprias profundezas, pensavam nela com simpatia, como uma alma vagando pelo mesmo território; uma alma feita de substância imaterial; uma alma, não uma mulher.

Mas Mr. Fletcher tinha de ir embora. E ao passar por ela, sendo ele próprio alinhado ao extremo, não pôde deixar de se sentir um pouco aflito com o desmazelo da pobre senhora; o cabelo solto; o pacote no piso. Ela não lhe deu passagem de imediato. Porém, enquanto ele corria os olhos ao redor, pelos mármores brancos, janelas cinzentas e tesouros acumulados (pois sentia imenso orgulho da abadia), a corpulência, a robustez e a força daquela mulher ali sentada apoiando-se ora em um, ora no outro joelho (era tão áspero o modo como abordava Deus — tão difíceis seus clamores), acabaram por impressioná-lo, como haviam impressionado Mrs. Dalloway (que, naquela tarde, não conseguia deixar de pensar nela), o reverendo Edward Whittaker, e também Elizabeth.

E Elizabeth esperava pelo ônibus em Victoria Street. Era tão agradável estar na rua. Ocorreu-lhe então que talvez não precisasse voltar já para casa. Era tão agradável ao ar livre. Por isso decidiu tomar um ônibus. E ali mesmo, com ela parada, seu vestido muito elegante, ali mesmo... as pessoas começavam a compará-la a choupos, alvoreceres, jacintos, corças, águas correntes, lírios de jardim; e isto era um fardo em sua vida, pois antes preferia que a deixassem em paz para fazer o que quisesse no campo, mas insistiam em compará-la a lírios, e tinha de ir a festas, e Londres era tão aborrecida em comparação com o campo, onde podia ficar sozinha com o pai e os cães.

Os ônibus se precipitavam, paravam, arrancavam — vistosos carroções, reluzentes de verniz vermelho e amarelo. Mas qual deles devia tomar? Tanto fazia. Evidentemente, não queria ter de abrir caminho entre as pessoas para subir. Ela tinha uma propensão à passividade. Era expressividade o que lhe faltava, mas seus olhos eram belos, achinesados, orientais, e, como lhe dizia a mãe, com aqueles ombros tão lindos e a postura tão ereta, sua aparência era sempre encantadora; e ultimamente, sobretudo no crepúsculo, quando se mostrava interessada, pois nunca parecia excitada, até era possível considerá-la quase bela, muito majestosa, muito serena. O que poderia estar pensando? Todos os homens se enamoravam de Elizabeth, mas ela na verdade morria de tédio. Pois aquilo era só o começo. A mãe dela já se dava conta — estavam começando os elogios. Que ela não ligasse para isso — por exemplo, para suas roupas –, às vezes preocupava Clarissa, mas no fundo talvez fosse melhor assim, com todos aqueles seus bichinhos de estimação e porquinhos-da-índia com cinomose, o que lhe conferia certo encanto. E agora essa estranha amizade com Miss Kilman. Ora, pensou Clarissa por volta das três da madrugada, lendo o Barão Marbot à espera do sono, isso só comprovava que ela tinha coração.

De repente, Elizabeth deu um passo adiante e, com grande agilidade, entrou num ônibus à frente de todos. Escolheu um lugar no alto. A impetuosa criatura – um pirata – arrancou, arremessando-se adiante; ela teve de se agarrar ao corrimão para não cair, pois se tratava sem dúvida de um pirata, temerário, inescrupuloso, lançando-se adiante sem piedade, esquivando-se dos obstáculos no derradeiro instante, arrebatando com audácia um passageiro, ignorando outro, enfiando-se como uma enguia arrogante por entre os outros, e então disparando com insolência e todas as velas enfunadas rumo a Whitehall. Por acaso Elizabeth voltou a pensar na pobre Miss Kilman, que a amava incondicionalmente, e para quem ela fora uma corça ao ar livre, o luar em uma clareira? Estava encantada de se ver livre. O ar fresco era delicioso. Como estava sufocante lá nas Army and Navy Stores. E agora era como estar cavalgando, galopando até Whitehall; e a cada sacudida do ônibus, o belo corpo envolto no casaco castanho-claro reagia espontaneamente, como um cavaleiro, como a carranca de um barco, pois a brisa a despenteava um pouco; o calor tingindo-lhe o rosto de uma palidez de madeira pintada de branco; e os belos olhos, sem ter outros olhos para encontrar, fitavam adiante, vazios, brilhantes, com a imperturbável inocência de uma escultura.

O que tornava tão difícil conviver com Miss Kilman era sempre aquela conversa sobre seus sofrimentos. E será que tinha razão? Se frequentar comissões e dedicar horas e horas por dia (mal via seu pai quando estava em Londres) significava ajudar os pobres, então seu pai fazia isso, Deus bem sabe – se era isso o que Miss Kilman queria dizer com ser cristã; mas era tão difícil dizer. Ó, bem que gostaria de ir um pouco mais adiante. Mais um níquel, é isso, até o Strand? Eis aí outro níquel então. Ela seguiria até o Strand.

Ela se sentia bem ao lado de gente enferma. E todas as profissões estão ao alcance das mulheres de sua geração, disse Miss Kilman. Portanto, bem que podia ser médica. Podia ser fazendeira. Os animais estão sempre adoecendo. Podia ser dona de mil acres e ter empregados. Ela iria visitá-los em seus chalés. Essa é a Somerset House. Seria uma excelente fazendeira — e isso, curiosamente, embora Miss Kilman tivesse algo a ver, devia-se quase só a Somerset House. Aquele imenso edifício cinzento parecia tão imponente, tão sério. E ela gostava da sensação de gente trabalhando. Gostava dessas igrejas, como recortes de papel cinzento, enfrentando a correnteza do Strand. Aqui era bem diferente de Westminster, pensou ao descer em Chancery Lane. Tudo tão sério; tão movimentado. Em suma, gostaria de ter uma profissão. Seria médica, fazendeira, talvez deputada no Parlamento se fosse o caso, tudo por causa do Strand.

Os pés de todas aquelas pessoas ocupadas em seus afazeres, as mãos empilhando pedra sobre pedra, os espíritos eternamente preocupados, não com conversas frívolas (comparar mulheres com choupos — isso tinha lá sua excitação, claro, mas era tolo demais), mas com navios, negócios, leis, administração, e sendo tudo isso tão imponente (ela estava em Temple), alegre (ali estava o rio), piedoso (ali estava a igreja), ela se convenceu ainda mais, fosse qual fosse a opinião da mãe, de que queria ser fazendeira ou médica. Mas, evidentemente, ela era bastante preguiçosa.

E era muito melhor não comentar nada sobre isso. Parecia algo tão bobo. Era o tipo de coisa que às vezes acontecia, quando se ficava sozinha — edifícios sem os nomes dos arquitetos, multidões regressando do centro da cidade, com mais poder do que clérigos solteirões em Kensington, mais que todos os livros emprestados por Miss Kilman, para estimular aquilo que jazia entorpecido, desajeitado e incipiente no leito arenoso da mente, a fim de que irrompesse na superfície, como uma criança que de repente estende os braços; talvez fosse apenas isso, um suspiro, um espreguiçar, um impulso, uma revelação, cujos efeitos duram para sempre, e em seguida voltam a afundar no leito arenoso. Ela tem de voltar para casa. Precisa se arrumar para a recepção. Mas que horas eram? – onde havia um relógio?

Olhou para o lado de Fleet Street. Caminhou um pouco na direção da St. Paul's, timidamente, como alguém avançando na ponta dos pés, explorando à noite uma casa desconhecida com a vela, os nervos à flor da pele, e apavorada com a possibilidade de o dono de repente escancarar a porta do quarto e lhe perguntar o que está fazendo ali, e tampouco se arriscaria a perambular pelas ruelas intrigantes, travessas promissoras, tanto quanto em uma casa desconhecida não abriria portas que poderiam dar em quartos de dormir, ou salas de estar, ou mesmo levar diretamente à despensa. Pois os Dalloway não costumavam frequentar o Strand; ela era uma pioneira, uma desgarrada, aventurando-se ali confiante.

Sob muitos aspectos, na opinião de sua mãe, ela continuava por demais imatura, mais parecendo uma criança, apegada a suas bonecas e chinelas velhas; um perfeito bebê; mesmo que isso tivesse seu encanto. Claro que, por outro lado, imperava na família Dalloway a tradição do serviço público. Madres superioras, reitoras, diretoras de escolas, dignitárias na república das mulheres – embora nenhuma delas fosse brilhante, era isso a que dedicavam a vida. Ela seguiu um pouco mais na direção da St. Paul's. E se deliciou com a jovialidade, irmandade, maternidade, fraternidade desse alvoroço. Aquilo tudo lhe parecia excelente. O ruído era tremendo, e de repente ouviu-se o clangor de trombetas (eram os desempregados), em meio ao bulício; música militar; como em um desfile. E, no entanto, se alguém estivesse agonizando, se uma mulher estivesse exalando o derradeiro alento, e aquele que a velasse, abrindo a janela do aposento em que ela acabara de se desincumbir desse ato de suprema dignidade, contemplasse Fleet Street desde o alto, esse alvoroço, essa música militar teria soado triunfante, consoladora, indiferente.

Não havia nisso nenhuma deliberação. Nessa música não havia reconhecimento de uma sina ou um destino particular, e exatamente por isso tinha algo de consolador, mesmo para aqueles aturdidos na contemplação dos derradeiros arrepios da consciência no rosto dos agonizantes.

Nas pessoas, o esquecimento podia magoar, e a ingratidão ser corrosiva, mas tal voz, jorrando incessante, ano após ano, acolheria qualquer coisa que surgisse; esse compromisso; esse furgão; essa vida; esse cortejo; envolveria a todos e os levaria mais além; tal como na agitada correnteza de uma geleira os blocos de gelo carregam de roldão uma lasca de osso, uma pétala azulada, troncos de carvalho.

Mas era mais tarde do que imaginava. Sua mãe não gostaria de a ver assim, perambulando sozinha ao léu. Então deu meia-volta e desceu pelo Strand.

Uma lufada (apesar do calor, ventava bastante) estendeu um fino véu negro sobre o sol e o Strand. Os rostos se embaçaram; num átimo os ônibus perderam o resplendor. Pois ainda que as nuvens fossem de uma alvura montanhosa, a ponto de se imaginar que seria possível, com uma machadinha, recortá-las em blocos sólidos, dotadas de amplas encostas douradas, relvados de paradisíacos jardins celestiais nos flancos, e assemelhando-se a moradas permanentes e próprias para concílios dos deuses acima do mundo, havia entre elas uma movimentação contínua. Sinais eram trocados quando, como se houvesse um esquema prévio, ora um pico encolhia, ora todo um bloco piramidal antes imóvel deslocava-se para o centro ou conduzia gravemente o cortejo para novo ancoradouro. Ainda que parecessem fixas em seus postos, sossegadas em perfeita unanimidade, nada podia ser mais fresco, mais livre e de aparência mais sensível que a superfície branca como neve ou lustrada de dourado; mudar, mover, desmantelar a construção solene era algo possível a cada instante; e a despeito da grave fixidez, do acúmulo de robustez e solidez, elas lançavam ora luz, ora sombra sobre a terra.

Com calma e perícia, Elizabeth Dalloway tomou o ônibus para Westminster.

Indo e vindo, chamando, acenando, com a luz e a sombra, ora acinzentando o muro, ora amarelando vividamente as bananas, ora acinzentando o Strand, ora amarelando vividamente os ônibus, assim parecia a Septimus Warren Smith, reclinado no sofá da sala; observando o ouro líquido que reluzia e esmaecia com uma assombrosa sensibilidade de criatura viva sobre as rosas, sobre o papel de parede. Lá fora, as árvores arrastavam suas folhas como redes pelas profundezas do ar; o ruído da água ressoava no aposento, e através das ondas vinham os cantos dos pássaros. Todas as potências despejavam-lhe tesouros sobre a cabeça, e sua mão estava apoiada nas costas do sofá, tal como a vira quando se banhou no mar, flutuando na crista das ondas, enquanto ao longe na praia latiam os cães, latiam ao longe. Não temas mais, diz o coração ao corpo; não temas mais.

Ele não temia. A todo momento, a Natureza indicava, por alusões risonhas como aquela mancha dourada que circulava pela parede — agora ali, depois ali, ali —, sua decisão de revelar, brandindo suas plumas, agitando as tranças, remexendo o manto para esse e aquele lado, maravilhosamente, sempre maravilhosamente, e aproximando-se o suficiente para soprar através das mãos em concha as palavras de Shakespeare, de revelar seu significado.

Rezia, sentada à mesa retorcendo nas mãos um chapéu, o observava; e o viu sorrindo. Estava contente, portanto. Mas não suportava vê-lo sorrindo. Isto não era um casamento; não era assim que devia ser um marido, com esse olhar estranho, sempre sobressaltado, rindo, sentado em silêncio por horas e horas, ou agarrando-a e pedindo-lhe que tomasse notas. A gaveta da mesa estava repleta desses escritos; sobre a guerra; sobre Shakespeare; sobre grandes descobertas; sobre como não existe a morte. Ultimamente, de modo repentino ficava excitado sem motivo (e tanto o dr. Holmes como Sir William Bradshaw disseram que a excitação era péssima para ele), e acenava com as mãos e gritava que sabia a verdade! Sabia muito bem! Havia aparecido esse homem, Evans, seu amigo morto, disse. Ele estava cantando atrás do biombo. Ela anotou tudo exatamente como ele falou. Algumas coisas eram muito belas; outras sem pé nem cabeça. E ele sempre se interrompia na metade, mudando de ideia; para acrescentar algo; ouvir algo novo; escutar algo com a mão erguida. Mas ela não ouvia nada.

E, certa ocasião, surpreenderam a jovem que arrumava o quarto lendo um daqueles papéis em meio a acessos de riso. Era algo lastimável. Pois isto acabou levando Septimus a protestar contra a crueldade dos homens – como eles se dilaceram. Aqueles que tombam, disse ele, são despedaçados. "Holmes está nos acossando", dizia, e então inventava histórias a respeito de Holmes; Holmes comendo mingau; Holmes lendo Shakespeare – o que provocava nele acessos de riso ou de cólera, pois o dr. Holmes parecia representar algo terrível. "A natureza humana", era assim que o chamava. E depois havia as visões. Ele estava se afogando, costumava dizer, e jazia em um penhasco sobre o qual berravam as gaivotas. Quando olhava por sobre a borda do sofá, avistava lá embaixo o mar. Ou então ouvia música. Na verdade era só um realejo ou alguém gritando na rua. Mas costumava dizer "Que lindo!", com lágrimas escorrendo pelo rosto, e isto para ela era o mais terrível de tudo, ver chorar um homem como Septimus, que havia lutado, que era corajoso. E ele ficava a escutar até que de repente começava a cair, precipitando-se nas chamas! Na realidade, ela chegava até a procurar as chamas, de tão vívidas que eram. Mas não havia nada. Estavam sozinhos no quarto. Era só um sonho, dizia ela, e acabava por acalmá-lo, mas às vezes também era tomada de pavor. Ela suspirou enquanto retomava a costura.

O suspiro dela era terno e delicioso, como o vento à beira de um bosque ao crepúsculo. Ora ela colocava a tesoura sobre a mesa; ora virava-se, para ali pegar algo. Um pequeno gesto, um sutil encrespamento, uma leve pancadinha, e algo era criado ali na mesa, junto à qual estava sentada a costurar. Através dos cílios ele podia distinguir a vaga silhueta dela; seu pequeno corpo moreno; seu rosto e suas mãos; seus ombros que giravam diante da mesa, ao pegar um carretel ou procurar (tinha propensão a perder as coisas) o fio. Estava fazendo um chapéu para a filha casada de Mrs. Filmer, que se chamava — ele havia esquecido o nome.

"Como se chama mesmo a filha casada de Mrs. Filmer?", perguntou ele.

"Mrs. Peters", respondeu Rezia. Estava preocupada porque lhe parecia pequeno demais, disse, erguendo o chapéu diante de si. Mrs. Peters era uma mulher corpulenta. Mas não gostava dela. Só fazia aquilo porque Mrs. Filmer era muito gentil com eles — "Ela me deu uvas hoje de manhã", contou — e Rezia queria lhe mostrar o quanto estavam gratos. Outra noite, entrara no quarto e topara ali com Mrs. Peters que, imaginando que haviam saído, ouvia o gramofone.

"É mesmo?", perguntou ele. Estava escutando música no gramofone? É, estava; já havia comentado isso com ele; entrara e lá estava Mrs. Peters ouvindo o gramofone.

Com muito cuidado, ele começou a abrir os olhos, para comprovar se o gramofone continuava ali. Todavia, as coisas reais — as coisas reais eram excitantes demais. Era preciso tomar cuidado. Não queria enlouquecer. Primeiro atentou para os jornais de moda na prateleira de baixo, e depois, pouco a pouco, para o gramofone com a corneta esverdeada. Nada poderia ser mais exato. E assim, reunindo coragem, fitou o aparador; a travessa com bananas; a gravura da Rainha Vitória e do Príncipe consorte; o consolo da lareira, sobre o qual havia um vaso com rosas. Nenhuma dessas coisas se moveu. Tudo estava parado; tudo era real.

"Essa mulher tem língua de víbora", disse Rezia.

"O que Mr. Peters faz?", perguntou Septimus.

"Ah", respondeu Rezia, tentando se lembrar. Achava que Mrs. Filmer comentara que ele estava sempre viajando para alguma empresa. "Agora mesmo está em Hull."

"Agora mesmo!", repetiu com seu sotaque italiano. Para si mesma. Ele cobriu os olhos de modo a ver apenas um pedaço do rosto dela a cada vez, primeiro o queixo, depois o nariz, em seguida a testa, caso estivesse deformada, ou com alguma marca horrível. Mas não, lá estava ela, perfeitamente natural, costurando, franzindo os lábios como costumam fazer as mulheres, a expressão composta e melancólica, ao costurar. Não havia nada de terrível nisso, tranquilizou-se, voltando a olhar uma segunda e uma terceira vez para aquele rosto, aquelas mãos, pois o que havia nela de assustador ou abominável, ali sentada a costurar em plena luz do dia? Mrs. Peters tinha uma língua de víbora. Mr. Peters estava em Hull. Por que fugir escorraçado e proscrito? Por que ser obrigado a tremer e soluçar diante das nuvens? Por que buscar verdades e transmitir mensagens enquanto Rezia ficava sentada prendendo alfinetes no vestido, e Mr. Peters estava em Hull? Os milagres, as revelações, as agonias, a solidão, a queda no mar, até as profundezas, até as chamas, tudo calcinado, pois ele tinha a impressão, enquanto observava Rezia arrumando o chapéu para Mrs. Peters, de ver uma colcha de flores.

"É pequeno demais para Mrs. Peters", comentou Septimus.

Pela primeira vez em dias ele dizia algo como costumava fazer! Claro que era — absurdamente pequeno, replicou ela. Mas a própria Mrs. Peters o havia escolhido.

Ele tomou o chapéu das mãos dela. E disse que era o chapéu de um macaquinho de realejo.

Que alegria a invadiu então! Havia semanas que não riam juntos assim, divertindo-se entre eles como costumam fazer os casais. O que ela queria dizer era que, se Mrs. Filmer entrasse ali, ou Mrs. Peters ou qualquer outra pessoa, elas não teriam a menor ideia do que ela e Septimus achavam tão engraçado.

"Pronto", disse ela, prendendo uma rosa na lateral do chapéu. Nunca antes se sentira tão feliz! Nunca, em toda a sua vida!

Mas ainda havia algo mais ridículo, disse Septimus. Agora a coitada mais parecia um leitão num parque de diversões. (Ninguém a fazia rir tanto quanto Septimus.)

O que mais tinha na caixa de costura? Fitas e contas, borlas, flores artificiais. Ela despejou tudo sobre a mesa. Então ele começou a juntar cores disparatadas — pois ainda que fosse desajeitado, e mal conseguisse fazer um embrulho, era incrível o olho dele, e muitas vezes acertava; às vezes o resultado era ridículo, claro, mas em outras acertava bem no alvo.

"Ela vai ter um chapéu belíssimo!", murmurou ele, usando isso ou aquilo, com Rezia ajoelhada ao lado, olhando por sobre o ombro dele. Agora estava pronto — ou seja, o projeto; só faltava ela costurar tudo. Porém, que tivesse muito, mas muito cuidado, recomendou, para que ficasse exatamente como ele fizera.

Ela se pôs a costurar. Quando costurava, ele notou que ela fazia um chiado como de chaleira no fogo; borbulhando, murmurando, sempre ocupada; seus pequenos e fortes dedos afilados apertando e cutucando; a agulha cintilando sem parar. O sol podia aparecer e desaparecer, sobre as borlas, sobre o papel de parede, mas ele iria esperar, pensou, esticando os pés, fitando sua meia listrada na outra ponta do sofá; iria esperar nesse lugar cálido, nessa bolha de ar imóvel, como por vezes se encontra no crepúsculo, à borda de um bosque, quando, devido a um desnível no chão, ou certa disposição das árvores (é preciso ser científico, acima de tudo científico), o calor fica pairando, e o ar fustiga o rosto como uma asa de pássaro.

"Aí está", disse Rezia, girando o chapéu de Mrs. Peters na ponta dos dedos. "Por enquanto está bom. Mais tarde...", a frase dela se perdeu em um lento gorgolejar, gotejando como uma torneira mal fechada.

Era maravilhoso. Jamais ele fizera algo que lhe desse tanto orgulho. Era tão real, tão substancial, esse chapéu para Mrs. Peters.

"Olhe só para isso", disse ele.

Sem dúvida, aquele chapéu sempre a deixaria feliz. Pois então ele voltara a ser ele mesmo, voltara a rir. Haviam vivido juntos aquele momento. Aquele chapéu ia ficar para sempre em seu coração.

Ele pediu-lhe que o provasse.

"Mas devo estar muito estranha!", exclamou ela, correndo ao espelho e observando-se primeiro de um lado, depois do outro. De repente o tirou, pois alguém batia à porta. Seria Sir William Bradshaw? Será que enviara alguém?

Não! Era só a menina com o jornal vespertino.

O que sempre acontecia voltou a acontecer – todo final de tarde era a mesma coisa. A menininha ficou chupando o polegar à porta; Rezia se ajoelhou ao lado dela; Rezia arrulhou e a beijou; Rezia tirou um saquinho de doces da gaveta da mesa. Era sempre assim. Primeiro uma coisa, depois outra. E assim ela ia montando algo, primeiro uma coisa e depois outra. Dançando, saltitando, as duas correram pelo aposento. Ele agarrou o jornal. O time do Surrey estava fora, leu. Chegara a onda de calor. Rezia repetiu: Surrey estava fora. Chegara a onda de calor, incorporando isso à brincadeira com a neta de Mrs. Filmer, ambas tagarelando e rindo da brincadeira. Ele estava exausto. Estava muito feliz. Iria dormir. Fechou os olhos. Mas assim que deixou de ver, os ruídos da brincadeira tornaram--se mais e mais abafados e estranhos, soando como gritos de pessoas que buscavam algo e não encontravam, e iam ficando cada vez mais distantes. Elas o haviam perdido!

Ele despertou espavorido. O que tinha diante dos olhos? A travessa com bananas no aparador. Não havia mais ninguém (Rezia levara a criança para a mãe; era a hora em que costumava dormir). Era isso: ficaria só para sempre. Essa foi a sina anunciada em Milão quando entrou no aposento e as viu recortando com tesouras as formas no molde; ficaria sozinho para sempre.

Estava só com o aparador e as bananas. Estava sozinho, exposto nessa eminência desolada, estirado – não no topo de uma colina; não em um rochedo; mas no sofá da sala de Mrs. Filmer. E quanto às visões, aos rostos, às vozes dos mortos, onde estavam eles? Diante dele havia um biombo, com juncos negros e andorinhas azuis. Onde antes ele vira montanhas, onde vira rostos, onde vira a beleza, agora havia só um biombo.

"Evans!", exclamou. Não houve resposta. Um camundongo guinchou, ou uma cortina rangeu. Essas eram as vozes dos mortos. Restavam-lhe o biombo, a caixa de carvão, o aparador. Que lhe fosse permitido então enfrentar o biombo, a caixa de carvão e o aparador... mas Rezia entrou de repente no aposento, tagarelando.

Havia chegado uma carta. Os planos de todo mundo foram alterados. No fim das contas, Mrs. Filmer não poderia ir a Brighton. Não houve tempo para avisar Mrs. Williams, e na verdade Rezia achava aquilo muito, muito desagradável, mas aí viu o chapéu e pensou... talvez... ela... pudesse apenas ajustar um pouco... Sua voz se extinguiu em uma melodia satisfeita.

"Ah, maldição!", exclamou (era uma brincadeira entre eles, as imprecações dela); a agulha havia quebrado. Chapéu, criança, Brighton, agulha. Ela foi montando; primeiro uma coisa, depois outra, montando e costurando.

Ela queria saber se o fato de ter mudado de lugar a rosa havia melhorado o chapéu. Sentou-se na beirada do sofá.

Agora estavam perfeitamente felizes, disse de repente, pondo de lado o chapéu. Pois agora podia lhe dizer qualquer coisa. Podia dizer o que lhe desse na telha. Isso foi quase a primeira coisa que ela sentira em relação a ele, naquela noite no café, quando ele chegara com seus amigos ingleses. Ele havia entrado, um tanto tímido, olhando em volta, e seu chapéu caiu quando tentou pendurá-lo. Ela se lembrava. Sabia que era inglês, mas não um daqueles ingleses corpulentos tão admirados por sua irmã, pois ele sempre foi magro; mas tinha um tom de pele bonito e fresco; e com seu nariz grande, os olhos brilhantes, o jeito de se sentar um pouco curvado, mais parecia um falcão jovem, naquela primeira noite em que o vira, quando elas estavam jogando dominó, e ele chegara — um falcão jovem; com ela, porém, ele sempre foi muito gentil. Jamais o vira descontrolado ou embriagado, apenas às vezes sofrendo por causa dessa guerra terrível, mas mesmo assim, na presença dela, ele deixava tudo isso de lado. Qualquer coisa, absolutamente qualquer coisa no mundo, a menor preocupação relacionada com seu trabalho, qualquer coisa que tinha vontade de dizer, ela sempre lhe contava, e ele entendia de imediato. Até mesmo sua própria família já não era a mesma. Sendo mais velho do que ela, e tão inteligente — como era sério, insistindo para que lesse Shakespeare mesmo quando o inglês dela mal dava para ler histórias infantis! –, sendo tão mais experiente, ele podia ajudá-la. E ela, também, podia ajudá-lo.

Bem, agora esse chapéu. E depois (estava ficando tarde) Sir William Bradshaw.

Ela colocou as mãos na cabeça, esperando que ele dissesse se gostava ou não do chapéu, e ali ficou sentada, esperando, cabisbaixa, ele conseguia sentir os pensamentos dela, como uma ave pulando de um galho a outro, e sempre pousando, sem perder o equilíbrio; podia seguir os pensamentos dela, ali sentada em uma dessas posturas descontraídas que assumia naturalmente e, se ele dissesse algo, ela logo abriria um sorriso, como uma ave pousando com as garras firmes no galho.

Mas ele se lembrava do que Bradshaw dissera: "Quando ficamos doentes, as pessoas de que mais gostamos não nos fazem bem". Ele devia aprender a descansar, disse Bradshaw. Eles precisavam ficar separados, disse Bradshaw.

"Precisavam", "precisavam", por que "precisavam"? Que poder Bradshaw tinha sobre ele? "Que direito Bradshaw tem de me dizer 'você precisa'?", indagou.

"É por que você falou em se matar", disse Rezia. (Ainda bem que agora podia falar de tudo com Septimus.)

Então ele estava sob o poder deles! Holmes e Bradshaw o estavam acossando! Aquele animal com narinas vermelhas estava farejando por todos os lugares secretos! "Precisava", era o que dizia! Onde estavam seus papéis? As coisas que havia escrito?

Ela lhe trouxe os papéis, as coisas que ele escrevera, que ela escrevera a pedido dele. E despejou tudo sobre o sofá. E juntos eles examinaram tudo. Diagramas, projetos, pequenos homens e mulheres brandindo varetas como braços, com asas – era isso mesmo? – nas costas; círculos traçados em torno de moedas – os sóis e as estrelas; precipícios em zigue-zague escalados por montanhistas amarrados uns aos outros, parecidos com facas e garfos; cenas marinhas com pequenos rostos rindo em meio ao que talvez fossem ondas: o mapa do mundo. Queime tudo!, exclamou ele. Em seguida, os escritos; como os mortos cantam atrás das moitas de rododendro; odes ao Tempo; conversas com Shakespeare; Evans, Evans, Evans — as mensagens dos mortos; não cortem as árvores; avisem o Primeiro-Ministro. O amor universal: o significado do mundo. Queime tudo!, exclamou.

Mas Rezia os havia agarrado. Alguns eram tão bonitos, pensou. Ela iria amarrá-los (pois não tinha envelope) com uma fita de seda.

Mesmo se o levassem, disse, ela iria junto. Não podiam separá-los contra a vontade deles, disse ela.

Endireitando as margens das folhas, ela arrumou os papéis e amarrou tudo quase sem olhar, sentada perto, bem junto dele, pensou ele, como se rodeada por todas as suas pétalas. Ela era uma árvore florida; e através de seus galhos espreitava o rosto de um legislador, refugiado em um santuário onde não havia mais nada a temer; nem Holmes; nem Bradshaw; um milagre, um triunfo, o último e mais portentoso. Titubeando ele a viu montar a escadaria assustadora, carregando Holmes e Bradshaw, homens que jamais haviam pesado menos de setenta quilos, homens que enviavam suas mulheres ao tribunal, homens que ganhavam dez mil por ano e falavam de proporções; que diferiam em seus veredictos (pois Holmes disse uma coisa, e Bradshaw, outra), mas continuavam sendo juízes; que confundiam a visão e o aparador; que, embora não vissem nada com clareza, ainda assim dominavam, ainda assim atormentavam. E ela triunfara sobre eles.

"Pronto!", disse ela. Os papéis estavam atados. Ninguém iria vê-los. Elas os deixaria bem guardados.

E, disse, nada iria separá-los. Sentou-se ao lado dele e o chamou pelo nome daquele falcão ou corvo que, sendo malicioso e grande destruidor de plantações, era exatamente como ele. Ninguém podia separá-los, disse ela.

Em seguida, ela se levantou e foi ao quarto arrumar a mala, mas, ao ouvir vozes lá embaixo, achou que talvez fosse o dr. Holmes e correu para impedi-lo de subir.

Septimus podia ouvi-la conversando com Holmes na escada.

"Minha cara senhora, vim aqui como amigo", dizia Holmes.

"Não, não vou permitir que veja meu marido", disse ela.

Ele podia vê-la, como uma pequena galinha de asas abertas, bloqueando a passagem dele. Mas Holmes insistia.

"Minha cara senhora, permita-me...", disse, afastando-a para o lado (Holmes era um homem corpulento).

Holmes estava subindo. Holmes abriria de supetão a porta. Holmes diria: "Deprimido, hem?". Holmes o acossaria. Mas não; nem Holmes; nem Bradshaw. Erguendo-se de modo vacilante, na verdade pulando com um pé e com o outro, ele considerou a bela e reluzente faca de pão de Mrs. Filmer, com a palavra "pão" entalhada no cabo. Ah, seria uma pena estragar isso. E o aquecedor a gás? Agora era tarde demais. Holmes estava se aproximando. Talvez tivesse navalhas, mas Rezia, como sempre fazia, já devia tê-las guardado. Restava apenas a janela, a espaçosa janela daquela pensão em Bloomsbury; a exaustiva, enfadonha e um tanto melodramática tarefa de abrir a janela e se atirar por ela. Essa era a ideia de tragédia que eles faziam, não ele ou Rezia (pois ela estava do lado dele). Holmes e Bradshaw apreciavam esse tipo de coisa. (Sentou-se no parapeito.) Mas iria esperar até o último momento. Não queria morrer. A vida era boa. O sol tépido. Apenas seres humanos — o que *eles* querem? Descendo pela escada defronte, um homem idoso parou e o fitou. Holmes estava à porta. "Agora você vai ver!", gritou, e atirou-se com força e violência sobre a grade do pátio da casa de Mrs. Filmer.

"Que covarde!", exclamou o dr. Holmes, irrompendo na sala. Rezia correu à janela, e viu; e compreendeu. O dr. Holmes e Mrs. Filmer chocaram-se um com o outro. Mrs. Filmer tirou o avental e cobriu os olhos de Rezia, levando-a para o quarto. Houve uma grande movimentação para cima e para baixo na escada. O dr. Holmes entrou — pálido como um lençol, tremendo todo, trazendo na mão um copo. Ela precisava ser valente e beber isto, disse ele (o que era aquilo? algo doce), pois seu marido estava horrivelmente desfigurado, não recobraria a consciência, ela não devia vê-lo, tinha de se poupar ao máximo, ainda teria de enfrentar o inquérito, pobre jovem. Quem podia imaginar tal coisa? Um impulso repentino, não era o caso de culpar ninguém (disse a Mrs. Filmer). E por que diabo havia feito aquilo, o dr. Holmes não tinha a menor ideia.

Enquanto tomava a bebida adocicada, parecia a Rezia que estava abrindo portas envidraçadas e saindo para um jardim. Mas onde? O relógio estava soando — uma, duas, três: que sabedoria havia nesse som; comparado a todos esses passos e sussurros; tal como o próprio Septimus. Estava ficando sonolenta. Mas o relógio continuava a soar, quatro, cinco, seis, e Mrs. Filmer abanando-se com o avental (não vão trazer o corpo para cá, vão?) parecia ser parte desse jardim; ou uma bandeira. Certa vez vira uma bandeira tremulando lentamente no mastro quando visitou a tia em Veneza. Assim são homenageados os mortos em combate, e Septimus havia passado pela guerra. Das memórias que guardava, a maioria era feliz.

Ela colocou o chapéu e saiu correndo por campos de trigo — onde poderia ser isso? — até uma colina, perto do mar, de onde se viam navios, gaivotas, borboletas; eles se sentaram na borda de um penhasco. Em Londres também haviam se sentado juntos e, em meio ao sonho, ouviu, através da porta do quarto, a chuva que caía, murmúrios, agitação em meio ao trigal seco, a carícia do mar, tal como lhe pareciam, esvaziando-os em sua concha arqueada e sussurrando-lhe enquanto estava deitada na praia, dispersos, sentiu, como flores esvoaçando sobre uma campa.

"Ele está morto", disse ela, sorrindo para a pobre senhora que a vigiava com os honestos olhos azul-claros pregados na porta. (Eles não vão trazê-lo para cá, vão?) Mas Mrs. Filmer fez que não era nada. Ó não, ó não! Agora o estão levando embora. Não seria o caso de contar a ela? Esposos deviam ficar juntos, pensou Mrs. Filmer. Mas seria melhor fazer como queria o médico.

"Deixe que ela durma", disse o dr. Holmes, tomando-lhe o pulso. Ela viu a grande silhueta escura do corpo dele contra a janela. Então esse era o dr. Holmes.

Um dos triunfos da civilização, pensou Peter Walsh. Esse é um dos triunfos da civilização, enquanto soava a sirene aguda e nítida da ambulância. Com rapidez e precisão, a ambulância disparou rumo ao hospital, depois de recolher pronta e humanitariamente algum pobre-diabo; alguém golpeado na cabeça, fulminado pela doença, talvez atropelado instantes atrás num desses cruzamentos, como podia acontecer a qualquer um de nós. Isso era a civilização. Foi o que mais o impressionou ao voltar do Oriente — a eficiência, a organização, o espírito comunitário de Londres. Espontaneamente, toda carroça ou carruagem abria espaço para a passagem da ambulância. Talvez fosse algo mórbido; mas não era talvez tocante, o respeito que demonstravam pela ambulância que levava a vítima — esses homens ocupados, apressados para voltar para casa, porém de imediato, à passagem do veículo, lembrando-se de suas mulheres; ou, possivelmente, do quão facilmente eles próprios poderiam estar ali, estendidos na maca ao lado de um médico e uma enfermeira... Ah, mas o pensamento torna-se mórbido, sentimental, quando se evoca médicos, corpos mortos; um ligeiro fulgor de prazer, e também aquela espécie de regozijo associado à impressão visual era um alerta para não se prosseguir nessa direção — fatal para a arte, fatal para a amizade. De fato. Todavia, pensou Peter Walsh, enquanto a ambulância virava a esquina, embora a sirene aguda e nítida ainda pudesse ser ouvida pela rua seguinte, e até mais além, quando cruzava Tottenham Court Road, repicando sem parar, esse é o privilégio da solidão; na intimidade, pode-se fazer o que quiser. Daria até para chorar longe dos olhares alheios. Essa fora sua desgraça — essa suscetibilidade — nos círculos anglo-indianos; não chorar no momento adequado, ou tampouco rir. Há em mim essa coisa, pensou ele, parado junto à caixa de correio, que poderia agora mesmo se dissolver em lágrimas. Por que é assim, só Deus sabe. Algum tipo de beleza provavelmente, e o peso do dia que, a começar pela visita a Clarissa, o deixara exaurido com seu calor, sua intensidade, e o incessante gotejar de uma impressão após a outra no fundo daquele porão onde agora se acumulavam, profundas, obscuras;

e ninguém jamais se daria conta. Em parte por esse motivo, por esse sigilo total e inviolável, a vida sempre se apresentara a ele como um jardim desconhecido, repleto de curvas e cantos, surpreendente, sem a menor dúvida; com efeito, eram de tirar o fôlego esses momentos; um deles arrebatando-o ali, junto a uma caixa de correio diante do Museu Britânico, um momento no qual se conciliavam as coisas; essa ambulância; a vida e a morte. Era como se fosse arrebatado para um telhado muito alto por aquele surto de emoção, e o restante dele ficasse vazio, como uma praia branca repleta de conchas. Isso fora sua desgraça nos círculos anglo-indianos – essa suscetibilidade.

Certa vez, Clarissa, com quem ele ia no alto de um ônibus para algum lugar, Clarissa que, pelo menos na superfície, se emocionava com tanta facilidade, ora desesperada, ora animada, então toda vibrante e uma companhia tão instigante, descobrindo pequenas cenas curiosas, nomes, pessoas, desde o alto de um ônibus, pois costumavam explorar Londres e retornar com as bolsas cheias de tesouros do mercado da Caledonian Street – na época Clarissa tinha uma teoria –, então sempre tinham muitas teorias, sempre teorias, como é típico dos jovens. Para explicar o sentimento de insatisfação que os acometia; por não conhecerem gente; por não serem conhecidos. Pois como era possível conhecer um ao outro? A gente se vê todo dia; depois passa seis meses, ou anos, sem se encontrar. Era insatisfatório, concordaram, o quão pouco a gente conhece as pessoas. No entanto, disse, sentada no ônibus que seguia por Shaftesbury Avenue, ela tinha a impressão de estar por toda parte; não "aqui, aqui, aqui"; e tamborilou no encosto do banco; mas por toda parte. Fez um aceno com a mão, enquanto subiam por Shaftesbury Avenue. Ela era tudo aquilo. E, portanto, para conhecê-la, ou qualquer outra pessoa, seria preciso ir atrás daqueles outros que a completavam; e até mesmo dos lugares. Ela sentia uma estranha afinidade com pessoas às quais jamais dirigira a palavra, uma mulher na rua, um sujeito atrás do balcão – e mesmo com árvores ou celeiros. Tudo aquilo desembocava em uma teoria transcendental que, dado o horror dela pela morte, permitia-lhe acreditar, ou afirmar que acreditava (a despeito de todo seu ceticismo), que, uma vez que nossas aparições, aquela parte de nós que se manifesta, são tão prontamente comparadas com outra parte nossa, com nossa parte invisível, que se estende de modo amplo, era bem possível que o invisível sobrevivesse, pudesse ser de algum modo recuperado no apego por essa ou aquela pessoa, ou mesmo assombrando certos lugares, após a morte. Talvez, talvez.

Rememorando aquela longa amizade de quase trinta anos, essa teoria dela funcionava até certo ponto. Por mais breve, fragmentado, e às vezes doloroso que fosse na prática um encontro, ainda mais com a ausência dele e as interrupções (como nesta manhã, por exemplo, Elizabeth irrompendo como um potro de pernas compridas, bela, taciturna, bem quando começava a se entender com Clarissa), era incalculável o efeito que havia produzido em sua vida. Bem que havia ali um mistério. No início a gente recebia apenas uma semente dura, pontiaguda, incômoda — o encontro em si; terrivelmente dolorosa quase sempre; porém, distante do outro, nos lugares mais improváveis, a semente florescia, se abria, liberava seu aroma, permitia que a gente tocasse, experimentasse, olhasse em volta, e dela recuperasse todo o sentimento e a compreensão, após anos perdida. Assim Clarissa retornara a ele; a bordo do navio; no Himalaia; aludida pelas coisas mais estranhas (assim como Sally Seton, aquela generosa, entusiástica tolinha!, pensava *nele* ao ver hortênsias azuis). Ela o influenciara mais do que qualquer outra pessoa. E sempre dessa maneira, aparecendo-lhe à revelia, fresca, como uma dama, crítica; ou arrebatadora, romântica, lembrando um campo ou uma colheita na Inglaterra. Ele a via com mais frequência no campo do que em Londres. Uma cena após outra em Bourton...

Bem, lá estava o hotel. Atravessou o saguão, por entre barreiras de poltronas e sofás avermelhados, e plantas de folhagem espinhosa e aparência murcha. Foi direto buscar a chave. A jovem entregou-lhe a correspondência. Subiu ao quarto — ele a encontrava sobretudo em Bourton, no fim do verão, quando ali ficava uma semana, ou mesmo duas, como era habitual na época. Primeiro no topo de uma colina, ela de pé, as mãos segurando o cabelo, o casaco enfunado, apontando, gritando para eles – havia acabado de vislumbrar lá embaixo o Severn. Ou em um bosque, fervendo água na chaleira – era tão desajeitada com as mãos; a fumaça curvando-se e soprando em seus rostos; o delicado rosto corado dela visível; ou solicitando água a uma velha que depois ficou à porta do chalé para vê-los se afastar. Eles sempre caminhavam; os outros iam de carro. Ela se aborrecia em passeios de carro, e não gostava de nenhum animal, com exceção daquele cão. Percorriam milhas de trilhas pelo mato. Ela costumava se calar quando precisava se orientar, conduzindo-o de volta pelos campos; e todo o tempo eles brigavam, discutiam poesia, discutiam sobre pessoas, discutiam política (na época ela adotava ideias radicais); ela jamais reparava em algo a não ser quando parava de caminhar, admirava uma vista ou uma árvore, e insistia para que também ele olhasse; e depois retomavam o caminho e as discussões, através de campos de restolhos, ela à frente, levando uma flor para a tia, nunca se cansando de andar apesar de toda sua fragilidade; até retornarem apressados a Bourton no final da tarde. Aí, terminado o jantar, o velho Breitkopf abria o piano e cantava mesmo sem ter voz, e eles se afundavam nas poltronas, tentando conter o riso, mas sempre fracassando e rindo, rindo – rindo sem nenhum motivo. E de manhã, flertando de um lado para o outro como uma lavandisca diante da casa...

Ó, uma das cartas era dela! O envelope azul; era a letra dela. E ele teria de ler. Eis aí outro daqueles encontros, fadado a causar mais dor! Ler aquela carta iria exigir um esforço do diabo. "Que maravilhoso rever você. Tinha de lhe dizer isto." Era tudo.

Mas ele ficou abalado. Aquilo o irritou. Preferia que não tivesse escrito nada. Vindo assim na esteira de seus pensamentos, era como um cutucão nas costelas. Por que não o deixava em paz? Afinal, ela se casara com Dalloway, e vivera perfeitamente feliz todos esses anos.

Esses hotéis não são muito acolhedores. Longe disso. Quantas pessoas não penduraram os chapéus nesses cabides? Até as moscas, pensando bem, haviam pousado em incontáveis narizes. Quanto à limpeza que lhe saltava na cara, não era de fato limpeza, mas antes esterilidade, frigidez; uma coisa obrigatória. Alguma ríspida governanta fazia a ronda ao amanhecer, farejando, espiando, fazendo com que criadas de nariz enregelado esfregassem tudo, exatamente como se o próximo hóspede fosse um pernil a ser servido em uma travessa imaculada. Para dormir, uma cama; para sentar, uma poltrona; para escovar os dentes e escanhoar o rosto, um copo, um espelho. Livros, cartas, roupão, jogados ao acaso, impertinentes, incongruentes, sobre os estofados impessoais. E foi a carta de Clarissa que lhe abriu os olhos. "Que maravilhoso rever você. Tinha de lhe dizer isto!" Ele dobrou a folha; afastou-a de si; nada o incitaria a ler aquilo de novo!

Para que a carta o alcançasse às seis da tarde, devia tê-la escrito assim que ele saiu de lá; colocado um selo; mandado alguém ao correio. Era, como se diz, bem típico aquilo. Ela ficou abalada com a visita. E muito emocionada; por um instante, ao beijar a mão dele, havia se arrependido, e até mesmo o invejado, possivelmente lembrando (pois reparou no olhar dela) de algo que ele havia dito — como mudariam o mundo caso se casasse com ele, talvez; ao passo que agora era isso; a meia-idade; a mediocridade; depois, com seu vigor irreprimível, ela se obrigou a pôr tudo de lado, pois sua ligação com a vida era algo que ele jamais vira igual e, por sua firmeza, resistência e ímpeto para superar os obstáculos, permitira que ela seguisse em frente e triunfasse. É isso; mas a reação viria assim que ele tivesse deixado o aposento. Ela sentiria uma terrível pena dele; e pensaria o que poderia fazer para lhe dar prazer (com exceção, claro, daquela única coisa), e ele até conseguia vê-la, com lágrimas escorrendo pelo rosto, indo até a escrivaninha e rabiscando essa única linha que ele encontraria à sua espera... "Que maravilha rever você!" E estava sendo sincera.

Peter Walsh havia agora desamarrado as botinas.

Mas não teria dado certo, o casamento deles. A alternativa, afinal, acabou sendo bem mais natural.

Era estranho; era verdadeiro; muita gente achava isso. Peter Walsh, que se saíra de modo igualmente honroso, que desempenhara adequadamente as funções usuais, era apreciado, mas tido como um tanto excêntrico e presunçoso — era curioso que justamente ele tivesse, sobretudo agora que seu cabelo estava grisalho, um ar de contentamento; um ar de alguém que contava com reservas. Era isso que o tornava agradável para as mulheres, que gostavam de sentir que ele não era apenas viril. Havia um quê de inusitado nele, ou por trás dele. Talvez por estar sempre lendo — nunca fazia uma visita sem deixar de examinar o livro aberto sobre a mesa (agora mesmo estava lendo, arrastando os cadarços das botinas pelo chão); ou por ser um cavalheiro, o que se notava no jeito como esvaziava as cinzas do cachimbo, e na maneira impecável com que tratava as mulheres. Pois era muito encantador e bastante ridículo constatar a facilidade com que uma jovem, desprovida de qualquer sensatez, conseguia fazer gato e sapato dele. Mas não sem correr riscos. Ou seja, embora ele fosse sempre de trato muito ameno, e na verdade uma companhia fascinante por seu bom humor e boa formação, isto somente valia até certo ponto. Se ela dissesse algo — não, não; ele não se deixava enganar. E não iria tolerar aquilo — não, não. Por outro lado, era capaz de cair na gargalhada e rolar de riso por causa de uma piada em círculos masculinos. Ele era o melhor conhecedor de culinária na Índia. Ele era um homem, mas não do tipo que impõe respeito — ainda bem; não como o major Simmons, por exemplo; não tinha nada a ver com ele, pensou Daisy, quando, a despeito de seus dois filhos pequenos, costumava comparar os dois.

Ele descalçou as botinas. Esvaziou os bolsos. Juntamente com o canivete veio uma foto de Daisy na varanda; Daisy toda de branco, com um *fox terrier* no colo; muito encantadora, muito morena; a melhor foto dela que vira. Tudo ocorreu, afinal, com a maior naturalidade; de modo bem mais natural do que com Clarissa. Sem alvoroço. Sem aborrecimento. Sem melindres e nervosismos. Uma travessia por águas mansas. E a bela e adorável jovem morena na varanda exclamou (ainda podia ouvi-la), Claro, claro que lhe daria tudo! (não tinha o menor senso de discrição), tudo o que ele quisesse! gritou ela, correndo para abraçá-lo, sem ligar para quem estivesse olhando. E com apenas vinte e quatro anos. E dois filhos. Ora, ora!

Bem sabia que se metera em confusão, e na sua idade. Foi o que se deu conta ao acordar de repente no meio da noite. E se casassem? Para ele, não havia problema, mas e quanto a ela? Mrs. Burgess, uma mulher sensata e discretíssima em quem havia confiado, achava que essa viagem dele à Inglaterra, ostensivamente para consultar os advogados, poderia servir para que Daisy reconsiderasse, pensasse melhor nas consequências. Tratava-se da posição dela, disse Mrs. Burgess; da barreira social; teria de abrir mão dos filhos. E um dia desses iria se tornar uma viúva marcada, arrastando-se enlameada pelos subúrbios ou, o que era mais provável, perdendo todo senso de discriminação (você bem sabe, disse ela, como ficam essas mulheres, com suas maquiagens exageradas). Mas Peter Walsh fez pouco disso tudo. Ele ainda não pretendia morrer. Seja como for, cabia a ela tomar a decisão; julgar por si mesma, pensou ele, andando pelo quarto apenas com as meias, alisando a camisa formal, pois talvez acabasse indo à festa de Clarissa, ou talvez a um dos teatros de variedades, ou mesmo poderia ficar no quarto e ler esse livro muito interessante escrito por um sujeito que conhecera em Oxford. E caso se aposentasse, é bem isso o que faria – escrever livros. Iria a Oxford e frequentaria a Biblioteca Bodleiana. Em vão a bela e adorável jovem morena correu até a extremidade da varanda; em vão acenou com a mão; em vão exclamou que não se importava em nada com o que diziam os outros. Ali estava ele, o homem que ela tanto admirava, o cavalheiro perfeito, o fascinante, o distinto (e a idade dele não fazia a menor diferença para ela), andando de um lado para o outro em um quarto de hotel em Bloomsbury, barbeando-se, lavando-se, continuando, enquanto pegava potinhos e colocava navalhas de lado, com sua exploração da Bodleiana, a fim de chegar à verdade sobre uma ou duas pequenas questões que o intrigavam. E manteria conversas com fulano e sicrano, e assim se tornaria cada vez menos pontual às refeições, e até começaria a faltar aos compromissos; e quando Daisy lhe pedisse, o que era inevitável, um beijo, ou fizesse uma cena, acabaria por decepcioná-la (mesmo sendo genuinamente devotado a ela) — em suma, talvez fosse bem mais afortunado se, como disse Mrs. Burgess, ela o esquecesse, ou apenas se lembrasse dele tal como era em agosto de 1922, uma figura de pé numa encruzilhada ao crepúsculo, que vai se tornando cada vez mais longínqua à medida que a carroça se afasta, levando-a firmemente presa no banco traseiro, embora com os braços estendidos; e, enquanto vê a figura diminuir e desaparecer, ela grita que faria tudo no mundo, tudo, tudo, tudo...

Ele nunca sabia o que pensavam os outros. Cada vez mais achava difícil se concentrar. Ficava distraído; absorto em seus próprios interesses; ora carrancudo, ora alegre; dependente das mulheres, taciturno, cada vez menos capaz de entender (assim pensava enquanto se barbeava) por que Clarissa não podia simplesmente encontrar um lugar para que morassem e mostrar-se simpática para com Daisy; apresentá-la às pessoas. E então ele poderia apenas — poderia o quê? — apenas perambular e passear (nesse momento estava na verdade empenhado em separar várias chaves, papéis), arremessar-se sobre uma presa e saboreá-la, ficar sozinho, enfim, bastando-se a si mesmo; e no entanto, claro que ninguém mais dependia tanto dos outros (abotoou o colete); esta fora sua desgraça. Não conseguia se manter longe dos salões de fumantes, simpatizava com coronéis, adorava o golfe, adorava o *bridge*, e sobretudo a companhia das mulheres, e o requinte do companheirismo que havia entre elas, e a fidelidade e audacidade e grandeza no amor de que elas eram capazes, o que, embora tivesse desvantagens, parecia-lhe (e o lindo rosto moreno e adorável sobressaía entre os envelopes) absolutamente admirável, uma flor esplêndida para se cultivar no auge da existência humana, e todavia ele não conseguia chegar a tal altura, sempre propenso a ver o outro lado das coisas (Clarissa havia minado definitivamente algo em seu âmago), a se cansar com facilidade da devoção muda, e a buscar a variedade no amor, embora certamente ficaria furioso se Daisy amasse outra pessoa, furioso!, pois era ciumento, incontrolavelmente ciumento por temperamento. Como se atormentava! Mas onde estava o canivete; o relógio; os sinetes, a carteira, e a carta de Clarissa que não voltaria a ler, mas na qual era bom pensar, e a foto de Daisy? Pronto, agora o jantar.

Já estavam sendo servidos.

Acomodados em pequenas mesas com vasos, vestidos ou não a caráter, os xales e bolsas ao lado, com ar de falsa compostura, pois não estavam habituados a jantares com tantos pratos; confiantes, pois tinham como pagar a conta; um tanto exaustos, pois haviam passeado o dia todo por Londres, fazendo compras, conhecendo a cidade; com uma curiosidade natural, voltaram as cabeças e ergueram os olhos assim que entrou o cavalheiro bem apessoado com óculos de tartaruga; e com uma disposição afável, pois ficariam contentes em lhe fazer qualquer pequeno favor, como emprestar um cardápio ou fornecer uma informação útil; e com um desejo latejante, que os arrastava subterraneamente, de estabelecer conexões, mesmo que fosse apenas um local de nascimento (Liverpool, por exemplo) em comum, ou amigos com o mesmo nome; com os olhares furtivos, silêncios ocasionais, e repentinos recuos para a cumplicidade e a jovialidade familiares; ali estavam sentados a jantar quando Mr. Walsh entrou no salão e se sentou a uma mesinha perto da cortina.

Não foi o caso de ele ter dito algo, pois estando sozinho podia se dirigir apenas ao garçom; era a maneira de examinar o cardápio, de apontar com o indicador determinado vinho, de se acomodar na cadeira, de se concentrar com seriedade, ainda que sem voracidade, nos pratos, que lhe conquistou o respeito dos outros; o qual, tendo de permanecer inexpresso durante a maior parte da refeição, manifestou-se subitamente à mesa ocupada pelos Morris quando ouviram Mr. Walsh pedir, no final da refeição, as "peras Bartlett". Por que razão havia falado com tanta moderação, mas com firmeza, com o ar de disciplinador cônscio de direitos plenamente justificados, não o sabiam nem o jovem Charles Morris, nem o velho Charles, e tampouco Miss Elaine ou Mrs. Morris. Porém, quando pediu "peras Bartlett", sentado sozinho à mesa, todos sentiram que ele contava com o apoio deles em uma legítima demanda; que era o defensor de uma causa que se tornou, a partir de então, também deles, de modo que seus olhos buscaram os dele com simpatia e, quando chegaram juntos ao salão de fumantes, era inevitável que trocassem breves palavras.

Estas não foram muito profundas — restringindo-se a uma alusão ao fato de Londres estar cheia; de haver mudado em trinta anos; de que Mr. Morris preferia Liverpool; de que Mrs. Morris visitara a exposição de flores em Westminster; e de que todos haviam visto passar o Príncipe de Gales. Todavia, pensou Peter Walsh, nenhuma família do mundo se comparava aos Morris; nenhuma, na verdade; o relacionamento entre eles era perfeito, e não davam a mínima às classes superiores, e faziam o que bem queriam, e Elaine está se preparando para entrar no negócio da família, e o menino recebera uma bolsa para Leeds, e a velha senhora (que devia ter a mesma idade dele) deixara três outros filhos em casa; e eles tinham dois automóveis, mas Mr. Morris ainda engraxa suas botinas no domingo: é fenomenal, é absolutamente fenomenal, pensou Peter Walsh, balançando levemente o corpo para frente e para trás, o copo na mão, entre as felpudas poltronas vermelhas e os cinzeiros, sentindo-se muito satisfeito consigo mesmo, pois era evidente o apreço com que era visto pelos Morris. É verdade, eles apreciavam alguém que pedia "peras Bartlett". Eles me acham simpático, foi sua impressão.

Ele decidiu ir à festa de Clarissa. (Os Morris haviam partido; mas iriam se ver de novo.) Iria à festa de Clarissa, pois queria saber de Richard o que estavam fazendo na Índia — aqueles conservadores patetas. E o que estava passando nos teatros? E os concertos... Ah, sim, claro que as fofocas.

Pois essa é a verdade acerca de nossa alma, pensou, de nosso ser que, como um peixe, habita os mares profundos e se move na obscuridade, abrindo caminho entre massas de algas gigantescas, acima de espaços onde cintilam raios de sol, avançando, mergulhando nas profundezas escuras, frias e insondáveis; e de repente a alma sobe em disparada à superfície e brinca nas ondas encrespadas pelo vento; ou seja, tem uma necessidade imperiosa de se roçar, se esfregar, se excitar com as últimas fofocas. O que o governo pretende fazer – Richard Dalloway saberia informá-lo – em relação à Índia?

Como a noite estava muito quente e os meninos jornaleiros circulavam com cartazes proclamando em enormes letras vermelhas que havia uma onda de calor, poltronas de vime foram colocadas na entrada do hotel e ali se acomodaram cavalheiros, bebendo e fumando isolados. E foi ali que se sentou Peter Walsh. Dava para imaginar que o dia, o dia londrino, estava apenas começando. Como uma mulher que houvesse despido seu vestido estampado e o avental branco para se ataviar de azul e pérolas, o dia mudou, despiu-se dos panos grosseiros, cobriu-se de gaze, ataviou-se para a noite, e com o mesmo suspiro de alívio exalado por uma mulher que joga no chão a anágua, também deixou para trás a poeira, o calor e a cor; o tráfego amainou; os automóveis, tilintando, dardejantes, se sucederam ao estorvo dos furgões; e aqui e ali, em meio à espessa ramagem das praças pairava uma luminosidade intensa. Desisto, parecia dizer o crepúsculo, cada vez mais pálido e esmaecido sobre as ameias e proeminências, moldadas, afiladas, de hotéis, prédios de apartamentos e blocos de lojas, eu me retiro, e já partia, desapareço, mas Londres não aceitaria aquilo de bom grado, e enfiava as baionetas no céu, prendendo-o e obrigando-o a participar de sua folia.

Pois havia ocorrido a grande revolução de Mr. Willett, o horário de verão, desde a última visita de Peter Walsh à Inglaterra. Para este, o crepúsculo prolongado era uma novidade. E bastante inspiradora. Pois enquanto os jovens passavam com pastas de documentos, muito aliviados de estar em liberdade, e discretamente orgulhosos de pisar esse chão famoso, seus semblantes ruborizavam com uma espécie de alegria modesta, barata, falsa talvez, mas assim mesmo arrebatadora. Além disso, iam bem-vestidos; meias rosadas; belos sapatos. Agora podiam dedicar duas horas aos filmes. À luz azul-amarelada do crepúsculo pareciam esguios, refinados; e na folhagem da praça — como se mergulhada em água do mar —, a ramagem de uma cidade submersa brilhava lúgubre, lívida. Ele estava pasmado com tanta beleza; e era algo também estimulante, pois enquanto os anglo-indianos (dos quais conhecia multidões) se instalavam em seu reduto, o Oriental Club, lamentando o mundo que rumava para o abismo, aqui estava ele, tão jovial como sempre; invejando aos jovens esse tempo de estio e todo o resto, e adivinhando, pelas palavras de uma moça, pelo riso de uma criada — coisas intangíveis e impossíveis de tocar com as mãos —, a mudança em toda aquela acumulação piramidal que, quando jovem, lhe parecera imutável. Aquilo fora um fardo para todos; havia oprimido sobretudo as mulheres, como aquelas flores que a tia de Clarissa, Helena, sentada sob o abajur após o jantar, costumava prensar entre folhas cinzentas de mata-borrão, com o dicionário Littré no topo. Agora ela estava morta. Ele recebera notícias dela por Clarissa, de que ficara cega de um olho. Tão adequado lhe parecera aquilo — um dos golpes magistrais da natureza —, o fato de a velha Miss Parry acabar vidrada. Devia ter morrido como um pássaro sob a geada, agarrado ao poleiro. Ela pertencia a outra época, mas sendo tão inteiriça, tão completa, sempre se destacaria no horizonte, alva e pétrea, eminente, como um farol assinalando uma etapa cumprida nesse atribulado e longuíssimo périplo, nessa interminável... (tateou o bolso em busca de um níquel para comprar o jornal e ler sobre o jogo entre Surrey e Yorkshire; havia segurado aquela moeda milhões de vezes — Surrey estava fora mais uma vez), nessa interminável existência. Mas o críquete não era apenas um jogo. O críquete era fundamental. Não conseguia perder o interesse pelo críquete. A primeira coisa que lia eram os resultados dos jogos na seção das últimas notícias, só depois ia saber sobre o calor que fazia; e em seguida sobre algum assassinato. Fazer a mesma coisa milhões de vezes a tornava mais rica, embora também fosse possível dizer que lhe empanava o brilho. O passado enriquecia, e a experiência, e ter se importado com uma ou duas pessoas, e assim adquirido o poder, de que carecem os jovens, de dar um basta, de fazer o que se quer, de pouco ligar para a opinião alheia, e de ir e vir sem muitas expectativas (largou o jornal na mesa e saiu), o que todavia (buscou o chapéu e o casaco) não era bem verdade no caso dele, não nesta noite, pois estava prestes a ir a uma festa, com esta idade, na expectativa de viver uma experiência. Mas qual?

Da beleza, pelo menos. Não a beleza tosca, aquela para os olhos. Não a beleza pura e simples – como Bedford Place desembocando em Russell Square. Sem dúvida, havia aí a retidão, o vazio; a simetria de um corredor; mas também as janelas iluminadas, o som de um piano, de um gramofone; o sentimento de uma festa oculta, mas que às vezes emergia quando, através de uma janela com cortinas abertas, de uma janela devassada, entreviam-se grupos às mesas, jovens circulando lentamente, conversas entre homens e mulheres, criadas ociosas espiando a rua (que estranhos comentários fariam, concluído o trabalho), meias secando nos parapeitos mais altos, um papagaio, plantas. Absorvente, misteriosa, de uma abundância infinita, esta vida. E na imensa praça, onde os táxis passavam e se desviavam tão apressados, casais passeavam, namorando, abraçando-se, estreitando-se sob a sombra de uma árvore; tudo isso era tocante; tão silenciosos, tão absortos, que a gente passava por eles discretamente, timidamente, como se estivesse diante de uma cerimônia sagrada cuja interrupção teria sido um sacrilégio. Isso era interessante. E assim por diante rumo ao brilho e ao esplendor.

Com o sobretudo leve entreaberto pelo vento, ele caminhava com sua maneira peculiar, um pouco inclinado para a frente, com passos animados, as mãos às costas e os olhos ainda um pouco rapinantes; caminhava por Londres, na direção de Westminster, observando.

Então o mundo todo estava saindo para jantar? Aqui portas eram abertas por um lacaio para dar passagem a uma altiva dama idosa, calçando sapatos afivelados, com três plumas roxas de avestruz no cabelo. Portas se abriam para senhoras enroladas como múmias em xales estampados com flores brilhantes, por senhoras de cabeça descoberta. E nos quarteirões respeitáveis com colunas de estuque, mulheres atravessavam os pequenos jardins fronteiros com vestidos leves e fivelas no cabelo (tendo subido antes para ver as crianças); os homens as esperavam com os casacos desabotoados, os automóveis com os motores ligados. Todos estavam saindo. Com todas essas portas sendo abertas, e as descidas e as partidas, parecia que Londres inteira estava embarcando em pequenos botes atracados às margens, balançando na correnteza, como se toda a cidade nada mais fosse que um carnaval flutuante. E, recoberto de prata, Whitehall era como um rinque de patinação onde deslizavam as aranhas, e ao redor dos postes de luz dava para notar as nuvens de mosquitos; fazia tanto calor que as pessoas ficavam paradas a conversar. E ali em Westminster, um juiz, sem dúvida aposentado, tomava a fresca à porta de sua residência, inabalável, todo de branco. Um anglo-indiano, provavelmente.

E ali uma algazarra de mulheres ruidosas, mulheres embriagadas; aqui apenas um policial e casas imponentes, casas altas, casas abobadadas, igrejas, edifícios do Parlamento, e o apito de um vapor no rio, um grito cavo e nevoento. Mas era já a rua dela, esta, a rua de Clarissa; táxis afluíam para a esquina, como água ao redor das pilastras de uma ponte, atraídos para o mesmo lugar, pareceu a ele, pois levavam os convidados para a festa, a festa de Clarissa.

Agora a fria correnteza de impressões visuais o decepcionou como se o olho fosse uma xícara que transbordasse e permitisse que o restante escorresse sem deixar marcas em suas paredes de porcelana. Agora chegou o momento de o cérebro despertar. Agora o corpo deve se concentrar, ao entrar na casa, toda iluminada, com a porta escancarada, onde paravam os automóveis dos quais desciam mulheres refulgentes; a alma precisa reunir coragem para suportar. Ele abriu a lâmina maior do canivete.

Lucy desceu correndo a escada, após acertar os últimos detalhes no salão, alisando uma toalha, arrumando uma cadeira, parando um instante e imaginando que qualquer um que ali entrasse ficaria impressionado como tudo estava tão limpo, brilhante e bem cuidado, ao contemplar a linda prataria, os apetrechos de bronze na lareira, as novas capas dos móveis e as cortinas de chintz amarelo. Passeou os olhos críticos ao redor; ouviu um rumor de vozes; haviam acabado de jantar e já estavam subindo; precisava sair correndo!

O Primeiro-Ministro viria, comentou Agnes: era o que entreouvira na sala de jantar, comentou ao voltar com uma bandeja cheia de copos. Fazia diferença, fazia alguma diferença, um Primeiro-Ministro a mais ou a menos? Nessa altura da noite, isso não fazia a menor diferença para Mrs. Walker, em meio aos pratos, caçarolas, passadores, frigideiras, galantinas de frango, sorveteiras, cascas de pão, limões, terrinas de sopa e tigelas com pudins que, por mais rápido que fossem lavados na copa, pareciam estar todos à volta dela, na mesa da cozinha, nas cadeiras, enquanto o fogão bramia e rugia, as luzes elétricas ofuscavam, e ainda faltava servir os pratos. Tudo o que sentia era que para ela, Mrs. Walker, um Primeiro-Ministro a mais ou a menos não fazia absolutamente nenhuma diferença.

As senhoras estavam subindo, anunciou Lucy; subiam uma a uma, com Mrs. Dalloway seguindo por último e como sempre enviando algum recado para a cozinha, "Minhas congratulações para Mrs. Walker", foi o que disse uma noite. Na manhã seguinte, elas repassariam os pratos — a sopa, o salmão; o salmão, bem sabia Mrs. Walker, como sempre estava um pouco cru, pois ela ficava preocupada com o pudim e deixava o salmão aos cuidados de Jenny; e sempre acontecia isso, o salmão não ficava no ponto certo. Todavia, uma senhora loira com joias de prata perguntara, contou Lucy, a respeito da entrada, se esta havia sido feita ali mesmo? Mas era o salmão que incomodava Mrs. Walker, enquanto girava sem parar os pratos, e abria e fechava os controles do fogão; e então houve uma explosão de riso na sala de jantar; uma voz que se destacava; em seguida outra explosão de risos — os cavalheiros se divertindo após a saída das damas. O vinho Tokay, disse Lucy, entrando apressada. Mr. Dalloway havia pedido o Tokay, das adegas do imperador, o Tokay imperial.

O vinho licoroso passou pela cozinha. Olhando por sobre o ombro, Lucy comentou o quão encantadora estava Miss Elizabeth; não conseguia despregar os olhos dela; estava com o vestido rosado e o colar que ganhara de Mr. Dalloway. Jenny não podia se esquecer do cão, o *fox terrier* de Miss Elizabeth, que, como costumava morder, tinha de ficar preso e poderia, recomendara Elizabeth, precisar de algo. Jenny não podia se esquecer do cão. Mas Jenny não iria subir com toda aquela gente em volta. Havia chegado um automóvel! E tocou a campainha — e os cavalheiros ainda na sala de jantar, bebendo Tokay!

Bem, já estavam subindo; aquele era o primeiro convidado a chegar, e agora chegariam cada vez mais rápido, e Mrs. Parkinson (contratada para as festas) deixaria aberta a porta de entrada, e o vestíbulo ficaria repleto de cavalheiros à espera (eles ficavam esperando, ajeitando os cabelos), enquanto as damas guardavam os casacos no quarto do corredor; e ali contavam com a ajuda de Mrs. Barnet, a velha Ellen Barnet, que trabalhava para a família fazia quarenta anos, e vinha todos os verões ajudar as senhoras, e se lembrava da época em que aquelas mães ainda eram meninas, e, embora fosse muito modesta, apertava a mão de todas; dizia *milady* de modo muito respeitoso, mas tinha um olhar travesso bem dela ao contemplar as jovens, e ao socorrer, com o máximo de tato, Lady Lovejoy, que enfrentava algum problema com o corpete. E elas não podiam deixar de sentir, Lady Lovejoy e Miss Alice, que desfrutavam de um pequeno privilégio no que se refere a escovas e pentes pelo fato de conhecerem Mrs. Barnet desde — "Trinta anos, *milady*", acudiu Mrs. Barnet. As jovens não costumavam usar maquiagem, comentou Lady Lovejoy, quando se hospedavam em Bourton nos velhos tempos. E Miss Alice nem sequer precisava de maquiagem, disse Mrs. Barnet, fitando-a com carinho. Ali ficava sentada Mrs. Barnet, no quarto dos casacos, esticando as peles, alisando os xales, arrumando a penteadeira e sabendo perfeitamente bem, a despeito das peles e das rendas, quais dentre elas eram verdadeiras damas e quais não eram. Que figura adorável, disse Lady Lovejoy, subindo os degraus, a velha babá de Clarissa.

Então Lady Lovejoy se aprumou. "Lady e Miss Lovejoy", anunciou Mr. Wilkins (contratado para as festas). Ele tinha uma postura admirável, curvando-se e endireitando-se, curvando-se e endireitando-se, e anunciando com perfeita isenção "Lady e Miss Lovejoy... Sir John e Lady Needham... Miss Weld... Mr. Walsh". Sua postura era admirável; sua vida familiar devia ser impecável, exceto que parecia difícil imaginar que essa criatura de lábios esverdeados e face escanhoada tivesse alguma vez cometido o erro de tolerar a inconveniência de ter filhos.

"Que prazer vê-los aqui!", dizia Clarissa. Dizia isso a todos. Que prazer vê-los aqui! Ela estava em seus piores momentos — efusiva, insincera. Foi um grande erro ter vindo. Devia ter ficado no quarto, lendo um livro, pensou Peter Walsh; devia ter ido a um teatro de variedades; devia ter ficado no hotel, pois não conhecia ninguém.

Ó, vida, vai ser um fiasco; um fiasco completo, Clarissa sentiu nos ossos enquanto o velho e querido Lord Lexham se desculpava por sua mulher, que ficara resfriada após a recepção nos jardins do Palácio de Buckingham. Ela conseguia ver Peter com o canto do olho, criticando-a, lá no canto. Por que, afinal, ela se dava a todo esse trabalho? Por que almejar o topo e lá ser submetida a uma prova de fogo? Seja como for, que esse fogo a consumisse! Que a reduzisse a cinzas! Qualquer coisa era melhor, melhor brandir a própria tocha e arremessá-la à terra do que bruxulear e se apagar aos poucos como uma Ellie Henderson! Era incrível como Peter conseguia colocá-la naquele estado apenas por vir e ficar parado num canto. Ele a obrigava a se ver tal como era; a exagerar. Era uma estupidez. Mas por que veio então, só para criticá-la? Por que sempre tomar, sem jamais dar? Por que nunca se arriscar a expor seu próprio e limitado ponto de vista? Ele já estava se afastando, e ela precisava lhe falar. Mas não teria nenhuma oportunidade. Assim era a vida — humilhação, renúncia. O que Lord Lexham dizia era que a mulher não quisera usar um casaco de pele na recepção do Palácio porque "minha cara, vocês mulheres são todas iguais" — e Lady Lexham completara já setenta e cinco, pelo menos! Era delicioso, como eles se mimavam, esse casal idoso. Ela gostava muito do velho Lord Lexham. E de fato achava que fazia diferença, esta festa, e ficava bem incomodada ao notar que tudo ia mal, que a falta de animação era total. Qualquer coisa, qualquer explosão, qualquer horror era melhor do que os convidados vagando sem rumo, parados em grupinhos nos cantos como Ellie Henderson, sem nem sequer se darem ao trabalho de manter uma postura ereta.

Suavemente, a cortina com todas as aves-do-paraíso se enfunou, mais parecendo uma revoada de asas pelo salão, se espraiou e foi aspirada de volta. (As janelas estavam abertas.) Havia uma corrente de ar?, perguntou-se Ellie Henderson. Tinha uma propensão a se resfriar. Mas não se importaria de ficar espirrando no dia seguinte; o que a preocupava eram as jovens de ombros nus, pois sempre pensava nos outros, como lhe ensinara seu velho pai, inválido, que fora vigário em Bourton, agora falecido; e os resfriados dela jamais lhe afetavam o peito, nunca. Era nas moças que pensava, aquelas jovens com os ombros descobertos; quanto a ela, sempre fora mirrada, com seu cabelo ralo e a silhueta magra; ainda que agora, depois dos cinquenta, estivesse começando a reluzir nela um suave resplendor, como se os anos de abnegação a tivessem purificado e distinguido, algo que porém era de novo perpetuamente obscurecido por seu ar de pobreza digna, sua ansiedade constante, que se devia a sua renda de apenas trezentas libras anuais e a sua vulnerabilidade (mal podia ganhar um centavo); isto a tornava tímida e a cada ano menos à vontade para se encontrar com gente bem-vestida e acostumada a sair todas as noites durante a temporada, e que tinham apenas de dizer às criadas: "Vou vestir isso ou aquilo", ao passo que Ellie Henderson precisava sair correndo nervosa e comprar meia dúzia de flores rosadas baratas, e em seguida jogar um xale sobre seu velho vestido preto. Pois o convite para a festa de Clarissa chegara à última hora. Ela não ficara nada contente, pois intuía que, desta vez, Clarissa não pretendia convidá-la.

E por que o faria? Com efeito, não havia motivo, exceto o fato de que se conheciam desde sempre. Na verdade, eram primas. Mas naturalmente haviam se afastado muito, Clarissa sendo tão requisitada. Para ela era um acontecimento, ir a uma recepção. Somente ver trajes tão maravilhosos já era um deleite e tanto. E aquela não era Elizabeth, tão crescida, com penteado da moda e vestido rosa? No entanto, não podia ter mais de dezessete anos. Era muito, muito linda. Mas parece que agora, quando debutam, as jovens não usam tanto branco quanto antes. (Precisava se lembrar de tudo para contar a Edith.) As moças estavam com vestidos retos, bem justos, as bainhas bem acima dos tornozelos. Não lhes caíam muito bem, na opinião dela.

Assim, com sua miopia, Ellie Henderson inclinava-se para frente, e na verdade nem se incomodava muito de não ter com quem falar (não conhecia quase ninguém), pois lhe bastava ficar observando toda aquela gente interessante; políticos, provavelmente; amigos de Richard Dalloway; mas foi o próprio Richard quem decidiu que não poderia deixar a pobre criatura passar a noite inteira ali de pé sozinha.

"Bem, Ellie, e *você*, está sendo bem tratada pela vida?", indagou com sua cordialidade de sempre, e Ellie Henderson, nervosa e ruborizada, achando extraordinariamente gentil da parte dele vir conversar com ela, comentou que na verdade muita gente se incomodava mais com o calor do que com o frio.

"É verdade, é assim mesmo", disse Richard Dalloway. "É verdade."

Mas o que mais se poderia dizer?

"Olá, Richard", alguém disse e o puxou pelo cotovelo, e, santo Deus, ali estava o querido Peter, o querido Peter Walsh. Estava encantado de vê-lo — tão encantado de vê-lo! Não havia mudado nada. E juntos se afastaram, atravessando o salão, dando-se tapinhas nos ombros, como se não se vissem desde muito, pensou Ellie Henderson, observando-os enquanto se afastavam, convencida de que conhecia o rosto daquele sujeito. Alto, meia-idade, olhos bem bonitos, moreno, de óculos, com um quê de John Burrows. Edith sem dúvida saberia quem era ele.

A cortina com a revoada de aves-do-paraíso enfunou-se de novo. E Clarissa viu – ela viu Ralph Lyon empurrá-la de volta e retomar o fio da conversa. Então não era um fiasco, afinal! Tudo ia dar certo agora – sua festa. Estava ficando animada. Havia começado. Mas a situação ainda era delicada. Por enquanto seria melhor ficar por ali. As pessoas continuavam a chegar em ondas.

Coronel e Mrs. Rush... Mr. Hugh Whitbread... Mr. Bowley... Mrs. Hilbery... Lady Mary Maddox... Mr. Quin... entoou Wilkins. Ela trocava seis ou sete palavras com cada um, e seguiam adiante, para os salões; agora rumavam para algo que já existia, pois Ralph Lyon havia empurrado de volta as cortinas.

Todavia, para ela, ainda era um esforço tremendo. Não estava se divertindo nem um pouco. Era algo parecido demais com ser... qualquer outra pessoa, ali de pé; qualquer um podia estar ali; mas essa pessoa qualquer, a quem ela admirava um pouco, não podia deixar de sentir que, de algum modo, havia sido a responsável por isso, que isso marcava uma etapa, esse pilar que ela sentia ter se tornado, pois, por mais estranho que fosse, havia até esquecido de sua própria aparência, mas se sentia como uma estaca cravada no topo de sua escadaria. Toda vez que organizava uma recepção, era tomada por essa sensação de ser algo alheio a si mesma, e que todos eram irreais de certo modo; e, de outro, muito mais reais. Isto se devia, ocorreu-lhe, em parte pelas roupas que vestiam, em parte por estarem fora de seus ambientes costumeiros, em parte pelo cenário; então era possível dizer coisas que não se diziam em outras ocasiões, e que demandavam certo esforço; era possível ir mais fundo. Mas não para ela; ainda não, pelo menos.

"Que prazer revê-lo!", disse. O velho e querido Sir Harry! Esse conhecia todo mundo.

E o mais curioso era a sensação que se tinha à medida que os convidados subiam, um após o outro, as escadas, Mrs. Mount e Celia, Herbert Ainsty, Mrs. Dakers — ó, até Lady Bruton!

"Que gentil de sua parte ter vindo!", disse ela, e estava sendo sincera — era curioso ficar ali parada, vendo todos passarem, passarem, alguns tão envelhecidos, outros...

Que nome foi *esse*? Lady Rosseter? Mas quem é Lady Rosseter?

"Clarissa!" Essa voz! É Sally Seton! Sally Seton! Depois de tantos anos! Ela se destacou como se emergisse da névoa. Pois Sally Seton não tinha essa aparência, quando Clarissa segurava o balde de água quente, pensando, ela está sob esse teto, sob esse teto! Ela não era assim!

Confundindo-se, constrangidas, mescladas de risos, as palavras se atropelando — de passagem por Londres; soube por Clara Haydon; que sorte de poder encontrar você! Por isso vim assim mesmo — sem convite...

Agora dava para colocar no chão, com toda a calma, o balde de água quente. Ela perdera o brilho. Ainda assim era extraordinário revê-la, mais velha, mais feliz, menos encantadora. Elas se beijaram, primeiro numa face, depois na outra, na entrada do salão, e Clarissa virou-se, ainda segurando a mão de Sally, e viu a casa cheia de gente, ouviu o alarido das vozes, viu os candelabros, as cortinas esvoaçantes e as rosas que havia ganho de Richard.

"Tenho cinco garotos imensos", contou Sally.

Não havia egoísmo mais singelo, nem desejo mais explícito de sempre ser considerada em primeiro lugar, e Clarissa a amou por continuar sendo assim. "Não acredito!", exclamou, toda acesa de prazer ao pensar no passado.

Mas, infelizmente, Wilkins; Wilkins precisava dela; Wilkins, com voz imperiosa, como se todo o grupo precisasse ser chamado à ordem e a anfitriã resgatada de sua frivolidade, estava anunciando um nome:

"O Primeiro-Ministro", disse Peter Walsh.

O Primeiro-Ministro? É mesmo? Ellie Henderson ficou toda arrepiada. Que coisa para contar a Edith!

Não dava para zombar dele. Parecia tão comum. Poderia estar atrás de um balcão, vendendo biscoitos – pobre sujeito, todo enfarpelado com galões dourados. E, para lhe fazer justiça, à medida que circulava, primeiro com Clarissa, depois escoltado por Richard, até que se saía muito bem. Ele se esforçava para desempenhar bem seu papel. Era algo engraçado de se ver. Ninguém o fitava. Continuaram simplesmente a conversar, porém era mais do que óbvio que todos estavam atentos, e sentiam no âmago dos ossos essa grandeza que passava; esse símbolo daquilo que todos eles representavam, a sociedade inglesa. A velha Lady Bruton, que tinha uma aparência magnífica, muito imponente com suas rendas, abriu caminho até ele, e ambos se retiraram para uma saleta que de imediato se tornou alvo dos olhares disfarçados, uma espécie de agitação e arrepio tomando conta de todos: o Primeiro-Ministro!

Deus meu, Deus meu, como são esnobes os ingleses!, pensou Peter Walsh, de pé em um canto. Como adoram se vestir de dourado e prestar homenagens! Olha lá! Aquele deve ser – Santo Deus, era ele mesmo – Hugh Whitbread, farejando os recintos dos poderosos, bem mais gordo, bem mais grisalho, o admirável Hugh!

Ele sempre dava a impressão de estar a serviço, pensou Peter, uma criatura privilegiada, mas dissimulada, acumulando segredos que levaria para o túmulo, mesmo que não passassem de mexericos insignificantes de algum lacaio da Corte e que no dia seguinte estariam em todos os jornais. Esses eram seus guizos, suas quinquilharias, com os quais brincara até ficar encanecido e chegar à beira da velhice, desfrutando o respeito e a afeição de todos aqueles que tinham o privilégio de conhecer essa figura exemplar da elite inglesa. Era inevitável que se inventassem coisas assim a respeito de Hugh; esse era o estilo dele; o estilo daquelas cartas admiráveis que Peter lera milhares de vezes no *Times* no outro lado do mundo, agradecendo a Deus por estar longe daquele lufa-lufa pernicioso, mesmo que tivesse de ouvir apenas a algazarra dos babuínos e as surras que os cules davam em suas mulheres. Um jovem de tez olivácea, formado por Cambridge ou Oxford, mantinha-se ao lado dele, todo obsequioso. Hugh o protegeria, o iniciaria, o aconselharia sobre como progredir. Pois nada lhe dava mais prazer do que fazer gentilezas, fazer palpitar o coração de senhoras idosas, contentes de serem levadas em conta mesmo com essa idade, tão atribuladas, considerando-se já esquecidas, e todavia lá vinha o querido Hugh, que se dava ao incômodo de visitá-las e passar uma hora falando do passado, recordando ninharias, elogiando o bolo caseiro, embora pudesse comer bolo com uma duquesa quando quisesse e, por sua aparência, provavelmente era exatamente essa a agradável ocupação a que dedicara a maior parte de sua existência. O Juiz Supremo, o Todo Misericordioso talvez o desculpasse. Mas Peter Walsh não tinha misericórdia. É preciso que haja vilãos, e, bem sabe Deus, esses patifes que acabam na forca por espancar até a morte uma jovem no trem são em geral menos perniciosos do que Hugh Whitbread e suas gentilezas! Olha lá ele agora, na ponta dos pés, avançando com passos dançarinos, curvando-se e fazendo mesuras, enquanto o Primeiro-Ministro e Lady Bruton reapareciam, indicando ao resto do mundo o quanto ele era privilegiado, pois tinha algo a comentar, em particular, com Lady Bruton no momento em que esta passava. Ela parou ao lado dele. Balançou a bela cabeça provecta. Provavelmente lhe agradecia por alguma mostra de servilismo. Ela sempre podia recorrer a seus aduladores, funcionários menores em repartições públicas que se esbaforiam de um lado para o outro, prestando-lhe pequenos favores, e em troca eram por ela convidados para o almoço. Mas ela era do século XVIII. Não se podia criticá-la por isso.

E agora Clarissa escoltava o Primeiro-Ministro através do salão, empertigada, altiva, transbordante de vida, com a majestade de seu cabelo grisalho. De brincos, e com um vestido de sereia verde-prateado. Dava a impressão de estar se refestelando nas ondas e enrolando o cabelo em tranças, e sem jamais perder aquele dom; sendo ela mesma; existindo; resumindo tudo no momento mesmo em que passava; ela se virou, sua echarpe ficou presa no vestido de outra mulher, soltou-a em meio a risos, tudo com o mais perfeito desembaraço e o ar de uma criatura pairando em seu elemento. No entanto, havia sido tocada pela idade; tal como, em um anoitecer desanuviado, uma sereia que contemplasse ao espelho o sol se pondo sobre as ondas. Havia nela um alento de ternura; sua severidade, seu recato, sua dureza agora estavam perpassados de calidez, e ao se despedir do corpulento homem com seus galões dourados, e tão empenhado, que Deus o ajudasse, em parecer importante, dela exalava uma inexprimível dignidade; uma cordialidade requintada e como se desejasse o melhor para todos, e precisasse, agora que chegara no limite e beirada das coisas, se recolher. Eram esses os pensamentos que ela despertava nele. (Mas não, não estava apaixonado.)

Na verdade, sentiu Clarissa, o Primeiro-Ministro fora muito amável em vir à festa. E, cruzando o salão ao lado dele, com Sally e Peter por ali e Richard muito satisfeito, com toda aquela gente talvez mais inclinada à inveja, ela sentira essa intoxicação do momento, essa dilatação nervosa do próprio coração até que este pareceu palpitar, impregnado, aprumado; — sim, mas afinal era isso que sentiam os outros; pois, embora gostasse disso e acusasse sua vibração e pungência, ainda assim essas aparências, esses triunfos (o bom e velho Peter, por exemplo, achando-a tão deslumbrante), não deixavam de ser uma vacuidade; estavam à distância de um braço, não no coração; e talvez por estar ficando mais velha, isso já não a satisfazia tanto quanto antes; e de repente, ao ver o Primeiro-Ministro descer a escadaria, a moldura dourada do quadro com a menina de mãos agasalhadas, pintado por Sir Joshua, trouxe-lhe bruscamente de volta a lembrança daquela Kilman; de sua inimiga, Miss Kilman. Isto sim era algo satisfatório; isto era bem real. Ah, como ela a odiava — essa mulher ardorosa, hipócrita, corrupta; com todo aquele poder; a sedutora de Elizabeth; aquela que se havia esgueirado a fim de roubar e corromper (Richard diria, Que bobagem!). Ela a odiava: ela a amava. Era de inimigos que necessitava, não de amigos — não de Mrs. Durrant e Clara, de Sir William e Lady Bradshaw, de Miss Truelock e Eleanor Gibson (a quem viu subindo a escada). Teriam de achá-la se quisessem cumprimentá-la. Agora ia mergulhar na festa!

Ali estava seu velho amigo Sir Harry.

"Meu caro Sir Harry!", disse, aproximando-se daquele cavalheiro encantador que pintara mais quadros ruins do que qualquer outro artista acadêmico em toda St. John's Wood (sempre eram bois, imóveis sob os raios do sol poente, absorvendo a umidade, ou indicando, pois o pintor contava com um sortimento de gestos, pela pata dianteira erguida e a inclinação dos chifres, "a chegada do forasteiro" — todas as atividades dele, as saídas para jantar, as corridas de cavalos, se baseavam em bois imóveis, absorvendo a umidade sob os raios do sol poente).

"Do que estão rindo?", indagou ela. Pois Willie Titcomb, Sir Harry e Herbert Ainsty estavam todos sorridentes. Mas não, Sir Harry não poderia repetir a Clarissa Dalloway (por mais que gostasse dela; considerava adorável o tipo dela, e sempre a ameaçava de pintar seu retrato) suas histórias dos bastidores do teatro de variedades. Ele a provocou, troçando da festa. Sentia falta de seu conhaque. Esses círculos, comentou, não eram para ele. Mas gostava dela e a tinha em alta conta, a despeito de seu maldito e difícil refinamento aristocrático, o que tornava impensável pedir a Clarissa Dalloway que sentasse em seu joelho. E ali vinha aquela aparição fugaz, aquela vaga fosforescência, a velha Mrs. Hilbery, estendendo as mãos para o fulgor do riso (um comentário engraçado sobre o Duque e a Duquesa), um riso que, quando o ouviu desde o outro lado do salão, tranquilizou-a sobre uma questão que por vezes a incomodava ao despertar mais cedo pela manhã e se sentir pouco à vontade para pedir à criada uma xícara de chá: a certeza de que um dia todos vamos morrer.

"Eles se recusam a nos contar suas histórias", disse Clarissa.

"Minha querida Clarissa!", exclamou Mrs. Hilbery. Nessa noite, disse, ela lembrava demais sua mãe, como se a visse caminhando pelo jardim com um chapéu cinza.

E os olhos de Clarissa ficaram marejados de lágrimas. Sua mãe, caminhando pelo jardim! Mas, infelizmente, ela precisava ir.

Pois ali estava o professor Brierly, que dissertava sobre Milton, conversando com o diminuto Jim Hutton (que era incapaz, mesmo para uma recepção como esta, de combinar a gravata e o colete, ou manter assentado o cabelo), e mesmo de longe ela notou que discutiam. Pois o professor Brierly era de fato um sujeito muito bizarro. Mesmo com todos aqueles títulos, honrarias e cátedras a separá-lo dos escrevinhadores, ele desconfiava imediatamente de qualquer atmosfera desfavorável à estranha mistura que o caracterizava; a sua erudição e timidez prodigiosas; o seu encanto gélido e desprovido de cordialidade; a sua inocência mesclada de esnobismo; ele sempre estremecia, diante do cabelo desarrumado de uma dama ou das botinas de uma jovem, ao ser lembrado da existência de um submundo, sem dúvida estimável, de rebeldes, de jovens ardorosos; de gênios em potencial; e com leve meneio da cabeça, com uma fungada – Humph! –, ele aludia à importância da moderação, ou mesmo de uma tênue familiaridade com os clássicos, para a devida apreciação de Milton. O professor Brierly (era óbvio para Clarissa) não estava se entendendo bem com o diminuto Jim Hutton (que calçava meias vermelhas, pois as pretas estavam na lavanderia) a respeito de Milton. Ela os interrompeu.

Comentou que adorava Bach. Hutton também. Era o vínculo que os unia, e Hutton (um poeta muito sofrível) sempre considerou Mrs. Dalloway de longe a melhor das grandes damas que demonstravam interesse pela arte. Curioso o quão rigorosa ela era. Quanto à música, ela se mostrava de uma imparcialidade total. Chegava a ser até um pouco pedante. Mas tinha um aspecto absolutamente encantador! E eram tão agradáveis as recepções em sua casa, não fosse pelos professores que convidava. Por um instante, Clarissa quase o arrebatou para que tocasse piano no salão dos fundos. Pois ele tocava divinamente.

"Mas com esse barulho!", exclamou ela. "Com esse barulho!"

"É o que distingue uma festa bem-sucedida." Assentindo com urbanidade, o professor afastou-se delicadamente.

"Ele sabe tudo sobre Milton", comentou Clarissa.

"Será mesmo?", replicou Hutton, que depois iria arremedar o professor por todos os cantos de Hampstead: o professor e suas ideias sobre Milton; o professor e suas ideias sobre a moderação; o professor afastando-se delicadamente.

Mas preciso ir falar com esse casal, disse Clarissa, Lord Gayton e Nancy Blow.

Não que *eles* contribuíssem de forma perceptível para o ruído da festa. Não estavam conversando (pelo que se notava), ali parados um ao lado do outro perto das cortinas amarelas. Logo sairiam juntos para algum outro lugar; e, em qualquer circunstância, nunca tinham muito a dizer. Eles observavam; isso era tudo. Isso lhes bastava. Davam a impressão de serem tão impecáveis, tão sadios, ela com a face adamascada pela maquiagem, mas ele escovado e lavado, com olhos de pássaro que não o deixavam ser surpreendido por nenhuma bola ou jogada. Ele saltava e rebatia, com toda a precisão, bem no alvo. As bocas das montarias tremiam sob suas rédeas. Em sua propriedade, acumulava troféus, monumentos ancestrais, estandartes na capela. Tinha seus deveres; seus arrendatários; mãe e irmãs; passara o dia todo no Lord's, e era disso que estavam falando — críquete, primos, filmes — quando Mrs. Dalloway se aproximou. Lord Gayton a apreciava imensamente. Assim como Miss Blow. Ela era uma anfitriã encantadora.

"Que maravilhoso — que ótimo vê-los aqui!", disse. Ela adorava o Lord's; adorava a juventude, e Nancy, vestida a peso de ouro pelos maiores artistas de Paris, ali ficou como se seu corpo tivesse simplesmente segregado, por conta própria, um babado verde.

"Minha intenção inicial era que tivesse dança", disse Clarissa.

Pois os jovens não sabiam conversar. E por que deveriam? Gritar, se abraçar, dançar, ficar acordado até o amanhecer; levar açúcar para os cavalos; beijar e acariciar os focinhos dos adoráveis *chow-chows*; e depois, transpirando ofegantes, mergulhar na água e nadar. Mas os imensos recursos da língua inglesa, o poder por esta proporcionado, no fim das contas, de exprimir os sentimentos (na idade deles, ela e Peter ficariam discutindo a noite toda) não eram para os jovens. Eles logo se calcificariam. Seriam extraordinariamente bondosos para com as pessoas na propriedade, mas sozinhos, talvez, um tanto aborrecidos.

"Que pena!", disse ela. "Estava achando que iria dançar."

Era tão incrivelmente amável da parte deles terem vindo! Mas como se poderia dançar? Os salões estavam apinhados.

Lá estava a velha tia Helena com seu xale. Infelizmente, tinha de deixá-los — a Lord Gayton e Nancy Blow. Precisava falar com a tia, a velha Miss Parry.

Pois Miss Helena Parry não estava morta: Miss Parry estava bem viva. Já passara dos oitenta. Subia lentamente as escadas com a bengala. E foi acomodada em uma cadeira (Richard cuidou disso). Aqueles que haviam conhecido a Birmânia nos anos 70 sempre eram convocados para conhecê-la. Onde estava Peter? Eles costumavam ser tão bons amigos. À menção da Índia, ou mesmo do Ceilão, o olho dela (o outro era de vidro) aos poucos se toldava e se azulava, fitando, não seres humanos — pois não guardava boas recordações nem grandes ilusões acerca de vice-reis, generais, motins —, mas orquídeas, e desfiladeiros montanhosos, e ela mesma, nos anos 60, sendo carregada nas costas de cules até picos solitários; ou descendo para colher orquídeas (flores assombrosas e jamais vistas) que depois reproduzia em aquarelas; uma inglesa indômita, que a guerra só perturbou, por exemplo, com a explosão de uma bomba diante de sua porta, distraindo-a de sua profunda meditação sobre orquídeas e sua própria figura viajando nos anos 60 pela Índia — mas ali estava Peter.

"Vamos conversar com a tia Helena sobre a Birmânia", disse Clarissa.

Mas ainda não trocara uma palavra com ela a noite toda!

"Depois conversamos", disse Clarissa, levando-o até a tia Helena com seu xale branco e sua bengala.

"Peter Walsh", apresentou-lhe Clarissa.

O nome não lhe despertou nenhuma lembrança.

Clarissa fizera questão de convidá-la. Eram cansativas e barulhentas, as festas; mas Clarissa a convidara. Por isso viera. Era uma pena que morassem em Londres — Richard e Clarissa. Pelo menos para a saúde de Clarissa, seria melhor que vivessem no campo. Mas Clarissa sempre gostara da sociedade.

"Peter também esteve na Birmânia", disse Clarissa.

Ah! Então não poderia deixar de mencionar o que Charles Darwin dissera sobre o livreto que publicara sobre as orquídeas da Birmânia.

(Clarissa se afastou, dizendo que precisava falar com Lady Bruton.)

Sem dúvida já caíra no esquecimento, o livro dela sobre as orquídeas da Birmânia, mas chegou a ter três edições antes de 1870, contou a Peter. Ah, agora ela se lembrava. Ele estivera em Bourton (e a havia abandonado na sala, lembrou Peter Walsh, sem se despedir, naquela noite em que Clarissa o chamou para passear de barco).

"Richard gostou muito de sua recepção no almoço", comentou Clarissa com Lady Bruton.

"Richard foi extremamente prestimoso", replicou Lady Bruton. "Ele me ajudou a escrever uma carta. E você, como está?"

"Ó, não podia estar melhor!", respondeu Clarissa. (Lady Bruton detestava quando as mulheres dos políticos ficavam doentes.)

"E lá vem o Peter Walsh!", comentou Lady Bruton (pois nunca lhe ocorria nada para dizer a Clarissa; embora gostasse dela. Tinha muitas qualidades excelentes; mas não tinham nada em comum — ela e Clarissa. Teria sido melhor se Richard tivesse se casado com uma mulher menos charmosa, capaz de ajudá-lo mais em seu trabalho. Ele perdera a oportunidade de fazer parte do gabinete ministerial). "Eis Peter Walsh!", disse ela, dando a mão para esse adorável pecador, esse sujeito extremamente capaz que poderia ter se destacado, mas nada fez (sempre em dificuldades com mulheres), e, claro, a velha Miss Parry. Uma senhora maravilhosa!

Lady Bruton parou ao lado da cadeira de Miss Parry, uma granadeira fantasmagórica, e convidou Peter Walsh para um almoço; cordial; mas incapaz de manter uma conversa ligeira, não se recordando de nada da flora e fauna da Índia. Estivera lá, evidentemente; hospedada por três Vice-Reis; achava alguns dos funcionários indianos extraordinários; mas que tragédia aquilo – a situação da Índia! Agora mesmo o Primeiro-Ministro estivera lhe falando disso (a velha Miss Parry, envolta no xale, não tinha o menor interesse pelo que o Primeiro-Ministro acabara de contar), e Lady Bruton gostaria muito de saber a opinião de Peter Walsh, que acabara de chegar do centro dos acontecimentos, e arranjaria para que Sir Sampson o recebesse, pois aquilo na verdade lhe tirava o sono, essa insanidade, esse escândalo, arriscava a dizer, sendo ela mesma filha de militares. Agora estava velha, e não servia para muita coisa. Mas sua casa, seus criados, sua boa amiga Milly Brush – ele ainda se lembrava dela? –, estavam todos à disposição se… se pudessem ser de alguma serventia, enfim. Pois jamais falava da Inglaterra, mas essa ilha viril, essa querida, queridíssima ilha, estava em seu sangue (sem ter lido Shakespeare), e se alguma vez fosse concedido a uma mulher empunhar um escudo e disparar flechas, comandar um ataque de tropas, governar com justiça implacável as hordas bárbaras, ou ser enterrada sob um escudo, sem nariz, em uma igreja, ou em um túmulo coberto de relva sob uma antiga colina, essa mulher seria Millicent Bruton. Desprovida por seu sexo, e também pelos estudos precários, da capacidade lógica (era incapaz, como viu, de escrever uma carta para o *Times*), ela sempre trazia à mão a ideia do Império, e graças a sua associação com essa deusa encouraçada, adquirira sua beligerância, seu porte robusto, de modo que era impossível, mesmo na morte, imaginá-la apartada de sua terra natal ou perambulando por territórios sobre os quais, sob alguma forma espiritual, a Union Jack tivesse deixado de tremular. Deixar de ser inglesa, mesmo entre os mortos – não, não! Impossível!

Mas era mesmo Lady Bruton que estava ali? (Ela chegara a conhecê-la.) E Peter Walsh, já de cabelos brancos?, perguntou-se Lady Rosseter (que havia sido Sally Seton). A senhora idosa era sem dúvida Miss Parry – a tia velha que costumava ficar tão contrariada quando ela se hospedava em Bourton. Jamais iria esquecer a ocasião em que atravessou nua o corredor, e foi repreendida por Miss Parry! E Clarissa! Ó Clarissa! Sally a agarrou pelo braço.

Clarissa parou ao lado deles.

"Mas não posso ficar", disse. "Volto daqui a pouco. Esperem por mim", disse a Peter e Sally. O que estava dizendo é que teriam de esperar até que toda aquela gente tivesse ido embora.

"Volto já", disse ela, olhando para seus velhos amigos, Sally e Peter, que estavam se cumprimentando, enquanto Sally, recordando o passado sem dúvida, sorria.

Mas a voz dela já não ressoava com a antiga e arrebatadora opulência; os olhos não brilhavam como antes, na época em que fumava charutos, corria pelo corredor para buscar sua esponja de banho sem nada para cobrir o corpo, e Ellen Atkins perguntava, E se os cavalheiros a tivessem visto? Mas todos a perdoavam. Ela surrupiou um frango da despensa quando sentiu fome à noite; fumava charutos no quarto; esqueceu no bote um livro de valor incalculável. Mas todos a adoravam (com exceção talvez de papai). Por sua simpatia; por sua vitalidade — ela iria pintar, iria escrever. Até hoje, no vilarejo, as velhas sempre perguntavam por "aquela sua amiga de capa vermelha que era tão animada". Ela acusou Hugh Whitbread, justo ele (e lá estava o velho Hugh, conversando com o embaixador de Portugal), de beijá-la no salão de fumantes como punição por ela insistir que as mulheres deviam votar. Como os homens vulgares, disse ela. E Clarissa lembrou de ter de convencê-la a não denunciá-lo durante as preces familiares — algo que era bem capaz de fazer, com sua ousadia, sua irresponsabilidade, seu desejo melodramático de ser o centro das atenções e fazer cenas, o que a levaria, então achava Clarissa, a acabar em alguma tragédia horrível; com sua morte; seu martírio; e em vez disso ela se casara, de maneira bastante inesperada, com um homem calvo e poderoso que era dono, comentou-se na época, de fiações em Manchester. E agora era mãe de cinco meninos!

Ela e Peter haviam sentado juntos. Estavam conversando: aquilo parecia tão familiar — que estivessem conversando. Iriam falar do passado. Com aqueles dois (ainda mais do que com Richard), ela partilhava seu passado; o jardim; as árvores; o velho Joseph Breitkopf cantando

Brahms mesmo sem ter voz; o papel de parede na sala de estar; o cheiro dos tapetes. Sally sempre faria parte disso; Peter também, para sempre. Mas agora era preciso deixá-los. Ali vinham os Bradshaw, por quem não tinha a menor simpatia. Precisa ir até Lady Bradshaw (de cinza e prata, adernando como um leão-marinho à beira do tanque, implorando por convites, duquesas, a típica mulher de um homem bem-sucedido), precisa ir até Lady Bradshaw e dizer...

Mas Lady Bradshaw se antecipou.

"Estamos terrivelmente atrasados, minha cara Mrs. Dalloway; mal tivemos coragem de entrar", disse.

E Sir William, com aparência muito distinta, de cabelo grisalho e olhos azuis, confirmou; não haviam conseguido resistir à tentação. Estava conversando com Richard, provavelmente sobre o projeto de lei que queriam ver aprovado na Câmara dos Comuns. Por que a mera visão dele, conversando com Richard, fazia com que ficasse crispada? Ele tinha a aparência do que era, um médico renomado. Um homem absolutamente no ápice de sua profissão, muito poderoso, um tanto exaurido. Basta pensar nos casos com que tinha de lidar — pessoas no mais terrível desespero; pessoas à beira da insanidade; maridos e mulheres. Ele tinha de resolver problemas assombrosamente difíceis. No entanto — ela sentia que não seria nada bom se Sir William nos visse infelizes. Não; não esse sujeito.

"Como vai seu filho em Eton?", perguntou a Lady Bradshaw.

Ele acabara de perder o lugar na equipe de críquete, contou Lady Bradshaw, por causa da caxumba. Porém, mais do que ele, quem ficou preocupado mesmo foi o pai que, na opinião dela, "não passava de um menino grande".

Clarissa fitou Sir William, que conversava com Richard. Não tinha nada de menino — nem de longe parecia um menino.

Certa vez ela fizera companhia a alguém que fora lhe pedir conselhos. Ele se mostrara de uma correção a toda prova; extremamente sensível. Mas, céus — que alívio sentira ao se ver na rua! Havia um pobre-diabo soluçando na sala de espera, lembrou. Mas ela não sabia bem o que a incomodava em Sir William; o que exatamente desgostava nele. Richard era da mesma opinião, "não gostava do estilo nem do cheiro dele". Mas que ele era muito competente, isto era inegável. Agora conversavam a respeito do projeto de lei. Em voz baixa, Sir William contava algum caso. Tinha a ver com o que estava comentando acerca dos efeitos retardados dos traumas de guerra. Era preciso haver alguma estipulação no projeto de lei.

Baixando a voz também, atraindo Mrs. Dalloway para a cumplicidade de uma feminilidade comum, de um orgulho comum pelas ilustres qualidades dos maridos e a lamentável propensão deles a trabalhar em excesso, Lady Bradshaw (pobre tonta – não havia como desgostar dela) sussurrou que, "bem na hora em que estávamos saindo, meu marido foi chamado ao telefone, uma história muito triste. Um rapaz (isso é o que Sir William contava a Mr. Dalloway) havia se suicidado. Ele servira no exército". Ó meu Deus!, ocorreu a Clarissa, bem no meio da minha festa, eis que chega a morte, pensou.

Ela seguiu em frente, até a saleta onde o Primeiro-Ministro havia conversado com Lady Bruton. Talvez houvesse alguém ali. Mas não, não havia ninguém. As poltronas ainda guardavam as marcas do Primeiro-Ministro e de Lady Bruton, ela inclinada respeitosamente, ele acomodado de maneira sólida e peremptória. Haviam conversado sobre a Índia. Agora não havia ninguém ali. O esplendor da festa parecia desmoronar de uma vez, tão estranho era ver-se ali sozinha, toda vestida de gala.

Que direito tinham os Bradshaw de falar da morte em sua festa? Um rapaz havia se matado. E comentavam isso em sua festa – os Bradshaw falavam da morte. Ele havia se matado – mas como? Sempre que lhe contavam de um acidente, o corpo dela o revivia de maneira imediata e súbita; seu vestido se inflamava, seu corpo ardia. Havia se atirado de uma janela. O chão, como um relâmpago, vindo a seu encontro; ele cegamente trespassado, rompido e dilacerado pelas pontas enferrujadas. Ali se quedou, o cérebro sacudido por uma pulsação surda, e depois o sufocamento em meio à escuridão. Foi assim que ela o viu. Mas por que fizera isso? E os Bradshaw falando disso em sua festa!

Certa vez ela havia jogado um xelim no Serpentine, nada além disso. Mas ele jogara tudo para o alto. Eles continuariam a viver (tinha de voltar à festa; os salões ainda estavam cheios; e os convidados continuavam a chegar). Eles (o dia todo ficara pensando em Bourton, em Peter e Sally), eles ficariam velhos. Mas havia algo que importava; algo, mesclado à tagarelice, desfigurado, obscurecido em sua própria vida, algo que recaía todo dia em corrupção, mentiras, conversas vazias. E isto ele havia preservado. A morte era um desafio. A morte era uma tentativa de comunicar; as pessoas sentindo a impossibilidade de alcançar o centro que, misticamente, se esquivava; a proximidade apartava; o arrebatamento se esvaía; a gente ficava só. Havia um abraço na morte.

Mas esse jovem que se matara — havia ele mergulhado agarrado a seu tesouro? "Morrer agora seria a suprema felicidade", certa vez dissera a si mesma, descendo a escada, vestida de branco.

Havia ainda os poetas e os pensadores. Suponha que ele tivesse tido essa paixão, e fora procurar Sir William Bradshaw, um grande médico, mas para ela obscuramente maligno, sem sexo ou desejo, muito polido com as mulheres, porém capaz de alguma atrocidade indescritível — um rapto da alma, era bem isso —, se esse rapaz o procurasse e Sir William acabasse por impressioná-lo assim com seu poder, não poderia ele talvez ter concluído (e com efeito estava convencida disso) que a vida se tornara intolerável? Pois não é isso o que costumam fazer tais homens, tornar intolerável a vida?

Depois (só nessa manhã ela se dera conta) havia o terror; essa incapacidade assoberbante, colocada em nossas mãos pelos pais, essa existência, para ser vivida até o fim, para ser acompanhada serenamente; no fundo de seu coração jazia um pavor medonho. Mesmo agora, quantas vezes não teria perecido, se Richard não estivesse ali lendo o *Times*, permitindo a ela se encolher como um pássaro e pouco a pouco recobrar o calor, fazer com que essa alegria imensa se inflamasse, raspando um toco de madeira no outro, uma coisa na outra. Ela conseguira escapar. Mas aquele rapaz se matara.

De certo modo, era um desastre para ela — uma desgraça para ela. Era sua punição por ver aqui um homem, ali uma mulher, soçobrando e sumindo nessa escuridão profunda, enquanto era obrigada a ficar ali em seu vestido de festa. Ela havia conspirado; havia trapaceado. Nem sempre fora completamente admirável. Havia buscado o sucesso, Lady Bexborough e todo o resto. E certa vez havia caminhado pelo terraço em Bourton.

Curioso, incrível; nunca se sentira tão feliz assim. Nada podia ser tão moroso o bastante; nada podia durar demais. Nenhum prazer podia se comparar, pensou, arrumando as cadeiras, ajeitando um livro na estante, a essa superação dos triunfos juvenis, perdendo-se no processo de viver, para encontrar isso, com um choque de regozijo, ao nascer o dia, ao cair a noite. Quantas vezes, em Bourton, ela saíra para fora enquanto todos conversavam, a fim de contemplar o céu; ou avistara o céu por entre os ombros das pessoas à mesa de jantar; ou o fitara em Londres quando não conseguia conciliar o sono. Ela se aproximou da janela.

Ali estava guardado, por mais tola que fosse a ideia, algo dela própria, nesse céu sobre o campo, nesse céu sobre Westminster. Abriu as cortinas; olhou para fora. Ó, que surpresa! — na sala da casa ao lado a senhora idosa olhava diretamente para ela! Estava se preparando para dormir. E o céu. Vai ser um céu solene, havia imaginado, um céu sombrio, que vai esconder seu rosto na beleza. Mas lá estava ele — pálido cinzento, sulcado velozmente por vastas nuvens afiladas. Era uma novidade aquilo. Deve ter começado a ventar. Ela estava prestes a se recolher, a senhora na sala oposta. Era fascinante observar, movendo-se de um lado para o outro, aquela velha senhora, atravessando a sala, aproximando-se da janela. Será que podia vê-la? Era fascinante, com toda aquela gente rindo e gritando no salão, contemplar aquela senhora que, com toda a tranquilidade, se preparava para dormir sozinha. Agora fechou a cortina. Começou a soar o relógio. O rapaz havia se matado; mas ela não sentia piedade; com o relógio marcando a hora, uma, duas, três, não sentia piedade, com tudo isso acontecendo. Pronto! A velha apagara a luz! Agora a casa toda estava às escuras, com tudo isso acontecendo, repetiu, e ocorreram-lhe as palavras, não temas mais o calor do sol. Precisava voltar para seus convidados. Mas que extraordinária essa noite! De algum modo ela se sentia muito parecida com ele – o rapaz que se matara. Ficou contente por ele ter feito isso; desistido de tudo enquanto eles continuavam a viver. O relógio estava soando. Os círculos plúmbeos dissolveram-se no ar. Mas ela precisa voltar. Precisa se recompor. Precisa ver Sally e Peter. E então deixou a saleta.

"Mas onde está Clarissa?", disse Peter. Estava sentado no sofá com Sally. (Depois de tantos anos ele francamente não poderia chamá-la de "Lady Rosseter".) "Onde se meteu essa mulher?", perguntou ele. "Onde está Clarissa?"

Sally imaginou, assim como Peter, que havia gente importante, políticos, que nenhum dos dois conhecia a não ser por fotos em jornais, e com quem Clarissa tinha de ser atenciosa, precisava entreter. Era com eles que devia estar. Entretanto Richard Dalloway não fazia parte do gabinete. Ele não tivera muito êxito, não é?, perguntava-se Sally. Quanto a ela, raramente lia os jornais. Às vezes via alguma menção a ele. Mas então – bem, a vida dela era muito isolada, no mato, diria Clarissa, entre grandes comerciantes, grandes empresários, enfim, homens que produziam coisas. Até mesmo ela fizera algumas!

"Tenho cinco filhos!", contou.

Deus, Deus, como ela estava diferente! A doçura da maternidade; e também seu egoísmo. A última vez em que se viram, lembrou Peter, fora entre as couves sob o luar, as folhas "como bronze bruto", dissera ela com sua veia literária; e colhera uma rosa. Havia andado com ele de um lado para o outro naquela noite horrível, depois da cena na fonte; ele iria tomar o trem da meia-noite. Céus, ele havia chorado!

Eis aí o velho truque dele, ficar mexendo no canivete, pensou Sally, sempre abrindo e fechando o canivete quando ficava excitado. Eles haviam sido muito, muito íntimos, ela e Peter Walsh, na época em que ele se apaixonou por Clarissa, e houve aquela cena medonha e ridícula no almoço por causa de Richard Dalloway. Ela o havia chamado de Richard "Wickham". Por que não chamá-lo de "Wickham"? Clarissa havia ficado furiosa! E, na verdade, elas nunca mais se viram depois, ela e Clarissa, enfim não mais do que meia dúzia de vezes nos últimos dez anos. E Peter Walsh fora para a Índia, e ela ouvira falar vagamente que ele tivera um casamento infeliz, e não sabia se tivera filhos, e agora não dava para perguntar isso, pois ele estava mudado. Com a aparência um pouco enrugada, porém mais simpático, achou ela, e sentiu por ele uma afeição genuína, pois fazia parte de sua juventude, e ela ainda guardava um volume pequeno da Emily Brontë que Peter lhe dera, e sem dúvida ele escrevia, não? Naquela época ele queria escrever.

"Afinal, você escreveu algo?", perguntou-lhe, espalmando a mão, sua mão firme e graciosa, sobre o joelho, um gesto do qual ele ainda se lembrava.

"Nem uma palavra!", respondeu Peter Walsh, e ela riu.

Ela ainda era atraente, ainda era uma figura, Sally Seton. Mas quem era esse Rosseter? Ele se enfeitou com duas camélias no dia do casamento — isso era tudo o que Peter sabia. "Eles têm miríades de criados, estufas que se estendem por milhas", escreveu-lhe Clarissa; algo assim. Sally admitiu tudo com uma gargalhada.

"É verdade, agora tenho uma renda de dez mil por ano" — mas se isto era antes ou depois dos impostos, ela não se lembrava, pois seu marido, "que você tem de conhecer", disse ela, "e de quem você vai gostar", disse, cuidava de tudo.

E Sally costumava andar em andrajos. Havia penhorado o anel que o bisavô ganhara de Maria Antonieta — era isso mesmo? — para ir a Bourton.

É verdade, recordou Sally; ainda estava com ela, um anel com rubi que Maria Antonieta dera a seu bisavô. Na época, ela não tinha nem um níquel, e sempre passava por apuros para ir a Bourton. Mas as estadas ali haviam sido tão importantes para ela — haviam preservado sua sanidade, acreditava, tão infeliz estava em sua casa. Mas tudo isso ficara no passado – tudo era passado, disse ela. E Mr. Parry estava morto; a Miss Parry continuava viva. Nunca em toda sua vida ele ficara tão chocado!, comentou Peter. E ele tinha certeza absoluta de que ela havia falecido. E o casamento fora, presumia Sally, um sucesso? E aquela jovem tão bela e tão segura de si devia ser Elizabeth, do outro lado, junto à cortina, de rosa.

(Ela era como um choupo, como um rio, como um jacinto, estava pensando Willie Titcomb. Ó, como era muito melhor ficar no campo e fazer só o que lhe dava prazer! Dava para ouvir o pobre cão latindo, Elizabeth estava convencida.) Ela não tem nada da Clarissa, disse Peter Walsh.

"Ó, Clarissa!", disse Sally.

O que Sally sentiu foi simplesmente isso. Devia tanto a Clarissa. Haviam sido amigas, não conhecidas, mas amigas, e ainda conseguia ver Clarissa, toda de branco, andando pela casa com as mãos cheias de flores – até hoje as plantas de tabaco faziam com que se lembrasse de Bourton. Porém – será que Peter se dava conta? –, faltava-lhe algo. O quê, exatamente? Era cativante; era extremamente cativante. Mas, para ser franca (e ela sentia que Peter era um velho amigo, um amigo de verdade – que importava a ausência?, que importava a distância? Quantas vezes não sentiu vontade de lhe escrever, mas acabava rasgando a carta, e mesmo assim sabia que ele iria entender, pois as pessoas entendem mesmo quando as coisas não são ditas, nos damos conta ao envelhecer, e envelhecida ela estava, naquela tarde fora a Eton visitar os filhos, que estavam com caxumba), para ser bem franca, portanto, como Clarissa pôde ter feito isso? – casar-se com Richard Dalloway? Um caçador, um sujeito que só ligava para os cães. Quando entrou na sala ele literalmente cheirava a estábulo. E depois tudo isso? Ela acenou com a mão.

Era Hugh Whitbread, passando de colete branco, opaco, gordo, absorto, com um olhar indiferente a tudo, exceto o amor próprio e a própria comodidade.

"Ele não vai *nos* reconhecer", comentou Sally, e na verdade ela não tinha a coragem – então ali estava Hugh! O adorável Hugh!

"E o que ele faz na vida?", perguntou a Peter.

Lustrava as botas do Rei ou contava as garrafas em Windsor, respondeu Peter. Ah, Peter ainda tinha a língua ferina! Mas Sally tinha de lhe contar a verdade, continuou Peter. E aquele beijo, com Hugh.

Nos lábios, confirmou ela, uma noite na sala de fumantes. Furiosa, saiu de lá direto para contar a Clarissa. Hugh era incapaz de fazer algo assim!, disse Clarissa, o adorável Hugh! As meias de Hugh eram, sem exceção, as mais bonitas que já vira – e agora esse traje de gala dele. Impecável! E ele, tem filhos?

"Todo mundo aqui tem seis filhos em Eton", replicou Peter, com exceção dele. Graças a Deus, não tinha nenhum. Nem filhos, nem filhas, nem mulher. Bem, não parecia se importar com isso, disse Sally. E parecia mais jovem, pensou ela, do que todos os outros.

Porém, sob muitos aspectos, fora uma tolice fazer aquilo, disse Peter, casar-se daquela maneira; "ela foi uma tonta rematada", disse ele, mas, em seguida, "foi uma época maravilhosa para nós", mas como podia ser isso?, perguntou-se Sally; o que ele queria dizer?; e que estranho era conhecê-lo e, ao mesmo tempo, não saber absolutamente nada do que lhe havia ocorrido. Teria dito isso por orgulho? É bem provável, pois afinal deve ter sido duro (embora fosse um excêntrico, uma espécie de duende, nem de longe um homem comum), deve ser solitário com essa idade não ter um lar, nenhum lugar para voltar. Mas ele precisa ir visitá-los e ficar com eles por semanas e semanas. Claro que iria; ele adoraria passar um tempo com eles, e foi assim que a coisa saiu. Em todos esses anos, nem uma vez os Dalloway tinham ido visitá-la. E ela se cansara de convidá-los. Clarissa (pois claro que era Clarissa), Clarissa era no fundo uma esnobe – não havia como negar, uma esnobe. E foi isso o que as afastou, estava convencida. Clarissa achava que ela se casara mal, pois seu marido era – e ela tinha orgulho disso – filho de mineiro. Havia suado para conseguir cada centavo de sua fortuna. Quando menino (a voz dela tremeu), chegara até mesmo a carregar pesados sacos de carvão.

(E ela continuaria nessa toada, notou Peter, por horas e horas; o filho do mineiro; todos aqueles que achavam que se casara mal; os cinco filhos; e qual era mesmo a outra coisa — plantas, hortênsias, lilases, raríssimos hibiscos, lírios que nunca cresciam ao norte do canal de Suez, mas dos quais ela, com a ajuda de um jardineiro, em um subúrbio de Manchester, tinha canteiros, canteiros imensos! Bem, de tudo isso Clarissa havia escapado, sendo tão pouco maternal.)

Seria ela esnobe? Era, sob muitos aspectos. E onde ela se enfiou, esse tempo todo? Já estava ficando tarde.

"Bem", disse Sally, "quando soube que Clarissa estava dando uma festa, senti que era impossível *não* vir — tinha de vê-la (e estou hospedada na Victoria Street, praticamente aqui do lado). Por isso vim mesmo sem ter sido convidada. Mas", ela sussurrou, "diga-me, quem é aquela?"

Era Mrs. Hilbery, tentando achar a saída. Pois, como estava tarde! E, murmurou ela, enquanto a noite avançava e as pessoas saíam, a gente sempre topa com velhos amigos; com cantos e recessos tranquilos; e com as vistas mais adoráveis. Sabiam eles, perguntou ela, que em volta havia um jardim encantado? Luzes e árvores, e maravilhosos lagos reluzentes e o céu. Apenas algumas lanternas de papel, dissera Clarissa, no jardim dos fundos! Mas ela era uma feiticeira! Era um parque... e ela não sabia os nomes deles, mas tinha certeza de que eram amigos, amigos sem nomes, canções sem letras, sempre as melhores. Mas havia tantas portas, tantos locais inesperados, ela não conseguia achar o caminho para a rua.

"A velha Mrs. Hilbert", disse Peter; mas quem era aquela?, aquela senhora que ficara de pé junto à cortina a noite toda, sem conversar com ninguém? Ele conhecia aquele rosto; e o associou a Bourton. Não era ela que ficava costurando roupas de baixo na grande mesa perto da janela? Davidson, será que era esse o nome?

"Ó, é Ellie Henderson", disse Sally. Clarissa era muito dura com ela. Era uma prima, muito pobre. Clarissa *era* dura com os outros.

É verdade, um pouco, disse Peter. Ainda assim, retomou Sally, à sua maneira emotiva, tomada daquele entusiasmo que antes a tornava tão cativante para Peter, mas que agora o assustava um pouco, tão efusiva podia se tornar — como Clarissa era generosa para com os amigos!, e como, pensando bem, era rara tal qualidade, e como por vezes, à noite ou no Natal, quando pensava em suas bênçãos, ela colocava aquela amizade acima de tudo. Eles eram jovens; era isso. Clarissa tinha um coração puro; era isso. Peter provavelmente a achava sentimental. E era mesmo. Pois havia se convencido de que havia apenas uma coisa que valia a pena dizer — aquilo que a gente sentia. A inteligência era uma tolice. O que se precisava era dizer simplesmente o que se sentia.

"Mas eu não sei", disse Peter Walsh, "o que sinto."

Coitado do Peter, pensou Sally. Por que Clarissa não vinha conversar com eles? Era isso o que ele mais queria. Ela bem o sabia. Todo esse tempo ele estava pensando só em Clarissa, e brincando com o canivete.

Ele não havia achado nada simples a vida, disse Peter. O relacionamento com Clarissa não fora nada simples. E havia lhe estragado a vida, disse Peter. (Haviam sido tão íntimos — ele e Sally Seton, era absurdo não dizer isso.) Não dá para a gente se apaixonar duas vezes, disse ele. E o que podia ela responder? Ainda assim, é melhor ter amado (mas ele a acharia sentimental — ele costumava ser tão ferino). Ele tinha mesmo de ir visitá-los e passar um tempo em Manchester. Tudo isso é verdade, disse ele. A mais pura verdade. Ele adoraria ir e passar um tempo com eles, assim que tivesse concluído o que viera fazer em Londres.

E Clarissa gostava dele mais do que jamais gostou de Richard, quanto a isso Sally não tinha dúvidas.

"Não, não, não!", disse Peter (Sally não deveria ter dito isso — ela fora longe demais). Aquele excelente sujeito — lá estava ele na outra ponta do salão, sempre firme, sempre o mesmo, o bom e velho Richard. Com quem estava conversando?, perguntou Sally. Aquele sujeito de aparência extremamente distinta? Morando no mato, como era o caso dela, tinha uma curiosidade insaciável para saber quem eram as pessoas. Mas Peter não fazia a menor ideia. Tampouco simpatizava com seu jeito, disse, provavelmente um membro do gabinete. De todos, Richard parecia-lhe o melhor, disse – o mais desinteressado.

"Mas o que ele fez?", perguntou Sally. O que fazem os funcionários públicos, imaginava ela. E eram felizes juntos?, perguntou Sally (ela mesma era muito feliz); pois, admitiu, nada sabia deles, apenas tirava suas conclusões, como se costuma fazer, pois o que é possível conhecer até mesmo daqueles com quem convivemos todos os dias?, perguntou ela. Não somos todos prisioneiros? Ela lera uma peça maravilhosa sobre um sujeito que rabiscava nas paredes de sua cela, e sentira que isso valia também para a vida – esse rabiscar na parede. Desenganada dos relacionamentos humanos (as pessoas eram tão difíceis), ela costumava se recolher ao jardim, e suas flores lhe transmitiam uma paz que jamais encontrava em homens e mulheres. Mas não; ele não apreciava as couves; preferia os seres humanos, disse Peter. Sem dúvida os jovens são belos, disse Sally, fitando Elizabeth no outro lado do salão. O quão diferente de Clarissa nessa idade! Conseguia ele fazer alguma ideia dela? Ela não abria a boca. Não muito, é verdade, ainda não, admitiu Peter. Ela era como um lírio, disse Sally, um lírio junto ao lago. Mas Peter não concordava que não podemos conhecer nada. Sabemos tudo, disse ele; pelo menos ele sabia.

Mas esses dois, sussurrou Sally, esses dois que estão vindo para cá (e na verdade precisa ir embora, se Clarissa não aparecer logo), esse sujeito tão distinto e sua mulher de aparência um tanto vulgar que estavam conversando com Richard – o que se pode saber sobre pessoas assim?

"Que são uns malditos impostores", disse Peter, olhando-os distraidamente. Sally riu com o comentário.

Mas Sir William Bradshaw parou junto à porta para examinar um quadro. Espiou no canto em busca da assinatura do gravador. A mulher dele fez o mesmo. Sir William Bradshaw tinha tanto interesse pela arte.

Quando éramos jovens, disse Peter, ficávamos excitados demais para conhecer gente. Agora que estamos velhos, no meu caso cinquenta e dois para ser exato (Sally tinha cinquenta e cinco; fisicamente, disse ela, mas seu coração ainda era o de uma jovem de vinte); agora que estamos maduros, disse Peter, então podemos observar, podemos entender e mesmo assim não perdemos a capacidade de sentir, disse ele. Bem, lá isso é verdade, disse Sally. Ela sentia com mais força, mais paixão, a cada ano que passava. É algo que só fica mais intenso, disse ele, infelizmente talvez, mas devemos ser gratos por isso — só foi se intensificando, em sua experiência. Ele encontrara alguém na Índia. Gostaria que Sally a conhecesse. Ela era casada, disse ele. Tinha dois filhos pequenos. Que todos fossem a Manchester, disse Sally — ele tinha de prometer isso antes de irem embora.

"Elizabeth, por exemplo", disse ele, "não sente nem a metade do que nós, ainda não." "Mas", replicou Sally, observando Elizabeth que se aproximava do pai, "é óbvio o quanto são apegados um ao outro." Ela podia sentir isso no modo como Elizabeth se aproximou do pai.

Pois o pai dela a estivera fitando enquanto conversava com os Bradshaw, e se perguntara, mas quem é aquela jovem adorável? De repente, deu-se conta de que era sua Elizabeth, que não a reconhecera, e ela estava tão graciosa em seu vestido rosa! Elizabeth havia notado o olhar dele enquanto conversava com Willie Titcomb. Por isso foi até o pai e ficaram juntos, agora que a festa chegava ao fim, olhando aqueles que partiam, e os salões que iam se esvaziando, com coisas dispersas pelo chão. Até mesmo Ellie Henderson estava de partida, foi quase a última a sair, embora ninguém tenha lhe dirigido a palavra, mas ela queria ver tudo, a fim de contar a Edith. E Richard e Elizabeth estavam um pouco contentes de que havia acabado, mas Richard também estava orgulhoso da filha. E não pretendia lhe dizer nada, mas foi incapaz de resistir. Ele a vira, disse, e havia se perguntado, mas quem é aquela jovem adorável? e era sua própria filha! Isso fez com que ela se sentisse feliz. Mas seu pobre cão estava ganindo.

"Richard melhorou. Você tem razão", disse Sally. "Vou até lá conversar com ele. E me despedir. O que importa o cérebro", disse Lady Rosseter, "quando comparado ao coração?"

"Também vou", disse Peter, mas permaneceu sentado um pouco mais. Que terror é este? Que exaltação é esta?, pensou consigo mesmo. O que é essa excitação extraordinária que toma conta de mim?

É Clarissa, disse ele.

Pois ali estava ela.

Posfácio

O fio tênue da ficção

Hoje lemos *Mrs. Dalloway* como um exemplo acabado de ficção modernista. Quando o romance foi publicado, em 1925, um ano depois de *A montanha mágica* de Mann[1] e três depois do *Ulisses* de Joyce,[2] estava longe de dar essa impressão. A rigor, estava longe de ser algo muito definido. Seus detratores, que não eram poucos, não lhe recriminavam tanto uma identidade indigna quanto uma certa invalidez, um conjunto de insuficiências ou impossibilidades, e lhe recusavam inclusive direito de assento na literatura clamando "Isso não é arte!". O que intriga, no caso, é que o diagnóstico de obra deslocada, doente, fora do lugar, também tolda os aplausos esporádicos que o romance de Virginia Woolf recolheu entre seus partidários. (O fato de que recriminação e encômio partilhem fundamentos é um fenômeno singular, muito comum nas conjunturas históricas em que a revelação do informe e a revolução das formas entram numa relação de sinonímia desconcertante: os anos 20 do século XX, por exemplo.)

1 Thomas Mann, *A montanha mágica*, trad. Herbert Caro. Rio de Janeiro: Nova Fronteira, [1980] 2006. [N. E.]

2 James Joyce, *Ulisses*, trad. Bernardina da Silveira Pinheiro. Rio de Janeiro: Alfaguara Brasil, 2008. [N. E.]

Sem tomar minimamente partido, por exemplo, o jornal *New Statesman* abre um parêntese em suas reticências e louva "a qualidade cinematográfica" de *Mrs. Dalloway*. O jovéníssimo Richard Hughes compara a obra à pintura de Cézanne. No melhor dos casos, portanto, eram as correrias exogâmicas do romance, suas incursões no cinema ou na vanguarda das artes plásticas, nunca sua competência literária, o que parecia caracterizá-lo e dar-lhe algum valor. *Mrs. Dalloway* fazia a maior impertinência que um livro é capaz de fazer: criava o alvo ao mesmo tempo em que cravava a flecha em seu centro. Por isso era difícil apreciar sua pontaria. Por isso, porque o alvo era tão insólito quanto a flecha e porque Woolf não havia recorrido ao escândalo para acertar – erguendo a voz, como preferiam fazer alguns de seus contemporâneos –, mas antes ao procedimento oposto, perturbando com uma sutileza evanescente e travessa, tão leve que nem sequer parecia premeditada, os limites da ficção e da própria identidade do romance. Mesmo Woolf, um pouco atormentada pela reserva com que a crítica recebeu *Mrs. Dalloway*, hesitava quanto à maneira de se referir à obra. Em seus *Diários*, escrevia:

> *Acho que vou inventar uma nova designação para meus livros, em lugar de "romance". Um novo... de Virginia Woolf. Mas o quê? Elegia?*[3]

Hoje lemos como o cúmulo do literário um romance ao qual em sua época foi recusado o ingresso na literatura; um romance que nascia desafiando a ideia de que fosse possível existir algo como "o literário", com suas fronteiras, suas alfândegas e sua polícia de migrações. *Mrs. Dalloway* não é o primeiro caso nem será o último. Talvez a história da literatura, tal como a da arte em geral, não seja senão a história dessas reviravoltas, desses processos de repatriação que determinam que uma coisa que em determinado momento encarnava o exterior radical de uma disciplina artística passe, com o tempo, a encarnar seu núcleo íntimo, sua interioridade mais representativa e exemplar.

3 Virginia Woolf, *The Diary of Virginia Woolf*, vol. I-IV, v. 3 (1925-30). Londres: Penguin Books, 1981, p. 34.

Em meados dos anos 1920, Woolf não está inteiramente sozinha nesse impasse. O *Ulisses* acaba de entreabrir a porta pela qual ela se introduzirá na ponta dos pés, com os sapatos na mão. Na verdade ela está lendo o romance de Joyce em agosto de 22, quando conclui "Mrs. Dalloway em Bond Street",[4] um texto de meia dúzia de páginas que retoma e instala no centro de Londres os dois personagens de *A viagem*[5] (o casamento de Clarissa e Richard Dalloway) e que será o embrião, quase as primeiras vinte páginas, de *Mrs. Dalloway*. Há vários meses T. S. Eliot insiste sobre a importância do calhamaço de Joyce, mas Woolf – osso duro de roer – não se convence. As primeiras duzentas páginas a divertem, intrigam, desiludem. Um mês depois, concluiu sua leitura e cospe seu veredicto: "Um fiasco".[6] Sua opinião: "O livro é difuso. É insosso. É pretensioso",[7] "a obra de um trabalhador autodidata".[8] Seu repertório de truques, sua vontade de impressionar, seus excessos de autoconsciência a irritam. Reconhece que foi atingida por "uma saraivada de chumbo miúdo", mas observa que o leitor não é atingido por "um disparo mortal em pleno rosto".[9] Passado algum tempo, depois de ler uma resenha favorável publicada no *The Nation*, matiza um pouco sua opinião e encontra um diagnóstico que fala quase tanto de seu próprio destino quanto do de Joyce: "Talvez a plena beleza de escrever nunca se revele aos contemporâneos".[10]

Muitos fatores contribuem para sua reserva em relação ao *Ulisses*: a origem de classe (fonte do desdém com que proletariza Joyce), certa cultura do pudor (especialmente alérgica ao exibicionismo joyciano), o imaginário "feminino" da modéstia, da graça e do acaso (tão hostil às pirotecnias literárias). O único fator de que Woolf não parece ter *nenhuma* consciência é a especularidade. Woolf lê Joyce e é como olhar num espelho que anuncia o que está por vir. Lê no *Ulisses* a versão

4 Id., "Mrs. Dalloway em Bond Street", in *Contos completos*, trad. Leonardo Fróes. São Paulo: Cosac Naify, 2005 (4ª reimp. 2009), pp. 211-22. [N. E.]

5 Id., *A viagem*, trad. Lya Luft. Osasco: Novo Século, 2008. [N. E.]

6 Id., *The Diary of Virginia Woolf*, v. 2 (1920-24), p. 199.

7 Id., ibid., p. 199.

8 Id., ibid., p. 189.

9 Id., ibid., p. 200.

10 Id., ibid., p. 200.

viril, empolada, narcisista do programa que ela mesma adotará em *Mrs. Dalloway* e mais tarde radicalizará em *Entre os atos* e *As ondas*.[11]

Não se trata, a rigor, de uma paternidade. O antecedente imediato de *Mrs. Dalloway* é o conto "Mrs. Dalloway em Bond Street", no qual Clarissa sai para comprar luvas para a festa que oferecerá naquela noite e evoca, a caminho da loja, a notícia da morte de um jovem promissor comentada na véspera em uma recepção diplomática. O mediato se reporta a vinte anos antes, a uma obra de teatro que Woolf planejava escrever a partir de uma ideia muito simples e abstrata (muito explorada, por outro lado, por certo cinema contemporâneo):

> *Os personagens serão um homem e uma mulher — eles vão crescer — nunca vão se encontrar – nunca chegarão a se conhecer — mas o tempo todo você sente que eles estão cada vez mais próximos um do outro. Toda a tensão estará nisso.*[12]

Mutatis mutandis, esse é o conceito de *Mrs. Dalloway*, romance em estéreo que acompanha de perto, quase a incitá-los com a insídia de uma câmera na mão, os percursos independentes de Clarissa Dalloway (Lady mundana de Westminster, casada com um parlamentar conservador, que não sabe pensar, nem escrever, nem sequer tocar piano: somente dar festas) e Septimus Warren-Smith (ex-soldado, vítima de um trauma de guerra, que fala com os mortos, acredita que as árvores estão vivas e anuncia em viva voz o plano que rumina há meses: suicidar-se). Clarissa e Septimus partilham uma cidade, ruas, parques, incidentes, blocos de tempo, e estabelecem estranhas relações *poéticas* (consonância, repercussão, rima, inversão), mas nunca chegam a tocar-se, da mesma forma como Leopold Bloom e Stephen Dedalus, os personagens centrais do *Ulisses*, se medem, se refletem e se ignoram no mapa de Dublin.

Mesmo não sendo paterna, a marca de Joyce é flagrante: ela imprime a *Mrs. Dalloway* uma estrutura espaço-temporal precisa (tal como a do *Ulisses*, a ação do

11 Id., *Entre os atos*, trad. Lya Luft. Osasco: Novo Século, 2008; *As ondas*, trad. Lya Luft. Rio de Janeiro: Nova Fronteira, [1981] 2004. Osasco: Novo Século, 2011. [N. E.]

12 Id., "Letter to Violet Dickinson, oct./nov. 1902", in *The Letters of Virginia Woolf*, Nigel Nicholson e Joanne Trautmann (orgs.), vol. I–VI. Londres: Hoggarth Press, 1975–80, p. 60.

romance de Woolf se caracteriza pela unidade de tempo e de lugar: circunscreve-se a um único dia – uma quarta-feira de junho de 1923 – e a um espaço público: o centro da cidade de Londres) e uma dinâmica particular (a deambulação, a travessia, a trajetória urbana), impõe-lhe um material (a vida comum do lugar comum por excelência: a cidade moderna) e uma técnica literária (o *stream of consciousness*, que Woolf reformula à sua maneira, cindindo-o a golpes de montagem e miscigenando-o com as indeterminações alucinadas do discurso indireto livre).

E contudo uma outra coisa em *Mrs. Dalloway* resiste a seu precursor irlandês imediato, uma espécie de indiferença radical, ao mesmo tempo inconfundível e delicada, como se a poética de Woolf – que encontra aqui sua primeira realização categórica – fosse ao mesmo tempo mais e menos que a de Joyce, sua superação e seu empobrecimento. Essa diferença põe em jogo uma certa arte da desproporção: uma defasagem, digamos, entre a língua e o mundo. Os contemporâneos de Woolf (e mesmo a própria Woolf), uma vez mais, só conseguiram perceber essa singularidade de modo negativo, como se fosse um déficit e não a formidável potência que é. Lytton Strachey descreve-a muito bem quando conclui a leitura do romance. Amigo íntimo, leitor confiável, parceiro e sócio pleno do falanstério artístico-amoroso de Bloomsbury, o autor de *Eminent Victorians* [Eminentes vitorianos][13] situa nessa singularidade os problemas que, a seu ver, fazem de *Mrs. Dalloway* uma obra *ratée*, aquilo que Woolf traduz para o idioma de sua própria susceptibilidade como "um livro que parece um tanto oco", "uma pedra com fissuras".[14] Strachey utiliza a palavra "discrepância": uma espécie de abismo intransponível entre o "ornamento (extremamente belo)" e "o que acontece" no livro (coisas de caráter "bem comum", "sem importância"). Malgrado toda sua admiração, mais a perspicácia e a boa vontade com que lê o livro, Strachey, que opina que *Mrs. Dalloway* tem "mais gênio que tudo o que [Woolf] já escreveu",[15] reproduz em seus senões a argumentação padrão com que a época antagoniza a poética de Woolf: excesso de técnica e

13 Os títulos das obras e ensaios não publicados no Brasil receberam tradução livre. [N. E.]
14 Fragmentos extraídos do relato de Virginia Woolf sobre uma conversa com Litton Strachey, constante do seu diário. Cf. *The Diary of Virginia Woolf*, op. cit., v. 3, p. 32.
15 Id., cf. *The Diary of Virginia Woolf*, op. cit., v. 3, p. 32.

de arrumação, deslumbramento verbal, exibição de virtuosismo retórico que gira no vazio. Na poética de Woolf – e nesse ponto o lúcido Strachey parece estar de acordo com seus contemporâneos mais obtusos – há palavras demais e realidade de menos. (Não muito diferente é o dogma médico do dr. Bradshaw no romance, para quem a "saúde tem a ver com a proporção" (p. 102); e, depois de examinar Septimus, que em sua opinião deve ser internado, prefere não falar de "loucura", mas de "alguém que perdera o senso de proporção" (p. 100).

Em mais de um sentido, Woolf, afetada pela acolhida ao *Quarto de Jacob*[16] (o romance que acaba de publicar), escreve *Mrs. Dalloway* para refutar aquelas acusações. Mas escreve o romance *a partir* delas, antecipando-se a seus críticos e fustigando-se dia após dia – como comprovam as anotações em seus *Diários* – com esse chicote alheio. Vão dizer, pensa ela, que [o romance] "é um disparate", que minha ficção "é impossível", ou "uma loucura". Vão dizer: "Você é incapaz de nos fazer criar algum envolvimento com seus personagens".[17] Com isso, resolve comportar-se bem. Procura moderar seus impulsos experimentais. Propõe-se estruturar melhor o livro, planejá-lo com mais cuidado e, principalmente, "manter-se mais ligada aos fatos do que em *O quarto de Jacob*",[18] diretiva em que ecoa o *tip* que o dr. Holmes dá a Lucrezia para acalmar os surtos de angústia de Septimus, dizendo que "chamasse a atenção dele para coisas reais" (p. 30). Uma única questão persegue Woolf durante a composição do romance:

> *Preciso admitir que não possuo o tal dom da "realidade"* [...] *Terei o poder de transmitir a verdadeira realidade? Ou será que escrevo ensaios sobre mim mesma?*[19]

E, contudo, esse desequilíbrio que aqui aparece como um mal, uma falha que é preciso reconhecer, interiorizar e combater, é descrito pela própria Woolf em outro

16 V. Woolf, *O quarto de Jacob*, trad. Lya Luft. Rio de Janeiro: Nova Fronteira, [1980] 2003. [N. E.]
17 Id., *The Diary of Virginia Woolf*, op. cit., v. 2, pp. 178-79.
18 Id., ibid., pp. 207-08.
19 Fragmentos extraídos do relato de Virginia Woolf sobre uma conversa com Litton Strachey, constante do seu diário. Cf. *The Diary of Virginia Woolf*, op. cit., v. 2, p. 248.

momento dos *Diários* com um sinal radicalmente diferente, como uma decisão literária; ou seja: uma operação específica, deliberada, destinada a produzir determinados efeitos sobre as palavras e sobre o mundo. "Insubstancializo, até certo ponto voluntariamente, por desconfiar da realidade – de sua banalidade",[20] escreve ela no dia 19 de junho de 1923.

A insubstancialização não é, assim, uma síndrome de falta de realidade, mas uma estratégia: um princípio de *crítica da realidade*. O que se costuma chamar de realidade, diz Woolf (é a tese que a escritora desenvolve no ensaio "*Modern Fiction*" ["Ficção moderna"], de 1919),[21] é simplesmente o produto de um certo consenso cultural, uma convenção que a literatura só pode mimetizar mediante outras convenções (história, argumento, personagens, linearidade temporal) e traduzir, nos casos mais eficazes, para o idioma de uma certa verossimilhança. Insubstancializar a realidade é, assim, desmantelar esse tecido de estereótipos, imaginários coagulados e frases feitas no qual Proust reconhecia o inimigo número um da literatura e que se gabava de ter extirpado radicalmente de *Em busca do tempo perdido*.[22] É evidenciar até que ponto o que reconhecemos como realidade pode não ser muito mais que um jogo de aparências ou de álibis. É essa a dimensão crítica, negativa, da operação de insubstancializar. A afirmativa — a que define a poética ficcional de Woolf — implica não mais no desmonte da noção de realidade, mas em sua destituição definitiva. Destronada a realidade, que é sempre e sempre foi puramente imaginária, entra o real. E o real, para Woolf, é "a vida" (conceito que em 1925 devia soar muito mais anacrônico que hoje).

Pensando bem, se há uma coisa que não falta em *Mrs. Dalloway*, é "realidade". Londres, já se disse, como Dublin no *Ulisses* de Joyce, é a protagonista impessoal do romance: a Londres dos anos 1920, do pós-guerra, com suas ruas, seus comércios, seus relógios públicos, suas interrupções de trânsito, suas mendigas cegas cantando nos parques, seus aviões que escrevem no céu. Não é uma cidade

20 V. Woolf, *The Diary of Virginia Woolf*, op. cit., v. 2, p. 248.

21 "Modern Fiction", in *The Common Reader: First Series*. Boston: Mariner Books, 2002.

22 Marcel Proust, *Em busca do tempo perdido*, 7 vol., vários tradutores. Porto Alegre/Rio de Janeiro: Globo, 1981. [N. E.]

abstrata nem mítica; nenhuma estilização a embeleza. A topografia é minuciosa e é designada por nomes e sobrenomes, como se Woolf, ao desdobrá-la diante de nós, sonhasse que algum dia, quem sabe, alguém viesse a percorrer a pé as páginas de seu romance. A área está perfeitamente delimitada: é o West End; o relógio cujas badaladas escandem o dia é o Big Ben; Clarissa compra as flores para a festa na floricultura Mulberry, na Bond Street, e Septimus e Lucrezia (sua mulher italiana) fazem tempo até a hora da consulta com o dr. Bradshaw no Regent's Park, a alguns passos do banco onde adormeceu Peter Walsh, o velho pretendente de Clarissa que voltou da Índia, derrotado, depois de cinco anos fora; e quando Elizabeth, a filha dos Dalloway, sai com sua tutora, a opaca e triste Miss Kilman, que só tem olhos para a história e para os doces, não vai para um lugar qualquer: dirige-se às Army and Navy Stores, na Victoria Street, e depois, sozinha, extraviada ou pioneira, se perde na Strand, a rua que "os Dalloway não costumavam frequentar" (p. 140). A cidade é um ecossistema cambiante, vertiginoso, que adquire certa qualidade alucinatória pela força de sua própria modernidade, e que Woolf apresenta com a precisão e o detalhamento de uma maníaca por cartografia.

A priori não há grande coisa que distinga essa realidade de todos os dias, imediata, facilmente identificável, da realidade "barata" de que Woolf desconfiava. Ali está tudo o que seus detratores (inclusive Strachey, que depois de ler *Mrs. Dalloway* a aconselha a assumir, no romance seguinte, "a realidade como ponto de partida") parecem reclamar dela; ali está tudo o que a própria Woolf se sente culpada de não ser capaz de transmitir: os fatos, as coisas. O romance também parece aceitar as regras de jogo impostas pelos outros quando elege seu "tema", e, em vez de perder-se em imprecisões, aposta num drama consistente, contrastado, convincente: a dama burguesa que ascende rumo à sua noite de festa, o psicótico que descende rumo ao suicídio; a sanidade e a insânia *side by side*; o ensimesmamento da classe dominante e a vulnerabilidade extrema dos párias. (Uma vez mais, a lógica desse *side by side*, tão woolfiana, problematiza o que parecia uma claudicação evidente: enquanto os críticos esperavam relações de causa e efeito – uma explicação do mundo –, Woolf lhes dava uma contiguidade seca, sem moral, sem ênfase, sem instruções de uso: uma apresentação de mundos.)

A questão crucial é que, considerados em si mesmos, os fatos e as coisas, em *Mrs. Dalloway*, nada são. Não querem dizer nada (além do que o que o consenso lhes dita que digam). Seria necessário, inclusive, verificar se tem algum sentido "considerá-los em si mesmos"... Como aquelas flores japonesas que fascinavam Proust, que só se expandem e florescem quando são submergidas na água, fatos e coisas, para Woolf, só existem, só se tornam *reais*, uma vez pescados, assimilados, incorporados a algum outro elemento: a teia de aranha de uma visão, uma consciência, um mundo. Woolf, como sabemos, é perspectivista. Em *Mrs. Dalloway* temos um narrador-ventríloquo consumado, capaz de trocar tanto de língua como de plano (no sentido cinematográfico da palavra), e o romance todo se postula como um lugar comum, espaço onde coexistem, alternam-se e se roçam olhares múltiplos e heterogêneos; não apenas os pontos de vista de Clarissa, Septimus, Peter Walsh ou Elizabeth, os personagens principais, mas também os dessas figuras subreptícias que irrompem impunemente no romance, olham alguma coisa com seus olhos – como apenas seus olhos podem vê-la – e se esfumam como fantasmas. Mas o perspectivismo de Woolf não é apenas humano, arraigado nas subjetividades pessoais. Nela tudo pode ser, tudo ameaça o tempo todo transformar-se numa perspectiva. Clarissa até pode ser uma esnobe: gosta de agradar, adora a vida em sociedade, sente prazer em estar rodeada de gente, e é isso – essa frivolidade – que Peter Walsh recrimina nela. Mas com que rapidez esse esnobismo deixa de ser uma qualidade, um traço individual do personagem Clarissa, uma característica que ela possui, para transformar-se numa coisa mais vasta e inquietante, uma coisa que na verdade ao mesmo tempo vai além dela e a possui: uma perspectiva impessoal, uma concepção do mundo, uma forma de vida na qual Clarissa, agora, se move e flutua tanto quanto Walsh e quanto todos os personagens que o romance reúne na cena final da festa, átomos, partículas ínfimas surpreendidas na interação com outras partículas. Lemos em Mrs. Dalloway:

> *Toda vez que* [ela] *organizava uma recepção, era tomada por essa sensação de ser algo alheio a si mesma, e que todos eram irreais de certo modo; e, de outro, muito mais reais* (p. 172).

Como em Proust, em Woolf tudo corre o risco de se transformar numa perspectiva; em seus romances, tudo pode olhar e ver e começar a falar: o esnobismo, mas também a loucura (da qual Septimus não é o mártir, mas simplesmente um dos átomos que a encarnam), a "amizade entre mulheres", a moda (Woolf diz que há um "estado de consciência do vestido"),[23] as plantas, os animais e até o mar (em *Ao farol*,[24] Woolf pretendia obter o que obteria em *As ondas*: que se ouvisse o mar ao longo de todo o texto).

Escrever, para Woolf, é prestar atenção nessas linguagens secretas, tantas vezes inaudíveis, que só é possível escutar na ponta dos pés e com os sapatos na mão: voz do esnobismo, do contrassenso, da roupa, do mundo vegetal... Escutar e dar a escutar os estranhos entrecruzamentos em que entram essas músicas, tão sigilosos que às vezes nem mesmo aqueles que as entoam se dão conta de sua presença. Nada em *Mrs. Dalloway* identifica Clarissa com Septimus, e a figura da festa funciona como a antítese irônica da cena do suicídio. Mas a linguagem do esnobismo e a da loucura tramam cumplicidades, ecos e ressonâncias que seus portadores nem sequer adivinham: o reduzir-se a nada de Clarissa nas festas (ocasiões em que tem a sensação de estar "perdendo-se no processo de viver" (p. 187) entabula de repente um diálogo anômalo com os extravios de Septimus na natureza, e ambos, por sua vez, se conectam inesperadamente com a própria Woolf, com a linguagem de sua poética, feita de contiguidades velozes, saltos abruptos, vizinhanças antinaturais, e até com a imagem que a própria escritora tem de seu cérebro (um conjunto de "casas iluminadas" (pp. 14, 37 e 166) e de seu funcionamento neuronal (o passar de uma casa iluminada a outra).

É nesse ponto que o dilema palavras/mundo deixa de ser pertinente. Nesse e em todos os dilemas derivados perante os quais a literatura de Woolf também teve de comparecer em algum momento: pessoal/político, subjetivo/social, gênero/classe etc. Porque a linguagem não é aquilo que se opõe às coisas; ela é o que *compõe* as coisas. Só que ela própria, enquanto linguagem, goza de uma composição particular, que não é visível nem consistente, mas instável

23 V. Woolf, *The Diary of Virginia Woolf*, op. cit., v. 3, p. 12.

24 Id., *Ao farol*, trad. Luiza Lobo. Rio de Janeiro: Ediouro, 1993. [N. E.]

e microscópica: *molecular*. Woolf e sua literatura atômica: "O que eu gostaria de fazer agora", escreve ela em seus *Diários*, "é saturar cada átomo".[25] Ou seja: explorar todo o leque de possibilidades (trajetórias, conexões, repiques, combinações, colisões, amálgamas) que cada partícula enfrenta à guisa de horizonte. A ficção (a ficção segundo Virginia Woolf) não deseja a realidade, assim como não deseja nada que por definição já esteja ali, diante de nós, disponível, sempre já nomeado, codificado, medido. A ficção deseja o real, ou seja: o incomensurável. Sabe que não conseguirá capturá-lo, mas mesmo assim o deseja e seguirá sua pista, esse fio tênue e frágil que só existe no instante fugaz de uma palpitação, de um relâmpago, e, quem sabe, com sorte, com glória, se perderá no caminho.

ALAN PAULS

Tradução Heloisa Jahn

25 Esta citação é tomada de Gilles Deleuze e Félix Guattari, *Mille plateaux: capitalisme et schizophrénie*, vol.1–5. Paris: Minuit, 1980 [ed. bras., *Mil platôs: capitalismo e esquizofrenia*, vol. 1–5, vários tradutores. São Paulo: Editora 34, 2007].

Sugestões de leitura

FICÇÃO

The Voyage Out. Londres: Duckworth, 1915.

The Mark on the Wall. Londres: Hogarth Press, 1917 (reimp. em *The Complete Shorter Fiction*).

Night and Day. Londres: Duckworth, 1919.

Kew Gardens. Londres: Hogarth Press, 1919 (reimp. em *The Complete Shorter Fiction*).

Monday or Tuesday. Londres: Hogarth Press, 1921 (reimp. em *The Complete Shorter Fiction*).

Jacob's Room. Londres: Hogarth Press, 1922.

Mrs. Dalloway. Londres: Hogarth Press, 1925.

To the Lighthouse. Londres: Hogarth Press, 1927.

Orlando: A Biography. Londres: Hogarth Press, 1928.

The Waves. Londres: Hogarth Press, 1931.

Flush: A Biography. Londres: Hogarth Press, 1933.

The Years. Londres: Hogarth Press, 1937.

Roger Fry: A Biography. Londres: Hogarth Press, 1940.

Between the Acts. Londres: Hogarth Press, 1941.

A Haunted House and Other Short Stories, org. Leonard Woolf. Londres: Hogarth Press, 1943.

Mrs. Dalloway's Party: A Short Story Sequence, in Stella McNichol (org.). Londres: Hogarth Press, 1973 (reimp. em *The Complete Shorter Fiction*).

The Complete Shorter Fiction of Virginia Woolf, in Susan Dick (org.). Londres: Hogarth Press, 1985.

ENSAIO

Mr. Bennett and Mrs. Brown. Londres: Hogarth Press, 1924.
The Common Reader. Londres: Hogarth Press, 1925. *The Common Reader: First series*. Boston: Mariner Books, 2002.
A Room of One's Own. Londres: Hogarth Press, 1929.
The Common Reader: Second Series. Londres: Hogarth Press, 1932.
Three Guineas. Londres: Hogarth Press, 1938.
The Death of the Moth and Other Essays, in Leonard Woolf (org.). Londres: Hogarth Press, 1942.
The Moment and Other Essays, in Leonard Woolf (org.). Londres: Hogarth Press, 1947.
The Captain's Death Bed and Other Essays, in Leonard Woolf (org.). Londres: Hogarth Press, 1950.
Granite and Rainbow, in Leonard Woolf (org.). Londres: Hogarth Press, 1958.
Contemporary Writers, in Jean Guiguet (org.). Londres: Hogarth Press, 1965.
Collected Essays, vols. I–IV, in Leonard Woolf (org.). Londres: Hogarth Press, 1966–67.
Books and Portraits, in Mary Lyon (org.). Nova York: Harvest/Harcourt, Brace & Co, 1977.
Women and Writing, in Michèle Barret (org.). Londres: Woman's Press, 1979.
The London Scene: Five Essays. Londres: Hogarth Press, 1982.
A Woman's Essays, in Rachel Bowlby (org.). Londres: Penguin, 1992.
The Crowded Dance of Modern Life, in Rachel Bowlby (org.). Londres: Penguin, 1993.
Travels with Virginia Woolf, in Jan Morris (org.). Londres: Hogarth Press, 1993.
The Essays of Virginia Woolf, vols. I–VI, in Andrew McNeillie (org.). Londres: Hogarth Press/Nova York: Harcourt, Brace & Co, 1986–92.

TEATRO

Freshwater, in Lucio Ruotolo (org.). Nova York: Harcourt, Brace & Co, 1976.

DIÁRIO

A Writer's Diary, in Leonard Woolf (org.). Londres: Hogarth Press, 1953.

Moments of Being, in Jeanne Schulkind (org.). Londres: Hogarth Press, 1978/Nova York: Harcourt, Brace & Co, 1985.

The Diary of Virginia Woolf, vols. I–IV, in Anne Olivier Bell (org.). Londres: Hogarth Press, 1977–84. Londres: Penguin Books, 1981.

A Passionate Apprentice, in Mitchell Leaska (org.). Londres: Hogarth Press, 1990.

CORRESPONDÊNCIA

The Letters of Virginia Woolf, vols. I–VI, in Nigel Nicolson e Joanne Trautmann (orgs.). Londres: Hogarth Press, 1975–80.

BIOGRAFIA

BELL, Quentin. *Virginia Woolf: A Biography*. Londres: Hogarth Press, 1972.

CURTIS, Vanessa. *Virginia Woolf's Women*. University of Wisconsin Press, 2002.

LEHMANN, John. *Virginia Woolf and Her World*. Nova York: Harcourt, Brace & Co, 1977.

NATHAN, Monique. *Virginia Woolf*. Paris: Seuil, 1989.

BRASIL

FICÇÃO

Passeio ao farol, trad. Oscar Mendes. Rio de Janeiro: Labor, 1976.

Uma casa assombrada, trad. José Antonio Arantes. Rio de Janeiro: Nova Fronteira, 1981.

Os anos, trad. Raul de Sá Barbosa. Rio de Janeiro: Nova Fronteira, 1982. Osasco: Novo Século, 2011.

Objetos sólidos, trad. Hélio Pólvora. São Paulo: Siciliano, 1985.

Ao farol, trad. Luiza Lobo. Rio de Janeiro: Ediouro, 1993.

A cortina da tia Ba, trad. Ruth Rocha. São Paulo: Ática, [1993] 1999.

Noite e dia, trad. Raul de Sá Barbosa. Rio de Janeiro: Nova Fronteira, 1999.
Orlando, trad. Cecília Meireles. Rio de Janeiro: Nova Fronteira, [1978] 2003.
O quarto de Jacob, trad. Lya Luft. Rio de Janeiro: Nova Fronteira, [1980] 2003.
A casa de Carlyle e outros esboços, trad. Carlos Tadeu Galvão. Rio de Janeiro: Nova Fronteira, 2004.
Flush – memórias de um cão, trad. Ana Ban. Porto Alegre: L&PM, 2004.
Cenas londrinas, trad. Myriam Campelo. Rio de Janeiro: José Olympio, 2006.
Mrs. Dalloway, trad. Mário Quintana. Rio de Janeiro: Nova Fronteira, [1980] 2006.
Entre os atos, trad. Lya Luft. Osasco: Novo Século, 2008.
A viagem, trad. Lya Luft. Osasco: Novo Século, 2008.
Contos completos, trad. Leonardo Fróes. São Paulo: Cosac Naify, 2005 (6ª reimp. 2013).
As ondas, trad. Lya Luft. Rio de Janeiro: Nova Fronteira, [1981] 2004. Osasco: Novo Século, 2011.

ENSAIO

Um teto todo seu, trad. de Vera Ribeiro, Rio de Janeiro: Nova Fronteira, 1985.
Kew Gardens, trad. Patrícia de Freitas Camargo e José Arlindo de Castro. São Paulo: Paz e Terra, série Leitura, 1997.
O leitor comum, sel. e trad. Luciana Viégas. Rio de Janeiro: Graphia, 2007.

DIÁRIO

Momentos de vida, in Jeanne Schulkind (org.), trad. Paula Maria Rosas. Rio de Janeiro: Nova Fronteira, 1986.
Os diários de Virginia Woolf, sel., trad. e notas José Antonio Arantes. São Paulo: Companhia das Letras, 1989.

BIOGRAFIA

BELL, Quentin. *Virginia Woolf: uma biografia* (1882–1941), trad. Lya Luft. Rio de Janeiro: Guanabara, 1988.

LEHMANN, John. *Virginia Woolf*, trad. Isabel do Prado. Rio de Janeiro: Zahar, col. Vidas Literárias, 1975.

MARDER, Herbert. *Virginia Woolf — A Medida da vida*, trad. Leonardo Fróes. São Paulo: Cosac Naify, 2011.

STRATHERN, Paul. *Virginia Woolf em 90 minutos*, trad. Maria Luiza Borges. Rio de Janeiro: Zahar, 2009.

SOBRE A AUTORA

ABEL, Elisabeth. *Virginia Woolf and the Fictions of Psychoanalysis*. Chicago: The University of Chicago Press, 1993.

AUERBACH, Eric. *Das französische Publikum des* 17. *Jahrhunderts*. Munique: M. Hueber, 1933.

BARTHES, Roland. *Le Grain de la voix. Entretiens* 1962-1980. Paris: Seuil, 1981.

BEER, Gillian. *Virginia Woolf: The Common Ground*. Edimburgo: Edinburgh University Press, 1996.

BRUGIÈRE, Bernard. "En relisant Mrs. Dalloway" (prefácio), in Virginia Woolf, *Mrs. Dalloway*, trad. Marie-Claire Pasquier. Paris: Gallimard, col. Folio, 1994.

CARAMAGNO, Thomas. *The Flight of the Mind: Virginia Woolf's Art and Manic Depressive Illness*. Los Angeles: University of California Press, 1992.

DUSINBERRE, Juliet. *Virginia Woolf's Renaissance: Woman Reader or Common Reader?* Iowa: University of Iowa Press, 1997.

FLEISHMAN, Avrom. *Virginia Woolf: A Critical Reading*. Baltimore, Maryland: The Johns Hopkins University Press, 1975.

GOLDMAN, Jane. *The Feminist Aesthetics of Virginia Woolf*. Cambridge: Cambridge Press, 1998.

GOLDMAN, Mark. *The Reader's Art: Virginia Woolf as Literary Critic*. The Hague, Netherlands: Mouton & Co B. v. Publishers, 1976.

HUSSEY, Mark. *The Singing of the Real World: The Philosophy of Virginia Woolf's fiction*. Ohio: Ohio State University Press, 1986.

LAURENCE, Patricia. *The Reading of Silence: Virginia Woolf in the English Tradition*. Stanford: Stanford University Press, 1991.

MARCUS, Jane. *Virginia Woolf and Bloomsbury*. Londres: Macmillan, 1987.

_____. *New Feminist Essays of Virginia Woolf*. Londres: Macmillan, 1981.

ROE, Sue. *Writing and Gender: Virginia Woolf's Writing Practice*. Nova York: Harvester Wheatsheaf, Saint Martin's Press, 1990.

ROSEMAN, Ellen Bayuk. *A Room of One's Own: Women Writers and the Politics of Creativity*. Nova York: Twayne Publishers, 1995.

SCHLACK, Beverly Ann. *Continuing Presences: Virginia Woolf's Use of Literary Allusion*. Pennsylvania: Pennsylvania University Press.

WILLIANS, Raymond. "The Bloomsbury Fraction", in *Problems in Materialism and Culture*. Londres: Verso, 1980, pp. 148–69.

BRASIL

BRADBURY, Malcolm. "Virginia Woolf", in *O mundo moderno: dez grandes escritores*, trad. Paulo Henriques Britto, pref. Melvyn Bragg. São Paulo: Companhia das Letras, 1989.

MEYER, Augusto. "Evocação de Virginia Woolf", in *A chave e a máscara*. Rio de Janeiro: Edições O Cruzeiro, 1964.

PEREIRA, Lucia Miguel. "Dualidade de Virginia Woolf" (sobre *Orlando*), "Crítica e feminismo" (sobre *O leitor comum e Um teto todo seu*), "O Big Ben e o carrilhão fantasista" (sobre *Mrs. Dalloway* e *Ao farol*) e "Assombração" (sobre *The Haunted House* (antologia dos *Contos*)) in *Escritos da maturidade: seleta de textos publicados em periódicos* (1944-1959), pesq. bibliog., sel. e notas Luciana Viégas, 2ª ed. Rio de Janeiro: Graphia/Fundação Biblioteca Nacional, [1994] 2005.

SÜSSEKIND, Flora. "A ficção como inventário do tempo. Nota sobre Virginia Woolf", in *A voz e a série*. Rio de Janeiro/Belo Horizonte: 7 Letras/UFMG, 1998.

FOTOS: p.2: Virginia Woolf, 1926, fotografia de Lady Ottoline Morrell. © National Portrait Gallery, Londres [NPGL]; p.198: Virginia Woolf, 1938, fotografia de Barbara Strachey. © NPGL; pp.212-13: Virginia Woolf com Lytton Strachey e Goldsworthy Lowes Dickinson, 1923, fotografia de Lady Ottoline Morrell. © NPGL.

Coordenação editorial Maria Helena Arrigucci
Projeto gráfico da coleção Luciana Facchini
Capa Ana Sabino
Composição Ana Sabino e Gabriela Castro
Preparação Maria Luiza de Moraes Barbara
Revisão Pedro Paulo da Silva e Thiago Lins
Tratamento de imagem Wagner Fernandes
Produção gráfica Aline Valli

1ª reimpressão, 2013

Nesta edição, respeitou-se o novo Acordo Ortográfico da Língua Portuguesa.

Dados Internacionais de Catalogação na Publicação (CIP)
(Câmara Brasileira do Livro, SP, Brasil)

Woolf, Virginia [1882-1941]
Mrs. Dalloway: Virginia Woolf
Título original: *Mrs. Dalloway*
Tradução: Claudio Alves Marcondes
Posfácio: Alan Pauls
Tradução: Heloisa Jahn
São Paulo: Cosac Naify, 2012
224 pp., 3 ils.

ISBN 978-85-405-0182-9

1. Ficção inglesa I. Título.

12-02728 CDD-823

Índices para catálogo sistemático:
1. Ficção: Literatura inglesa 823

COSAC NAIFY
rua General Jardim, 770, 2º andar
01223-010 São Paulo SP
cosacnaify.com.br [11] 3218 1444
atendimento ao professor [11] 3823 6560
professor@cosacnaify.com.br

Coleção Mulheres Modernistas

Virginia Woolf *Contos completos*

Katherine Mansfield *Contos*

Karen Blixen *A fazenda africana*

Karen Blixen *Anedotas do destino*

Marguerite Duras *O homem sentado no corredor* e *A doença da morte*

Karen Blixen *Sete narrativas góticas*

Marguerite Duras *O amante*

Flannery O'Connor *Contos completos*

Gertrude Stein *Três vidas*

Gertrude Stein *A autobiografia de Alice B. Toklas*

Natalia Ginzburg *Léxico familiar*

Natalia Ginzburg *Caro Michele*

Gertrude Stein *Autobiografia de todo mundo*

Virginia Woolf *Mrs. Dalloway*

fonte Nofret
papel Pólen soft 80 g/m²
impressão Geográfica
tiragem 2 000